講談社文庫

警視庁情報官
ハニートラップ

濱 嘉之

JN283088

講談社

目次

◉主要登場人物

黒田純一………警視庁情報室 室長（階級は警視）

石川英男………警視庁情報室 管理官（階級は警視）
内田　仁………警視庁情報室 情報官（階級は警部補）
佐藤慎一………小笠原警察署係長
（前ハイテク犯罪捜査官、階級は警部補）

宮本　究………警視総監

藤田幸雄………元防衛庁第一研究所主任研究員
永田郁夫………菱井重工特殊金属部課長
山田孝市………四海産業代表取締役
青木光男………大阪府警警備部外事課警部補
馬兆徳…………在日本中国大使館副武官
黒澤冴子………貿易会社専務
服部孝司………セントラル探偵社大阪所長
鶴田静雄………衆議院議員
大橋裕一郎……鶴田の公設第二秘書
黒岩英五郎……事業家

クロアッハ……イスラエル・モサド情報員
川口文子………黒田の恋人

警視庁情報官　ハニートラップ

プロローグ

風が吹いた。海風だが湿気は少ない。小さな湾には暖かい水が満ち、陽の光が海の底を照らす。狭い砂浜の脇にある岩場の浅瀬にいるのは、おとなしいドチザメだろうか。

午後二時を過ぎると、この地域独特の激しい雨が穏やかな海面に襲いかかり、白い飛沫を立たせる。急雨は淡々と続く砂浜を、幼子が遊んだ後の砂場のように変えてしまう。しかし、ものの三十分もすれば、また何もなかったかのように景色は元に戻る。そしてまた若い男女がグループになって戯れながら、スコール時の喧騒を忘れて水遊びや日焼けを楽しみ始める。

やがて、波に削られた岩のトンネルの向こうから涼しい風が吹き込んでくる。慣れた若者はこの風を合図にして帰り支度を始めるようだ。

七月に入ると、三十余の島々からなる小笠原諸島は若者の島に変貌する。この島まで足を延ばす若者は、ある程度、時間と金銭に余裕があることが多い。片道二十五時間半の船旅と、小笠原で最低三泊、往復で計六日の国内旅行で、かかる費用は近場の海外リゾートツアーに比べると倍以上だからだ。

特別に美味しい食べ物があるわけでもなく、ショッピングセンターや免税店、高級リゾートホテルもない。ただ、日本の本土から船でしか行くことができない、東京から一〇〇〇キロ以上離れた太平洋上の島嶼《とうしょ》というだけの場所なのである。

黒田純一《くろだじゅんいち》が平成十九年の秋に小笠原に着任してから、十ヵ月近い月日が経っていた。小笠原は父島、母島以外の島には原則、住民はいないが、さまざまな研究団体や調査団が入っている。警察署と公舎がある父島から、漁船の足で三十分ほどの小さな旅で辿《たど》りつくこの南島は、小笠原の中でも黒田が最も好きな場所で、二週に一度は漁師の「厳じいさん」に運んでもらってのどかな時間を過ごしている。行き帰りの船にはいつもイルカの群れが伴走してくれる。

黒田が東京を離れるとき、かつての「情報室」や公安部の仲間たちは「いつか遊びに行きます」と笑顔をみせたが、いまだ警察仲間との再会は実現していなかった。黒田のお客様といえば取材を兼ねて来たマスコミ関係者数組と、スキューバが好きな恋人の川口文子《かわぐちあやこ》ぐらいだ。

父島といっても人口二千人弱の町で、警察署長である黒田の動向は常に島民の注目を集めた。「監視」というほどではないものの、署長の昼夜の行動は島民にまるで筒抜けだった。署長の行った店から飲んだ酒の銘柄、歌ったカラオケ・ナンバーまでもが、翌日の挨拶の中で話題にされていた。初めて文子が島を訪れたときには、翌朝の署長室はまさに千客万来といった様子で、訪れた彼らは皆一様に「あの女性」について質問したのだった。それほどのどかで家族的な土地なのだ。その日以来、噂の中心となった文子は、島でどんな店に入っても「署長の嫁さん」として遇され、支払いはすべてツケで済んだという。後に黒田がツケ分を支払いに出向くと、水臭いといって首を横に振られるのだから困ったものだ。文子が内地（小笠原では本土のことを「内地」と呼ぶ）に帰ってから、在島中に仲良くなった人たちに手紙を添えて心ばかりのものを送ったところ、温情あふれる返信とともに、名産のパッションフルーツや一房一メートル以上もあるモンキーバナナが送り届けられた。じつに愛すべき人たちなのである。

＊

七月に入ったある日、次長が署長室に入ってくるなり、

「署長、今年の島部巡視には警視総監がお見えになるそうです」

と慌てた様子で報告してきた。島部巡視というのは、夏季の繁忙期に入る前に、ふだん何かと不自由をかけている伊豆七島と小笠原の警察署を、警視庁幹部が巡視を兼ねて激励に回るものだ。これまで小笠原に来た幹部の地位では副総監が最高だった。

「ほう、珍しいこともあるものだ。まさか、おがさわら丸に乗ってくるわけじゃないでしょう？」

「はい、八丈（島）から自衛隊機で、とのことです」

「そんなことができるんですか？」

「はい、今度、都知事が硫黄島にいらっしゃるので、その下見と海上自衛隊の救難訓練に便乗されるとのことです」

「そうか、じゃあ、僕も硫黄島に行けるのかな？　小笠原署の管内とはいえ、あそこまでは行けるとは思ってなかったからなあ。これはラッキーですね」

素直に喜んだ黒田に、一回りも年上の次長は迷惑そうに、

「署長、二週間後の話ですよ。たった二週間しかないんですよ。これから、大変ですよ」

と諭《さと》すように言った。

「激励にいらっしゃるんでしょう。懲罰ならともかく、ふだんどおりにしていれば平気ですよ。なんたって、署員二十数人しかいないんだから」

黒田が答えると、次長は呆れた顔をした。

「いや、署長は大物だという噂は着任前から聞いていましたけど、本当に組織の中に怖いものがないんですね」

「総監を怖がったって仕方ないでしょう」

笑いながら、黒田は卓上の電話の受話器を取って、警視庁本部の総監別室に電話を入れた。

「どうも、ご無沙汰」

「ああ、黒田署長、ご無沙汰しております。今回は急な話で、こちらからご連絡をしようと思っていたところなんです」

ナンバーディスプレーで黒田を確認した、総監秘書官が慌てた感じで答えた。

「そう？　なんだかとってつけたような理由だけど、何かあったの？」

「さすがに鋭いお察しで……。実は先週から警察庁との協議が続いていまして、一昨日、北村前総監がお見えになり、急遽、小笠原巡視が決まったんです。当初、総監は三宅（島）巡視の予定だったんですが」

「北村さんかあ、何か騒動が起こってるみたいだね。まあ、こちらは何も知らない顔をしてお迎えするとしよう。君も大変だろうけど、体に気をつけてくれよな。何か特別な事象が起こったら連絡ください。じゃあ」

　黒田は受話器を置くと、心配そうな顔をしている次長に微笑んで言った。

「まあ、ふだんどおりにやりましょう。自衛隊基地には次長がお迎えに行ってくださ
い」

「ええっ。署長がお迎えに行かれなくてよろしいんですか？」

「僕は、署で迎えますよ」

「そんなもんですかねぇ。それより掃除を始めなきゃ」

　あたふたと部屋を出ていく次長を笑顔で見送ってから、黒田はすぐに内閣情報調査室の会田《あいだ》孝一《こういち》に電話を入れた。

　警察内部で何かよくないことが起こっている、その直感の正否を確認したかったの

である。

＊

「会田でございます。黒田さん、島暮らしはいかがですか？」

会田は声を弾ませて電話を取った。

「まさにパラダイスだよ。浮き世離れって感じだね。その代わり世の中のことがさっぱりわからない」

「それは仕方ないんじゃないですか。携帯電話を一週間持たないとじつに平和な気分になるのと同じような感覚かなあ。一生に一回はそんな生活もいいでしょう。特に黒田さんみたいな性格の人には。でも携帯は一応繫《つな》がるんですよね、小笠原も」

今どき、携帯電話がない生活は勤め人には考えられないだろうし、手放すことができない環境になってしまっているが、これが自己を束縛する最も大きな道具になっている。

「まあ、ここは携帯電話を持っていても、あまり意味がないところだからね。ところで、会《あい》ちゃん。最近警察内部で変わったことが起きてないかい？」

「ああ、そのことですか……」

会田は自分を落ち着けるように、息を深く吐き出してから続けた。

「実は、情報漏洩《ろうえい》が内部問題になっているようなのです。しかも警察だけでなく、防衛省でも、と聞いています。大変なことになりました」

「情報漏洩」——眉間に深くしわを寄せながら、黒田はふと情報室で極秘情報捜査を担当していたころを思い出した。あのとき情報室は「漏洩」というリスクをみごとにマネージメントしていたが……。苦々しい思いが胸を過《よ》ぎった。

「流出先は中国かい？」

「さすが、おっしゃるとおりです」

「防衛省はわからないでもないけど、警察情報をあの国が求めるものかな……」

「以前、警視庁の外事課が、旧防衛庁（現・防衛省）の漏洩ルートを探っていたらしいですよ」

外事課ならば、海外への違法な情報漏洩ルートを捜査するのが仕事であるから、ありうることだった。黒田自身もかつて防衛機密の流出を調査したことがあったし、そのデータは警視庁の公安部に残してきていた。

「なるほどね。この件はもう相当広まってるの？」

「いや、うちのほかはほとんど知らないんじゃないですかね。僕が聞いたのも先週末のことです。さすがに黒田さんと思いながら、今、話してるんですよ。小笠原にいても情報が入ってるなんて……」

「いやいや、トップがドタバタしているって噂を聞いたからね」

「じゃあ、こっちもこっそり調べてご連絡しますよ」

「悪いね。夏休みによかったら小笠原に遊びに来てよ」

「はい、うちのかみさんが、せっかくのチャンスだから行こうって言ってるんですよ。なにしろ、潜りのインストラクターですから」

「そう、ぜひおいでよ。行き帰りの船は特等を用意するよ」

「それは嬉しいです。なにしろ往復の船賃が高いモンで……。調査の件はかしこまりですから、船の件は楽しみにしてます」

会田独特の言い回しに思わず笑みを浮かべながら、黒田は受話器を置いた。

「情報漏洩か……」

黒田が最も嫌う疑惑だった。通常、情報が捜査や調査の現場から漏れることはまずない。その多くは情報を得た幹部が漏らすのが実情だ。もし、漏洩した情報が国家機密だとしたら、国際問題にも発展しかねない重大な事案となるのである。

＊

七月中旬の金曜日、警視総監巡視が行われた。それも父島に一泊するという、前代未聞の激励巡視だ。午後二時に海上自衛隊の救難飛行艇「US－2」で総監が到着した。この輸送機は島民が急病になった場合の本土への輸送にも使われており、黒田も着任時に一度だけ体験搭乗をしていた。滑走路が不要な水陸両用機だが、着陸時の衝撃は大きかった。

総監の名前は宮本究《ただし》といい、刑事畑の中でも国際捜査を得意とする、バランス感覚に優れた人物という評判であった。

警察署の玄関で宮本総監を迎えた黒田は、第一印象で「敵になる人ではない……」と感じた。

総監を署長室に案内し、二人だけになって形式的に管内の説明を始めようとしたとき、突然、宮本総監が切り出してきた。

「黒田君、実は今、警視庁だけでなく、警察庁を含めた組織内で大きな問題が起こっている」

宮本総監は黒田の反応を確認するように黒田を見て、さらに続けた。

「そこで、だ。諸先輩方にも相談して対策を考えたんだが、何人かの先輩が君の名前を出して、『力を借りろ』とおっしゃる。私は君と一緒に仕事をしたこともないし、早い機会にぜひ会っておきたいと思ってこの巡視を決めたんだ。詳しいことは夜にでもゆっくり話そう。酒も相当強いらしいじゃないか。北村さんの君への評価は、親が子供を褒める以上だったよ」

じっと総監の眼を見ながら話を聞いていた黒田は、真摯《しんし》な眼差しを向けたまま言った。

「組織の一大事にお声かけいただき、感謝しております。なんらかの形でお役に立てれば幸いです」

宮本総監は、すでに黒田の個人情報だけでなく、過去に上げた報告についても十分に調査が終わっていると見えて、管内情勢報告もそこそこに、「独り者の警察署長は初めてだ」とか、「報告の幅が広くて驚いた」などと言ってその場を切り上げた。

署員を集めた警視総監訓示の後、父島を次長が案内した。といっても、車で一時間もあれば十分に案内できる広さなのであるが……。

観光客が増えるこの時期には機動隊からの応援派遣も来ているため、夕食は彼らの激励会と併せて、署員とその家族、島の有力者を集めて、夕日を眺めながらの海岸バーベキューとなった。

宮本総監は気さくに署員の家族や島民とも話をし、カラオケまで披露して、午後九時過ぎに宿舎のホテルに帰っていった。

黒田はホテルに同行した。都内のシティーホテルのようなわけにはいかないが、宿泊する部屋は別室に応接セットが用意されていた。

チェックイン時に生ビールとバーボンのジャックダニエル、氷セットを頼んでいた宮本総監は、これが部屋に届くと自らオンザロックを作って黒田に勧めた。

「手土産に酒でもと思ったんだが、時間がなくて申し訳ない。ブッカーズが好きらしいな、北村さんの影響かな?」

「お心遣い申し訳ありません。ブッカーズはたまたま同じ趣味でした。私は浅草のバーで勉強したのですが、北村さんは本場仕込みでした」

「あはは、そうかい。まず乾杯して話をしよう」

生ビールはチェイサー代わりで、ジャックダニエルのオンザロックで乾杯をした。

「そういえば、君たちが築いた、あの情報室を潰してしまったのはこの私なんだが、悪く思わんでくれ。北村さんとも協議のうえでのことだった」

「いえ、組織運営上、やむを得ない処置だったと思っております」

「君にそう言ってもらえると肩の荷がおりるよ……。ところで、本題なんだが、やはり情報室を再結成しようと思う。君は次に本部に戻るときは理事官だから、君が情報官たちを引っ張る室長になってもまったく問題がないのだが、どうだろう？」

宮本総監の切り出しは、黒田が思っていた以上にストレートだった。「これは相当重要な案件を抱えている」としか思えない提案の仕方だ。

「総監、いったいどのような事件が起こっているのですか？」

黒田もストレートに尋ねた。宮本総監はハッと黒田の顔を見て、少しの沈黙の後、話し始めた。

「そう、組織にとどまらず、国際問題に発展する虞《おそれ》もある、国家的に重要な問題だ。組織内でもほんの一部の者しか知らないことなんだが、箝口令《かんこうれい》を敷いたところで、いずれは表に出てしまうだろう。その対処には十分な捜査能力と大局を見越すことができるメンバーで体制を組んでいく必要があるんだ」

「警視庁だけで済む話なのですか？」

「そこが問題だ。実は他府県警が発端になっている」

「関西ですか？」

総監は黒田の顔をまじまじと見ながら、

「そう、大阪だ。それにもう一つが神奈川だ」

と答えた。黒田は頷《うなず》きながら尋ねた。

「国際問題というと相手はアメリカですか、それとも中国か北朝鮮ですか？」

「直接的には中国なんだが、アメリカも黙っていないだろう」

黒田は頭を巡《めぐ》らせ、事件内容の可能性を考えてみた。大阪府警と中国間の情報漏洩、そしてアメリカにも波及する問題となると……。大阪府警の外事警察は決して弱くはない。過去において北朝鮮によるスパイ事件の摘発に端を発した拉致事件の捜査も早かった。大阪府警の捜査力の強さは、関西独特の複雑に絡み合った人間模様を早くから認識して対策を組んでいるところにあった。

先日の会田の話を総合して考えたとき、黒田はふとある事件を思い出した。中国大使館の関係者が関与した元防衛庁職員による特殊鋼板不正輸出事件に大阪府警警察官が絡んでいた案件だった。黒田は宮本総監に尋ねた。

「すると、国会関係者も絡んでいますね？」

「そのとおりだが、どうしてその予想が立つんだ？」

「国家的な問題となると、外交、防衛、原子力の中のどれかしかないわけで、対中国に絞ると、かつての総理の女性問題以降、外交問題はまず外れます。防衛機密と原子力情報で火急を要するのは防衛でしょう。中国にはまだ原発は一基だけですから。その意味では関西にはその重鎮がいます。しかも彼の周辺には中国や北朝鮮シンパの関係者がいます。この議員周辺、もしくは側近の防衛担当、警察担当が巻き込まれている可能性を考えたんです」

「なるほど、北村さんが推挙するだけのことはある。かなり当たっている」

「まさかイージス艦関連ではないですよね」

「えっ、何？　どうして……」

さすがに宮本総監も慌てた。事件の本筋を、はるか太平洋沖にある小笠原の警察署長が言い当てたのだ。

「黒田君、どうしてそこでイージス艦の話が出てくるんだ？」

「情報室勤務時に何度かメモを上げたことがあるのですが、防衛技術研究所ＯＢ技官が対レーダー防御甲板に関する特殊鋼データを持ち出した事件がありまして、これを突き詰めていけば、当時から危惧《きぐ》されていたイージス艦の危機管理問題まで行き着くんです」

「それはいつごろの話なんだ？」

「メモを上げたのは、確か七年ほど前の夏ごろかと思います。ニューヨークの九・一一テロの前あたりの案件でしたから。その翌々年に事件化したかと」

「特殊鋼の事件……。そういえば聞いたことがあるな。すると、君の情報は外事二課が捜査に着手する一年以上も前のことなのか。ところで、そのときのデータを君はもう持っていないのか」

黒田は思わず苦笑して言った。

「総監、お言葉ですが、捜査情報を個人的に持ち出すほど馬鹿じゃありません。今、警視庁でも盛んに教育していることじゃないですか」

宮本総監は我に返ったように、苦笑して、ジャックダニエルのオンザロックを一気に飲み干した。

「いやいや、悪い悪い。我々も以前取り扱った思い出深い事件記録を大事に持っていたことがあるものでな。実はまだ自宅に少し置いてあるよ。あっはっは」

「その件は聞かなかったことにしておきましょう。ところで、本当にイージス艦関連なのですか？　もし六、七年前から情報漏洩が続いているとなれば、中国大使館の参事官は対日工作の積極的推進を図るため、当時よりもさらにエリートが来ているでしようし、その協力者はもっと広く深くなっていると思うのですが」

「君の想像どおりだよ。さらなる問題も出ている」

黒田もグラスを空けて、総監と自分のグラスにジャックダニエルを注ぎ、氷を加えて一方を総監に渡し、自分のグラスに口をつけて、核心の話題に触れた。

「その、さらなる問題というのは本件に関する警察の捜査情報の流出ということですか？」

「うむ……そうだ」

宮本総監は深く溜息を吐いた。

黒田は、今回の事件の概要が見えてくるような気がした。そこには警察権力だけでは捜査しようもない、複雑な背後関係がちらついて見えた。当時、捜査の手は中国本体まで伸びなかった。黒田は、自分の情報をもとにした捜査がそのような結末に終わることに違和感を持っていなかったし、むしろそれでよかった。犯罪を抑止するためには、国家的な罪を犯す者に対して、「日本警察は何でも知っている」と圧力をかけることが何よりも重要だったからだ。

「なぜ情報漏洩は避けられなかったのでしょう。抜本的な改革をしない限り、また同じようなことが起こるとメモにも書いておいたのですが……」

「そうだったのか。帰ったらそのメモとやらを見てみよう。北村さんが何度も言ってたよ。『読者はきわめて少ないがベストセラーレベルのレポートで、これを読むのが楽しみだった』とね。そうなると、君には一刻も早く帰ってきてもらわなければならないことになるな。そんなに引き継ぎ事項も荷物もないだろう」

「はい、それはそうですが、なんといってもこれからがいちばん忙しい時期ですから」

黒田は一年半の勤務予定が短くなる雰囲気は感じていたが、総監の本心を摑《つか》みかねていた。すると宮本総監は、

「今月中に帰ってきてもらいたいんだが」

と真顔で言った。これには黒田も慌てた。

「ええっ。あと二週間しかありませんが。おまけに、これからがリゾート地としてはいちばんの繁忙期ですし、一年も経験しないうちに戻るとなると、地元の方々との関係もあります。いくつかの懸案事項も残っておりまして。また知事の硫黄島視察もあるとかで……」

「さすがに九月までは待てないな。八月の盆前には形をつけておきたい。やはり今月末までだ。なんなら明日、私から小笠原村長に話をしようか？　知事の方は半ば趣味

の世界だから心配することはない」

「今月いっぱいですか。参ったなあ。確かに十日前の内示というご厚意は感謝いたしますが……」

「何か特別な用件でもあるのか」

「仲間たちが、八月に一斉にこちらに来る予定なんですよ。この、日本最後の楽園に……」

「そうか。しかし、国のほうが大事だよな」

宮本総監は十分に気まずさを感じさせながらも、行政官の姿勢を崩さず、黒田を諭すように言うと、ジャックダニエルのボトルを持って、黒田にグラスの中の残り酒を空けるように勧めた。黒田が意を察して空けると、ロックグラスの半ばまで酒を注ぎ、さらに自分の空いたグラスにも同様に注いでボトルを空にすると、

「これを二人の固めの杯にしようじゃないか」

とグラスを合わせた。やや重みのある音とともに、二人のグラスの氷が琥珀《こはく》色の液体の中で躍った。

第一章　情報戦——平成二十年

平成二十年の夏は世界的な異常気象を象徴するような記録的な暑さになった。都会独特のムッとするコンクリートとビルの照り返しに加え、日に二度、散水される道路から瞬時に湧き上がる水蒸気が、霞が関周辺の湿度を上げていた。皇居の緑も力を失っている。

桜田通りのマロニエ並木の樹下には無数の小さな穴が開き、樹皮に多くの空蟬《うつせみ》が残っている。今朝、土の下から地上に這《は》い上がって成虫となったミンミンゼミが、短い命を謳歌《おうか》するように音を立てている。

総監の小笠原巡視からわずか一週間後に、黒田の本部異動が発令されていた。

「パラダイスから戻って参りました」

ひとりごちて黒田は、眩しそうに並木を見上げた。

月遅れの盆が近いため、霞が関周辺はいつもより人通りが少ない。警視庁本部内も開店休業のような穏やかな空気が流れていた。

黒田は遅めの昼食を弁護士会館地下にある和食レストランでとって、警視庁本部十一階のデスクに向かった。ここのレストランの板長は二代にわたりなじみだったし、外務省の食堂にあった薬膳カレーがメニューから姿を消して以来、カレーといえば霞が関界隈ではここのカツカレーが一番の味だった。小笠原にいたときもときどき思い出して懐しんでいたほどだ。

「警視庁総務部企画課情報室　室長」が黒田の新たな職名であったが、まだ部下も同僚もいない。小笠原から本部に帰任後、最初の二週間は部下となるべき人材探しが主たる仕事だ。人事の協力を得て、約二十名をリストアップし人事異動の発令通知を待った。

デスクの場所は十一階奥の突き当たり。かつて黒田たちが勤務した「情報室」があった場所だ。情報室解体に際して最後の乾杯をしてから十ヵ月が経っていた。恒常的に事務スペースが不足している警視庁本部としては、この場がそのまま残っていることは奇跡といってよかった。

「情報室」とは警視庁内に八年前の平成十二年にできた組織だ。その最後のトップを務めたのが、「警視　黒田純一情報官」だった。この組織は黒田の能力を活かすために作られたようなセクションで、前警視総監の北村清孝肝入りの、警視庁内部でも秘密扱いにされた国家的情報機関の一つであった。しかし、当時の内閣を総辞職させるに至った原発関連の事件を独自に捜査したことで、各方面からの圧力が強まり、昨秋、長官、総監の同時辞任とともに警視庁組織から消滅した。

企画課のある者は部屋が残っていたことについて、「一時期は分捕り合戦になりかけたのだが、あのセキュリティーを十分に活かすべき組織が庁内に見当たらなかったということだよ」と自嘲ぎみに笑って、黒田の帰任を素直に喜んでいた。

*

今回、黒田が警視庁本部に呼び戻された最大の理由は、捜査事案が、国家機密の漏《ろう》洩《えい》にかかる外事事件捜査と知能犯事件捜査が複合した事案であるためだった。さらにこの情報漏洩には警察、防衛双方が関わっている疑いが強く、幅広い知識のある者が捜査指揮を執る必要があったためである。

黒田が平成十三年当時追いかけていた元防衛庁職員による特殊鋼板不正輸出事件は、裁判で一応の決着はついていた。しかし、捜査は警視庁公安部と大阪府警警備部が合同で行ったが、府警サイドは内部不祥事を抱えていたことから最後まで決して積極的ではなかった。また、警視庁の公安部も事件の端緒情報が総務部「情報室」という正体不明のセクションからもたらされたものだっただけに、本気で追う気迫がなかった。

そのため、この事件は元防衛庁職員数名による国家公務員法違反だけで片がつきそうになったのだが、その後たまたま、防衛庁職員の当該事件関係者が別の事件で逮捕され、その職員が供述したことから、関係者八人が逮捕されて、なんとか格好がついたものであった。

中途半端な捜査ほど禍根《かこん》を残すことはない。捜査の手が伸びなかった重要人物は何の痛手も負わず、さらに悪質巧妙に次の犯罪を計画する。国家機密などの情報漏洩事件に終わりはなく、機密を狙う組織にとって、求める情報は次から次へと現れるのだ。黒田にとってこの捜査結果は実質的には未解決事件に近いものだった。

特に中国の国防費は前年比一〇パーセント以上の高い伸び率を示しているが、日本は隣人として重要な位置にいるにもかかわらず、その使途を把握していない。社会主義市場経済という政治学と経済学のうえで矛盾した政策が中国内部の経済格差をより大きくし、それによって生じる国家的な拡大路線が、さまざまな形で日本に迫ってきているのだ。この現状を注視しておかなければ、日本社会にとって、中国は脅威の隣人に変わってしまう。

黒田は、この未解決といっていい事件の背景を見据えて、今度こそは自らの手で完全解決することを心に誓った。

黒田のあまりに早すぎる異動はすぐに組織内外に波紋を呼んだ。理事官級の異動は通常、広報課を通じてマスコミに発表されるからだ。地域住民に対する責任者の報告義務のようなものである。

今回の人事異動については、昨年の世相を騒がせた原発関連事件と警視庁情報室の関係を知る大半の者は「もう帰ってきた」という驚きの声をあげ、黒田の捜査指揮能力を知る者は「何か大きな事件が起こったのでは……」と反応した。なにしろ、原発関連事件の公判は現在もなお続いており、一年経った今でも多くのマスコミのネタになっている。したがって、この事件解決のキーマンとも言われている黒田の突然の復帰には、一部のマスコミや法曹界、政界も興味を示していた。

特に今回の人事異動に関する政界ルートへの説明は、警視庁の人事担当者ではなく、上級官庁の、しかも警察庁官房長が直々に対処するという、異例の措置であった。

一部のマスコミは黒田の居宅探しに躍起になっていた。黒田のポジションは理事官級にあたり、通常このクラスになるとマスコミへの広報窓口の一人となるため、所属長たる企画課長に代わって記者らの質問に答える場合が多い。所轄のマスコミ担当が副署長であるのと同様である。捜査情報をいち早く得たいマスコミは、企画課の理事官や庶務係長のところまで行って、黒田の居宅を調べ回ったが、組織はこれを明らかにしなかった。

さらに、黒田には警視庁本部十一階デスクのほかに、都心のある民間ビルのワンフロアが与えられた。ここは警視庁本部よりもさらにセキュリティーが行き届いた構造になっていた。このようなビルを事務所として使用しているセクションは刑事部では捜査第二課、公安部では公安総務課、外事第一課、組織犯罪対策部では組織犯罪対策第一課があり、以前からこの方式は採られていた。ビルの入居フロアの表札には実際に登記を取っている会社や「オフィス桜田」といった名前が掲げられ、同居する他の企業からは、それが警察関係のものとはまったく気づかれていなかった。警察内部では「〇〇分室」という名で呼ばれている場合が多い。

黒田はこの「分室」に入るときには、かなり厳しい「点検」作業を行っている。点検作業は別名「消毒」とも呼ばれ、秘密拠点に入るときや協力者と接触する際に、尾行や盗撮がないかどうか確認する作業をいう。

黒田本人が別に悪いことをしているわけではない。今回は国家機密に関する事案であるだけに、マスコミや他国の情報機関からの所在察知を極力拒んだためである。もし、察知された場合は拠点を移せばいいだけのことなのだが、情報マンとしてのプロ意識がそうさせていた。さらに、今回の部下になる者の異動も、例年より早い定期異動に合わせたもので、秘匿性の確保を図っていた。

＊

黒田が小笠原で宮本警視総監に語った「対レーダー防御甲板に関する特殊鋼データ持ち出しの疑いについて」というメモを、宮本総監は小笠原巡視から戻ると直ちに警察庁警備局から取り寄せた。この五年以上前に起きた特殊鋼板不正輸出事件は、警備局内でも改めて話題になっていた。当時メモを得た公安部外事課の動きが悪く、事件情報として処理されていなかった時期があったのだ。

黒田メモは「その一」から「その三」まで続き、その内容は、今回騒ぎになっている事案ときわめて似た構造で、主要な登場人物と中間に入る中国系企業も同一だった。最後の「その三」には、事件の全体像を示す驚くべき詳細な相関図まで添付されていたのだった。

宮本総監はその相関図を食い入るように眺めた。そして改めて黒田の情報収集とその分析能力を認識させられるとともに、このような部下を持つことの嬉しさと怖さを同時に感じた。

理事官以上の人事異動に際しては警視総監まで挨拶をするのであるが、その異動行事が行われた夕方、宮本総監は黒田を総監室に呼んだ。総監室入り口で黒田の警察大学校同期の秘書室長の武田が笑顔で迎えた。

「黒田理事官、総監は小笠原から帰るとすぐに総務部長、警務部長、警務部参事官を呼んで、黒田理事官の異動を決めたんですよ。警察庁の警備局長や警備企画課長も呼び込まれていました。なかなか見ものだったんですよ」

「へー、警備局長を呼びつけたのか。いくら後輩でも一応は上級官庁だからな……。局長級だったら、こちらから出向くものだろうけど。やはり警視総監だからなあ、本部長とは位が違うな」

武田は笑いながら言った。

「でも、その話題がすべて黒田理事官のことだから、第三者的には面白かったですよ」

「帰ってくる前からひと騒動を起こしてたわけか。参ったな」

鳴り物入りの復帰劇に庁内のいろいろな部署に迷惑をかけたことだろう。

総監室に入ると、宮本総監は開口一番、

「黒田君、君の報告書は確認させてもらった。おそらく、君が小笠原で言ったとおりの構図なんだろうと思う。この事件に関してはきっちりとカタをつけたいと思っている。あらゆるバックアップは行うから、情報室を背負う者として存分に力を発揮してくれ。予算のめどはつけない」

一気に捲《まく》し立てるように言うと、

「ところで、引っ越しはできたのか」

と尋ねた。

「ありがとうございます。西荻窪の家族住宅を手配していただきました。一人では広すぎるくらいです」

通常ならば、本部理事官は警視庁本部に近い半蔵門の集合住宅に単身居住するのが通例であるが、黒田については対マスコミや敵対組織からの保護を考えた上での住居選定だった。ここでも特別な配慮を受けた黒田には、警視庁情報室のリーダーとして大きな期待が懸けられていたのだった。

「ところで嫁さんはもらわないのかい？」

「まだその段階まで行っておりません」

「ほう、すると候補者はいるというわけだな。一人者の警視では管理能力が疑われるからな」

総監は笑いながら言った。

「良いご報告ができるようにしたいと思います」

黒田は文子の顔を思い浮かべながら答えて、その場を辞した。


黒田はいくつかの情報漏洩パターンを推理した。現在の漏洩と過去のそれとの因果関係に連続もしくは継続があるのかどうかが、最大の問題である。

当時のメモを警察庁警備局警備企画課情報分析担当、通称「チヨダ」から取り寄せ、記憶を辿《たど》った。「備忘録」を自ら「パンドラの箱」と名づけて封印していた私物のケースから取り出して見直した。「備忘録」とは警察官が捜査を行ううえで知りえた内容をメモするノートで、様式は定められていない。しかし、捜査に関する法律の一種である「犯罪捜査規範」で作成が義務づけられており、近年、これが裁判で証拠として使用されたことから、保管義務まで課せられている。

黒田は数日で当時の全概要を思い出した。さらに、今回問題となっている人物の洗い出しを行った結果、いくつかの共通項が見えてきた。

「ヤツらはまだ繋《つな》がっている」

という確信を得るとともに、国家的情報機関のエースとしてその信念が一気に燃え上がるのを感じた。

＊

黒田は警備局経由で入手したイージスシステムの概要を手にしながら、要塞のようなイージス艦の威容を思い浮かべていた。

憲法による制約上、空母を持つことができない日本の海上防衛政策の中で、その活動の柱となっているのがイージス艦だった。イージス艦とは、アメリカ海軍が開発した艦隊防空システムである「イージス戦闘システム」を搭載した艦艇の総称であり、イージスの語源はギリシャ神話の最高神ゼウスが娘アテナに与えた、あらゆる邪悪を払うという「神の盾（アイギス）」に由来するという。

イージスシステムは、レーダーで探知したミサイル、航空機、艦船、潜水艦など数百もの目標の中から、敵性脅威となる目標物の識別・迎撃手段を当該システムコンピューターによりきわめて短時間で判断し、その中からターゲットを計算して十以上の空中目標に対して同時に攻撃を行う能力を有する。

日本国の軍備はほとんどが輸入品であるが、唯一国産で世界に誇ることができるのが、一時期は世界の造船王とも言われた、その軍艦製造技術だ。したがって、日本はイージスシステムを搭載する、最高の造船技術を駆使した国産艦船を保有しているということになる。

このイージスシステムはアメリカ議会において査定のうえ、承認可決された同盟国海軍にのみ有償提供されている。その価格は一隻《せき》につき約一五〇〇億円で、そのうち、イージスシステム関係取得費用は五〇〇億円強となっている。さらにシステムのアップデートに際しても、アメリカ議会の承認が条件となっている。黒田が調査を開始した時点での保有国は、アメリカ（七十三隻）、日本（五隻）、ノルウェー（四隻）、スペイン（二隻）の四ヵ国しかない。当然ながらイージスシステムの詳細な性能は一国のみならず、同盟国海軍全体に関わるため、機密となっている。

つまり、この情報が同盟国以外に流出することは、アメリカを中心とするその主要同盟国による制海権はもちろん、対ミサイル攻撃に備えた探知・迎撃機能に大きな影響を及ぼしてくる。日本国のみならず、同盟国全体の存亡に関わる問題であるのだ。

もし、この情報が太平洋に対して覇権構想を持つ共産主義国家の中国に流れてしまえば、東シナ海はもちろん、東経零度以西の太平洋における覇権までも押さえられてしまうだろう。現在、採掘が進む東シナ海の油田は、完全に中国の主権下として防衛されてしまうに違いなかった。

日本のシーレーン確保の中核をなすのがイージス艦の存在なのであり、日本防衛の生命線がまさにイージス情報といってよかった。

＊

「即戦力が欲しいな……」

組織構成を図式にしながら、黒田は特に重要なセクションに二重丸をつけて配置のポイントを考えた。

新たな部下の選択について黒田は警察組織内で英語、中国語、アラビア語の各語学講習のいずれかを修了していることを最低条件とした。それもそれぞれ上級コースである。語学講習上級コース修了者の語学能力程度は、たとえば英語の場合で通訳業務者と同等である。

語学講習希望者の中から選考試験に合格した者が、三ヵ月間の語学専科という講習を受け、その成績上位者のみがさらに三ヵ月間の語学講習初級を受けることができる。そして、その成績上位者が一年間の外部講習に派遣される。英語の場合は千駄ケ谷にある「津田英語会」である。これを修了したあと、試験の成績上位者が一年間の中級講習を警察庁の関東管区学校で受ける。さらにその成績上位者が警察大学校で行われる三年間の全国上級語学専科に入校するシステムである。したがって語学上級取得まで、五年半の語学漬けの教養が行われることになる。最初の書類選考から上級卒業までの確率は数千分の一である。

黒田は人事記録をつぶさに読み耽った。ほとんどの者が振い落されていったが、徹底した能力主義者の方針は揺るがなかった。部下には極めて優れた語学力と、さらには公安講習におけるトップレベルの成績を求めた。さらに公安講習の成績が上位であっても、受講時の在籍所属が本部勤務ではなく、警察署勤務の者、いわゆる所轄出身者に限定した。本部勤務者は座学部門ではすでに専門知識を有しているため成績上有利であり、採点者も身内びいきが出てしまう傾向があるからである。

公安講習に限定したのは、この講習の成績上位者には不思議と「警察センス」というものが先天的に身についている場合が多いためだ。彼らは実際の捜査経験がなくとも、学問としての捜査手続きを理解しているし、その方法についてデュープロセス（適正手続き）を常識として基本に押さえながら、非合法をも辞さない公安的手法を選択する感覚を身につけているのである。

公安警察は犯罪を抑止することが本来の姿であり、事件が発生してしまった時点で「負け」なのだ。つまり「オール・オア・ナッシング」であり、それを成し遂げるためには「警察センス」は欠かせないものなのである。

日本の公安警察の中でも、警視庁の公安部は特殊な組織である。四十七都道府県警察の中で公安部という部署が存在するのは警視庁だけだ。その公安部の手法を取り入れながら、国内情勢と外事情勢を併せて理解し、かつこれを事件化していくところが「情報室」の凄みであり、存在意義だった。

刑事警察の中にも優れた人材は多くいる。特に捜査第一課や捜査第二課に集中するのだが、彼らが黒田が理想とする集団の中で必要となるのは、情報の分析が終わった段階からであることを、警視庁情報室で体験済みだった。なぜなら、刑事警察は事件が発生してから動き出す組織だからだ。

これらはあくまで選考の第一段階であり、次に性格、勤務成績、素行、交友者などを十日間、公安部の調査部隊を動員して二十四時間チェックを行った。さらに、黒田自身も一人につき一時間くらいは秘匿に観察をした。その結果、この中から警視二人、警部八人、警部補三十人、巡査部長十人の計五十人をピックアップしたのだった。

警視総監からの直接の指示で、二人の人事課長は黒田に全面的に協力した。黒田が目を付けた人材を以前から切望し、内々の了承を得ていた所属長もあったが、譲らざるを得なかった。

管理官以下五十人の新たな部下たちは、その身分を隠匿《いんとく》するため、いったん、警務部教養課に異動となり、一ヵ月後に企画課へ身分替えとなる措置が採られた。これは、教養課長もキャリア出身であるため、警視総監からの指示伝達が早いのと、各種講習の窓口である教養課は短期人事異動のプロ的立場でもあるという理由からだ。

黒田が指定した管理官の石川英男警視は、警察学校の一年後輩で、黒田とともに防衛庁に関する事件捜査を行った経緯があった。彼はまた警視庁の中間管理職以上の最大派閥を形成している「警視庁白門会」の若き幹事長であり、人事管理能力に優れていた。白門会というのは、東大の赤門に対して中大の白門と呼ばれる、中央大学卒業生の会のことである。「白門」は法曹界では有名な一大派閥であるが、警察をはじめとする地方公務員にも多くの人材を輩出している。

石川管理官は、日本の警察署の中で筆頭に位置付けられている警視庁麴町《こうじまち》警察署警備課長であり、ゆくゆくは警視庁公安部を背負って立つ男と目されていた。彼の教養課への異動には、公安部の現場筋から相当の抵抗があったようだが、公安部長、公安総務課長が了解しているという情報がすぐに流れ、その騒ぎは沈静化した。

石川管理官獲得の報は人事第一課理事官から黒田に伝えられた。黒田にとって石川は今回の組織作りのキーマンだったからだ。黒田は直ちに麴町警察の警備課長席に電話を入れた。

「はい、麴町警備課長の石川です」

受話器の向こうで懐かしい声が響いた。

「どうもご無沙汰しています。企画課の黒田です」

「ああ、黒田理事官、ご無沙汰しております。ナンバーディスプレーに見慣れないセクション名が出てきたので、どなたかと思いました。このたびは、じつに早いお戻りで、仲間は皆喜んでいますよ」

「そう喜んでばかりもいられない状況なんだけど、どう？　麴町の警備課長は？」

「ここは一年が限度という不文律がある理由がよくわかりました。毎日が警衛警護の連続で本当に休みがないところですよ」

警衛警護の「警衛」とは、皇室警護のことである。天皇皇后両陛下をはじめ、すべての宮家にはSP（セキュリティー・ポリス）がついている。彼らは首相警護などの警護課のSPではなく、皇室専門の警衛課のSPで、警護する対象が日本国の象徴一族であることから、警護課SP以上の誇りと使命感を持っていると警備部内でも言われている。

天皇陛下の移動を行幸というが、警視庁の中でも麴町警察署は皇居の平時の出入り口である乾門《いぬいもん》を管轄しているため、ほとんど毎日「警衛」がある。地方に天皇が行幸される場合、道府県警察はその一年前から対策準備室を設置し、警備計画を練るのが通常であるが、麴町署はこれがほぼ毎日なのだ。

警衛警護は何事もなくて当たり前、何か起これば都道府県警察本部長の首が飛ぶ。「そんなことはない」と警察庁は否定するが、実際に警衛で失敗を起こした本部長が本流に返り咲いたという話は聞いたことがない。

したがって、いくら日常の警備であっても「慣れ」は許されない。麴町署警備課長は日本一過酷な職務であると言って決して過言ではないのだ。

「警察人生最大の試練だが、そのうちご褒美もあるさ」

「そうですね、今年は定期異動が一ヵ月早いので、ラッキーですよ。まだ公安部の理事官から何の根回しもないのが気になります。管理官席が空くからということだったので、まさか、警察庁送りということはないと思うんですが」

警視クラスで警察庁出向となると、三年間、国家公務員の給与ベースで、過酷な残業の世界に入るため、左遷ではないのだが誰も喜ばない。東京都の給与はラスパイレス指数が一二〇であるから、国家公務員になると二〇パーセントの減収ということになる。おまけに国会が始まると毎日が残業で、終電で家に帰れればラッキー、泊まり込みも日常茶飯事となる。

「実は、石川、僕のところに来てもらおうと思ってるんだが」

「黒田先輩とまた仕事ができるんですか？」

石川の大喜びする姿が眼に浮かぶような、受話器越しの反応だった。黒田は思わず嬉しくなったが、気持ちを引き締めて言った。

「今回は、ちょっと難しい仕事になるんだが、引き受けてくれるかな？」

「もちろん、喜んで」

「それはありがたい。来週内示を出してもらうから、あと数日、事故のないようにな」

「はい、警衛には特に気をつけます。ありがとうございます」

翌週、人事第一課から定期異動の内示が出され、石川は教養課管理官（異動待機）と発表された。通常、この表現が使われるのは、海外派遣か警察庁の学校教養担当に異動する際であり、内示を見た周囲の者もそう思っていた。

黒田には人事第二課から取り寄せた該当者名簿の中に、特に興味を持つ男がいた。渋谷警察署の外事係長をしていた内田仁警部補だった。年齢は三十五歳になっていたが、巡査部長時代に、勤務していた外事第二課で大がかりなスパイ事件を解決に導いていた。ターゲットの会社に潜入し、実際に機密漏洩の現場にも立ち会ったのだ。まさに命がけの仕事を一年以上務めていたことになる。

「なんとか彼を巧く使ってみたいものだ」

黒田の今回の楽しみの一つでもあった。

＊

「ちょっとハードかな」

パソコンのディスプレイで何度もカリキュラムを確認しながら、黒田はつぶやいた。十一階の部屋の隅には、すでに五十台の最新型ノートパソコンが準備されている。

八月下旬に警視庁の定期異動で教養課に異動になったのは八十五人。その中に五十人の再異動候補者が含まれていた。石川警視以下五十人には、警視庁本部内での一週間の一般教養のあと、さらに警察大学校で公安の実践的な教養が実施された。公安部事件班と作業班に分かれて行い、リーガルとイリーガルの最終選択は本人が判断、作業暴露時（敵に気づかれた場合）の対応、責任は個人に帰するという、「サクラ講習」並みの本格的な教養だった。

「サクラ講習」とは、かつて警察庁警備局警備企画課が数年に一度、全国から数十名を選抜して実施した、情報収集活動を行うエージェント養成を目的とした一年間の集中講習のことである。

二週間の警察大学校教養の後、初めて黒田が教壇に立った。

「皆さん初めまして。企画課情報室長の黒田と申します。昨日までの三週間、教養課に異動になりながら、なぜ、またしても公安講習のような講義を受けさせられているのか、その理由がわからなかったかと思います。来週、月曜付で皆さんは企画課情報室へ配置換えとなります。ただし、異動の挨拶状の配置先は教養課のままで結構です。皆さんが申し込まれた挨拶状の連絡先から、新所属に転送されるようになっております。

さて、今週一週間は、当面我々が捜査すべき事件についての捜査会議となります。まず、事件の種別ですが、『防衛省および警察による機密漏洩事件、および中国大使館関係者によるその教唆《きょうさ》、強要』です」

このとき、五十人の転入者から一斉に「おおっ」という声があがった。黒田は続けた。

「今回の事件捜査は国家の名誉がかかっていると言って過言ではありません。したがって、今回の捜査が終了するまでは、この組織の存在自体も機密扱いとなります。この中の一人にでもミスがあれば事件検挙はできません。皆さん一人ひとりに捜査主任官としての認識を持っていただかなければならないのです。強制捜査実施の際には多くの捜査員を導入する形になりますが、現場の指揮者は皆さん一人ひとりであることを今から強く認識しておいてください。

なお、この研修修了後、この五十人が一堂に会することは強制捜査実施直前の数日しかないと思いますので、今週のうちに良好な人間関係を作っておいてください。といっても先週は多磨霊園駅前で盛大にやっていたようですが。今日から座学は午後三時半に終了しますから、誰が誰と組んでもいいように楽しくやってください」

何人かが拍手をして和やかな雰囲気になったときに質問が出た。

「理事官、三時半以降は人間関係形成タイムということですが、学外に出てよいということでしょうか？」

「係長、大人の対応で参りましょう。皆さんは学生じゃない。拘束はされていませんよ。僕にも声をかけてください」

九月も下旬に近づいたこの時期、三多摩地区にはようやく秋の風が吹き始めていた。

その夜は新宿に全員で繰り出した。黒田を含めた五十一人の平均年齢は三十四歳という若き集団だった。

*

翌週、内々に配置換えの辞令を受けた五十人は、本部庁舎と都内五ヵ所に置かれた民間ビル内の事務所に分かれてそれぞれの作業に取りかかった。

早速、中国、アメリカへの出張計画を出してくるチームもあったし、国内出張から帰ってきたとたんに地方都市のマンションを視察拠点として借り上げたい旨の報告をするところもあった。

捜査を開始して一週間後には、かつて黒田が石川らと調べ上げた関係者約三十人の現在の所在が判明した。

旧防衛庁関係者の状況は防衛省内局から内々に、警察関係者は警察庁警備局からの情報で解明していった。

民間事業者については転々と本店所在地を変えたり、休眠会社を買収し足跡を消そうとする不良企業ならではの努力が見られたが、これらも、たとえば運転免許証更新手続きから居住先を発見したり、外国人登録証明、警察官による職務質問履歴のリサーチなど、警察ならではの調査で徹底して調べ上げた。一方で中国大使館関係者については在日中国大使館の協力を得て、当時の参事官はアメリカ・ロサンゼルス総領事に、通商窓口にいた二等書記官は琿春《フンチュン》市の書記にそれぞれ昇格していたことが判明した。

居宅がわかれば、あとは粘り強い行動確認に入る。主たる行動パターンを摑んだらその先は警視庁公安部の行動確認チームに引き継ぎ、データを集積していく。使用車両が判明すれば、全国の道路に網羅されている車両通過情報装置の「Nシステム」を最大限に活用し、これを時間ごとに自動的に地図に落としていくマッピング作業を進めると、容疑者の行動半径がおのずと明らかになってくる。生活拠点と活動拠点を綿密にデータ化して、関係者のそれと重ね合わせていくとさまざまな交流が見えてくるのだった。

国家の危機、組織の危機となれば警察もあらゆるイリーガルな手法を用いる。置き引き、スリも平気でやる。特に公安部の裏作業班と呼ばれるチームはそのプロであるが、本物の泥棒と違うのは、必要なデータだけ取ってしまえば、ちゃんと相手に返却することだ。確かに窃盗には違いないし、個人情報保護法の立場から言えばとんでもないことなのだが、携帯電話、キャッシュカード、クレジットカード、運転免許証などを盗み出し、あらゆる個人データやターゲットに関する資料を瞬時にデータ化してしまえば元通りにする。実はこの手法は警察も敵対組織にさんざんやられてきていた。某左翼団体は警察庁長官の自宅に侵入して、合い鍵を作り、奥さん名義の預金通帳をコピーしてアジトに保管していたことさえあったほどだ。

＊

黒田が動き始めたという噂は海外の諜報機関も察知し、マークしようとしていた。

この情報をもたらしてくれたのがモサドのクロアッハだった。

黒田とクロアッハはFBI研修の同期生だった。彼はイスラエルの国家警察官であるが、実質はモサドのエージェントである。モサド、正式名称は「ハ・モサド レ・モディイン ウ・レ・タフキディム メユハディム」。イスラエル総理府諜報特務局(直訳は「諜報および特殊任務機関」)であり、英語では「The Institute for Intelligence and Special Operation」と訳される。対外諜報活動と特殊任務、特殊工作などを専門とする、いわば「MI6」のイスラエル版で、現在なお非合法活動を積極的に実施する諜報組織である。

クロアッハはこのころ、ニューヨークに拠点を置きながら、イスラエル本国とアメリカのワシントンDCを往復する生活を送っていたが、彼はすでに黒田の異動の件を知っており、これを喜びながら、思いがけない話をしてくれた。

「ハイ、ジュン、リゾート暮らしは短かったようだね」

「相変わらず早耳だな」

「君が情報室の牽引役として戻るということは、また何か大きな事件が起きているということだ。情報機関は注目するさ」

「どうして僕が注目されなければならないんだ」

クロアッハによると、黒田はすでに国際諜報機関の中で「対外諜報担当者」の位置付けになっているという。とんでもないレッテルを貼られてしまったものだ。さらに、これに符合するように中国公安当局の不穏な動きを教えてくれた。

「中でも、中国公安当局が君を追っているようだ。身の回りに気をつけたほうがいい」

「そうか、ヤツらも動きが早いからな。ありがとう。気をつけるよ」

中国の公安当局とは、警察そのものを指す。

海外諜報機関にその存在を知られることは、一方では海外には堂々と出ていって構わず、同盟関係のある諜報機関との情報交換が容易になる証《あかし》だった。その逆に、敵対もしくは非同盟国家からは徹底的にマークされる存在となるのだ。情報戦は黒田の知らないところでも常に動いているのだった。その日のうちに黒田は警視総監、公安部長、警察庁警備局長、警備局警備企画課長に対して、この自らに貼られているレッテルの件を伝えておいた。情報室が、外部からは「国際諜報組織」と見られる可能性があるのだ。その認識を身内で共有するためである。

情報は小笠原警察の次長からの電話だった。

「署長、ご無沙汰いたしております」

「どうも、もう署長じゃないですよ。忙しいでしょう。敵前逃亡してしまったような罪悪感が残ってますよ」

「いやいや、忙しいといっても小笠原ですから」

「それはよかった。時間があったらパッションフルーツを送ってください」

「そんなことはお安いもんです。ところで、署長、じゃなくて理事官のお耳に入れておいたほうがいいと思いまして連絡いたしました」

一瞬、黒田の脳裏に嫌な予感が走った。

「何かありましたか」

「はい、実は一昨日入港したおがさわら丸の乗客に中国人四人組がおりまして、こいつらが理事官のことを島民に聞きまわっているんです。飲食店の連中にですが」

黒田は「敵も動き出した」ととっさに感じ取った。

「なるほど、その連中、バン掛け（職務質問）はできてるんですか」

「はい、パスポートの写しも取っております。ただうち二人はパスポートも外登証

（外国人登録証）も持っていなかったので身柄を拘束しております。日本語もできないと言うものですから……」

　黒田はあまりの手回しの良さに驚きながら、

「よく素直に応じましたね」

　と聞くと、次長は笑いながら言った。

「うちの寮員がわざと絡んでけんかにしてしまったんですよ。みんな署長に信頼をよせていましたから、『なんだ、お前ら……』というわけで、即、パトカーで本署に任意同行ですよ」

「公安部も真っ青ですね」

　島では独身の警察官は強制的に署の裏にある寮に入れられるため、「寮員」と呼ばれている。

「所持品検査をやりましたら、国内の地図や文書をいろいろ持ってるんで、一応全部コピーしてメモをしておきました。連中は民宿に飛び込みで泊まっていたんですが、任意でガサもしましたよ」

「ありがとうございます。僕宛に送ってください。ヤツらもまさか小笠原でバンを掛けられるとは思っていなかったでしょう。油断していましたね。じつにラッキーですよ。しかし大使館から苦情がくる虞もありますから、一応外事には手を打っておきましょう。まあ、あの連中は自分の失敗を上に報告しないのが一般的ですけどね」

「いやあ、申し訳ありません。そこまでは考えていませんでした。ヤツらが本国から持ってきた携帯電話はここでは繋がらなかったようで、民宿の電話とハードディスク付きのファックスを借りていたみたいですから、みんな裏が取れますよ」

次長の捜査能力に驚きながら、黒田は言った。

「ファクシミリハードディスクのバックアップをそちらで取ることができますか」

「署長と入れ違いの異動で来た新しい係長は、ハイテク出身ですから大丈夫です」

「それはよかった。何という名前の係長ですか？」

「佐藤慎一警部補です」

「もしかして、公安部の初代ハイテク犯罪捜査官の佐藤君ですか？」

「ご存じでしたか。巡査部長採用でまだ警察署勤務の経験が警部補で一年しかないんですよ」

オウム事件捜査に際して警視庁内にできたのが「ハイテク犯罪対策室」だった。彼らのおかげで、一部のオウム信者が、マニアックにパソコンを駆使して行ったさまざまな犯罪を解明することができたのだった。

当初は公安部内に置いてサイバーテロ対策などに従事させる予定であったが、公安部に権限が集中しすぎるとの内部批判が起こり、結果として最も力が弱かった生活安全部（当時は防犯部）に置かれることとなった。ハイテク対策機材の購入予算が膨大であったことも、予算が少ない生活安全分野に置かれた一因である。警視庁は部外からコンピューター専門家を一般公募する形を採りハイテク犯罪捜査の専門官としての人材確保に一気に成功している。

その中でもひときわ能力を発揮したのが、巡査部長採用の佐藤慎一だった。

「彼なら大丈夫ですよ。仕事もすぐ覚えるでしょう。もしかして、けんかをやったのは佐藤君ですか？」

「はい。どうやら彼が部下の寮員を唆《そそのか》したようです」

「あはは、昔、似たようなことをやったものです。彼なら逃げ口上を考えたうえでのことでしょう。そうですか、彼は小笠原を希望してたんですか……」

島部勤務の中でも小笠原勤務は特に希望者が多い。勤務環境は好き好きであろうが、めったに行くことができない場所であるばかりでなく、一年半の任期終了後はほとんどの者が本部勤務になることができる点もその要因の一つと言われている。

「理事官がそこまでおっしゃるのでしたら、私も認識を改めましょう。なにせ、警察学校を経験していないので、チームプレーが不得意かと思っていました」

「そんなことはありません。今の島のメンバーだったら皆とうまくやっていきますよ。今回の証拠物の保全も彼に任せていれば心配ないと思いますよ」

「わかりました。佐藤係長に任せてみます。理事官、お体に気をつけてください」

次長はホッとしたような口調で電話を切った。

*

川口文子《あやこ》は黒田が小笠原から帰る直前に、麻布から世田谷区成城のマンションに転居していた。新たな住所はごく親しい者にだけ知らせ、前のマンションはリロケーション会社を通じて賃貸にし、郵便物は私設の私書箱に転送させていた。

文子が経営している有栖川《ありすがわ》のショットバーは友人に任せ、文子は二週に一度くらいしか顔を出していなかった。これらはすべて宮本総監からのアドバイスによるものだった。

内地に戻って十日ほど経った昼過ぎに黒田は文子のマンションを訪れた。小田急線成城学園前駅近くの高級マンションだった。オートロックの玄関ホールから部屋番号を押すと、インターホンに繋がる。まもなく文子の声がして、内側のドアが開いた。エレベーターで八階に上がり、ワンフロア四室のホールから、文子の部屋のインターホンを鳴らすと、文子が重厚な扉を中から外開きに開けた。二ヵ月ぶりの再会だった。帰還祝いに北村がくれたドンペリニョンのロゼを手土産に持っていくと、文子は、

「さすが、北村さん。相変わらずやることが格好いいなあ」

と玄関先でシャンパンを受け取り、黒田を室内に案内した。リビングルームに入ったとたん、文子は黒田にしがみついてきた。そして耳元で、

「来るのが遅いぞ！」

と甘えた声で言って黒田の耳たぶをガブリと噛んだ。黒田の引っ越しは企画課の仲間が手伝ってくれたし、電話はしていたのだがこの日まで会う時間がなかったのだ。

黒田は少しの反省を込めて言った。

「今日は何でも言うことを聞くから……」

しばらくの抱擁の後、ようやく室内を確認すると、２ＬＤＫの高級な雰囲気の部屋だった。調度品も文子のセンスが活かされていた。

「ここって分譲？」

「そう。麻布のマンションがけっこういい値段で貸せたから、ローン組んで買ったの」

十分に億は超える物件だった。文子の両親は二人とも医者で、特に父親は経営手腕もあるらしく、神奈川県内でいくつかの大規模病院を経営していたのだ。文子の兄が後を継ぐべく外科医になっていた。黒田はまだ文子の家族に会ったことはなかった。

「ランチにしましょう。ちゃんと作ったんだから」

文子は黒田をダイニングへ案内した。ダイニングのテーブルの上には食事の準備ができていた。ドンペリのコルクをわざと音を立てて開け、淡いロゼ色の泡とともに弾ける液体をティファニーのクラシックタイプのフルートグラスに注いだ。グラスの底から水面に一条の泡がたおやかに上ってくる。グラスをお互いの目の高さで揃えて再会を祝った。

「また同じ空気を一緒に吸えますように……」

変な乾杯の言葉だったが実感がこもっていた。行政区分上は同じ東京都内とはいえ一〇〇〇キロ離れ、それも片道二十五時間半を要する小笠原は、文子にとっては遠すぎる場所だったのだ。

口腔《こうこう》に広がる爽やかでしかも重みのある味が咽喉《のど》に流れると同時に、鼻腔に芳醇《ほうじゅん》な香りが立ち戻ってくる。二人は見つめ合いながら、シャンパンだけが醸《かも》し出す至福の瞬間を感じていた。

文子の手料理はパリにある料理学校仕込みで、その後のワイン数本に合わせた繊細な味だった。三時間近くダイニングで過ごした二人は、リビングに場所を移して、チーズと赤ワインで話を続けた。そのうちに黒田の両親、生い立ちの話題になった。これまで、黒田はその話をしたことがなかったのだった。

文子とは知り合って十年近くになるが、その間、お互いの過去を語ったことが一度もなかった。不思議だったが、彼女自身が彼女の家族と一線を引いているような感じを黒田自身は持っていた。そして、彼女が「結婚」の二文字を言い出してこないことを、黒田は不思議に思いながら、その状態を「楽」だと感じていた。しかし、この日は文子が家族の話題を口にした。黒田は一瞬驚いたが、文子にも不安があるのだろうと、彼女の生活環境を変えてしまった自分を責めながら、応えてやろうと思った。

「そうだね、何も話したことなかったからね。びっくりするかもしれないよ」

やや目を伏せながら、黒田は静かに話し始めた。

「父は僕が高校に入るころまで銀座でギターの流しをやっていたんだ。あるとき、暴力団同士のいさかいに巻き込まれて、左手を大怪我してギターを弾くことができなくなってしまった」

文子は黒田の顔を見つめて息を呑んだ。黒田は遠くを見るような目で話を続けた。

「母親はやはり銀座の割烹で仲居をやっていた。二人は夜の銀座で知り合った仲らしい。だから土日以外に親と夕食を共にしたことはないんだ。僕は中学二年のとき、父が夜の街でギターを弾いているのを一度だけ見に行ったけれど、その姿がとても寂しい気がして、それ以来、父と話す機会が減ってしまった」

ポツリと文子が、

「お父さんを嫌いになったの？」

と聞くと、黒田は、首を横にゆっくり振った。

「好き嫌いではなくて、違う世界の人のように感じた。夜の街で店一軒一軒に頭を下げて入っていって、酔っ払いの客の相手をしている父の姿は、ある程度想像はしていたけれど、やはり素直に受け入れることができなかった。そんなときに大怪我をして入院した父は、絶望のどん底にあった。左手首から指がグチャグチャになって、それ以来ギターを持つことができなくなってしまったのだから……」

黒田の目にうっすらと涙が湛《たた》えられた。

「ところがその絶望の淵にいる父を救ってくれたのは、母でも僕でもない、ヤクザの親分さんだったんだ」

「ええっ」

文子は思わず黒田の手を摑《つか》んだ。黒田はその手に自分の手を重ねた。

「父は流しとしてその親分さんに可愛がられていたらしい。父が得意だった『錆びたナイフ』という歌をその親分さんがよくリクエストしたそうだ。自分の手下の粗相《そそう》で父が怪我をしたことを知って、新橋に小料理屋を用意してくれた。母が店をきりまわし、父が経営者という立場になったんだ」

「そうだったの……」

黒田は文子の顔をちょっと見てまた話し始めた。

「何ヵ月かに一度は親分さんが店を借り切ってくれたり、ヤクザだけじゃなくて、堅《かた》気《ぎ》の客も紹介してくれたりしたらしい。小さな店だったけれど、あの地域ではそれなりに繁盛したようだった。そのころから、父は自分から酒を飲むようになった。経営者とはいえ何ができるわけでもなかったからね。母には商才があったみたいだ。無借金経営だったし、いつの間にかその店は土地も建物も母の名義になっていた」

黒田はおどけるように手を広げて続けた。

「僕が大学に入った年に父は肝炎を患《わずら》って入退院を繰り返すようになり、それから本当のアル中になっていった。親分さんからときどき叱られていたよ。ちょうどそんなとき、母の店で暴力団同士の抗争事件が起きたんだ。その世界の連中から見ると、母の店は暴力団のフロントみたいに見えたんだろう。確かにヤクザの客はいたよ、でも、静かに酒を飲む幹部クラスの人たちだった。

　事件はすぐに片づいたけれど、それ以来、堅気の客は来てくれなくなるし、親分さんも遠慮したみたいだった。その年の暮れ、父は病院で死んだ。死ぬまで酒瓶を手にしていたらしいけど、医者も文句を言わなかったんだって。僕は死に目にも会えなかった。その後、僕の仕事が警察官に決まったので、母も『組長さんには申し訳ないけど、純一の仕事のほうが大事だから』と言って、結局、その店を畳んで四階建てのビルにして、貸しビル業をしながら、四谷に同じような小料理屋を出したんだ。好きだったんだね、その仕事が」

　文子は黒田の顔を見て言った。

「今、お母さんはどうしていらっしゃるの？」

「母は病院に入っている。認知症でもう僕の顔もわからない。ただ、苦痛もなく平和に時間が流れているようだ」

　文子の目から涙が溢《あふ》れた。

「純一さん、ご兄弟は？」

「一人っ子だよ。親戚も両親の代からほとんど付き合いがないから、よく知らない」

「一度、純一さんのお母さんに会ってみたい」

「今度連れていくよ。伊豆の海に近い景色がいいところにあるんだ、その病院」

ふと文子が尋ねた。

「純一さんは、どうして警察官を選んだの？」

黒田はちょっと考えるような仕草をした。

「これも話すと長くなってしまうなあ、今度ゆっくり話すよ」

「うん、わかった。楽しみにしてる。純一さんと警察官って、今でもなんとなく結びつかないんだもん。悪い意味じゃないのよ。今までの警察官のイメージと違うんだもん」

「それは、僕がある意味で組織内のハグレ者だからさ」

黒田は笑って答えたが、決してその目は笑っていなかった。

その日、家族の話題はここで終わった。酔いも適度に回ってきていた。

「今日は何でも言うことを聞いてくれるって言ったよね」

文子が甘えるように言った。

「そうだっけ」

黒田は話題が変わったことが嬉しかった。

「今度の仕事も忙しい部署なの？」

珍しく文子が仕事の話を聞いてきた。

「そうだな、小笠原に行く前と同じようなポジションだな」

「いやだなあ、近くに帰ってきたのに、またほったらかしにされちゃうのか」

文子は島から帰ってきて十日も放っておかれたことが不満らしかった。

「なるべく、そうならないようにするよ」

「ほんとかなあ。今は何のお仕事なの？」

「へえ、珍しいな。文子が仕事のことを聞くなんて」

黒田は文子の頭を撫でながら、おどけた口調で言った。文子は怒ったような顔をしながら言った。

「だって、この前はあんなに大騒ぎになって、おまけに島流しになった」

「島流しかあ。そうだな。八丈島より数倍遠いからな」

黒田は原発関連の事件の後、小笠原行きの内示を受けたときを思い出して、吹きだしながら、言葉を続けた。

「今度はスパイ事件の捜査になるかもしれない」

「ええっ。スパイ？　００７みたいな？　格好いいけど危険そう……」

「まあ、そんなに危険には晒《さら》されないだろうけどね」

「相手はどこなの？　ロシア？　北朝鮮？　拉致されない？」

文子は興味と心配が入り混じったように黒田の顔を覗き込んで言った。

「どちらでもない。中国だ」

文子の眼が輝いた。

「中国なら安心そう。始まったばかりの北京オリンピックで元気になりそうだから」

「そこが怖いんだよ。その後が」

文子は納得いかなそうな顔つきをしたが、黒田を心配するような上目遣いで、小声で言った。

「仕事のことはあまり聞かないほうがいいんだよね。でも、心配だから、これから少しずつでいいから、何があったかだけ教えてね」

黒田は文子の自分を見つめている姿を無性に愛おしく感じた。

「そうだね。文子にだけは心配かけないようにしなきゃね」

そう言って文子を抱きしめた。今、自分だけを頼りにしている文子にだけは心細い思いをさせないようにしなければ……と黒田は思った。捜査情報を話すことはできないが、彼女に安心を与えることが今の自分にとって最も大事なことだと黒田は思って、さらに文子を強く抱きしめた。

黒田は理事官級であるため外泊はできなかった。

「西荻窪って近くて遠いのよね。今度、行ってみたいな」

「今度は、僕が料理を作ろう」

黒田は文子の部屋を後にした。マンション前でタクシーを拾ったときには、午後十時を過ぎていた。

成城と西荻窪は直線距離では六・五キロほどだが、電車を利用するとアルファベットのCの字の反転を行くように行かねばならず、車なら十五分なのに、電車を使うと一時間以上かかるのだった。

第二章　防衛省ルート――平成十一年

機密漏洩事件の主体となった防衛省と警察。さらにこれらに密接に関わった政治家。黒田はこの三つの漏洩ルートと、機密の流出先である中国大使館関係者による教唆・強要という案件を捜査するに当たり、その真相究明の手順を考えた。

十年近い過去に遡った捜査であるため、若い捜査員に当時の世情を理解させなければならないことも念頭においた。

防衛省ルートの解明には、公安講習の中でも、外事成績が優秀な者を充てた。警察官の中には時折、武器や戦艦等に並外れて通じている者がいる。幸い、情報室のメンバーの中でもこの捜査の適役といえる二名の警部補がいた。

＊　　＊　　＊

現在の日本の防衛体制は日本国憲法第九条を厳密に解釈すれば「違憲」に違いないのだが、違憲だから自衛隊を解散しなければならない、という結論に達するのは馬鹿げている。世界中の無法者国家のリーダーが、この能天気で勤勉な国民を支配下に置こうと企み、各国の諜報エージェントたちが国家機密を巡って役所や基幹産業と言われる分野の中を好き放題に跋扈《ばっこ》しているのが現状なのだ。

防衛省技術研究本部（技本）は防衛省の特別の機関として設置され、陸上自衛隊・海上自衛隊または航空自衛隊が使用する車両・船舶・航空機・誘導武器および、統合運用に資する各種装備品から防護服に至る広い分野の研究開発を一元的に行っている。日本国の防衛機密の根幹にあると言っても過言ではない組織だ。さらに、その内部研究チームの一つとして、東京の目黒区に「艦艇装備研究所」がある。かつては第一研究所（一研）と呼ばれたこの研究所は、自衛隊装備品の中でも、火器・弾薬・耐弾・艦艇などに関して研究を行う組織である。

防衛上の秘密情報には、自衛隊法規定の「省秘」と「防衛秘密」、その後制定された日米秘密保護法に基づく「特別防衛秘密」がある。省秘と防衛秘密は防衛省・自衛隊の保有情報だが、特別防衛秘密はアメリカから供与された船舶、航空機、ミサイルなどの装備品の構造や性能、さらに、その製作、保管、修理に関する技術およびその使用方法、そしてその品目、数量といった、アメリカと共有の情報が対象となっている。特別防衛秘密を日本の安全を害する目的で探知・収集したり、漏洩《ろうえい》したりした者は十年以下、収集や漏洩を教唆した者は五年以下などの懲役が科される。

防衛省技術研究本部の研究対象には、その特別防衛秘密に該当する日米共同研究の装備品も多い。

＊

第一研究所主任研究員、藤田幸雄は昭和五十四年に京都大学工学部を卒業後、改めて防衛大学校に入り直して卒業まで辿《たど》りついた当時としては珍しい存在で、専門は特殊鋼の開発だった。彼が防衛技術に目覚めたのは大学三年の夏、友人と夏休みを利用してヨーロッパを旅行したときである。もともと造船業に興味を持っていた藤田は、友人とともにノルウェーやイギリスの造船所巡りを旅行のスケジュールに加えていた。当時、日本の造船技術は世界のトップレベルであったが、歴史と伝統のあるヨーロッパ諸国の造船所は、まさに国家を支える産業としての重々しさがあった。

特にイギリスの造船所は、日本国が明治に入って初めて「国家の軍隊」を創ったときに最も影響を受けた造船所であり、多くの技術者のみならず、現在の海上自衛隊の礎《いしずえ》である、大日本帝国海軍をゼロから築き上げた若き幹部候補生がさまざまな技術を学んだ場所であった。それゆえ藤田はその造船所でまさに進水式を間近に控えた巡洋艦の美しい雄姿を目の当《ま》たりにしたとき、体が震えるほどの感動を覚えた。「自分の手で軍艦を造りたい」と、藤田の脳裏に閃光《せんこう》が走った。

彼が軍艦に適応する特殊鋼材に考えたのは、軽量で強くかつ伸縮性があり、さらにレーダーなどの電波に探知されにくい素材であった。

藤田は防衛大学校を優秀な成績で卒業した後、いくつかの基地と艦船乗務を経て第一研究所に赴任した。軍隊でいえば少佐にあたる、自衛隊三佐になった三十八歳のときだった。ここで藤田の能力は開花した。

彼の論文は内部文書だけでなく、鉄鋼や重工業界の専門誌にも取り上げられる、技術的にもきわめて優れた内容だった。

藤田には離婚歴があった。決して彼自身に大きな問題があったわけではない。彼は指揮官としての能力の高さも組織内で認められており、将来の幕僚になるべく統合幕僚研修に抜擢されたのであるが、まさにその時期が彼の新婚時代だったのだ。一年間ほとんど自宅に帰ることもない勉強漬けの日々が続き、地方から上京してきていた新妻は官舎の人間関係にもなじめず、藤田が研修を修了したと同時に離別を申し出てきたのだった。組織を恨んだ時期もあったが、当時の上官の「もっとふさわしい相手がいる」という言葉に、藤田は、「ふさわしい」の意味がよくわからないながらも、自分を慰め、仕事に没頭していた。

上官にも部下にも好かれる存在だった。食べ物への興味もあり、酒も好きで異性への意識も人並みにあった。

平成十一年の秋、藤田は取引先の「菱井重工」の永田郁夫課長から食事に誘われた。当時、この業界では部外企業関係者との会食は日常茶飯事に行われており、接待を受けることへの罪悪感など誰も持ってはいなかった。特に技本は旧陸海軍のような工廠《こうしょう》を持っていないため、研究開発の実績はあっても、艦艇も航空機も製造はすべて民間に発注することになる。極端にいえば、ネジ釘一本すら、技本で製造することはできないのだ。このため、製造技術を持つ民間企業とは伝統的に持ちつ持たれつの関係が金銭、精神の部分まで染み込んでいた。中でも菱井重工は業界トップの年商六兆円というガリバー企業で、付き合いが深かった。

食事に行った先は中目黒近くの中華料理店だった。藤田は中華が好きで、その中でも、四川の辛さを、体が求める体調維持の必需品のように好んだ。この店はマスコミにも多く紹介され、総料理長はタレントばりにテレビにも多く出ていた。

テーブルに着くと、料理長が現れて永田に挨拶し、藤田には自分の写真が入った名刺を差し出してきた。永田は相当のなじみらしく、メニューも見ずに料理長のお勧めを依頼した。酒は最初から白酒《パイチュウ》で、中国式の「カンペイ」で始まった。料理はメニ

ューに載せていない珍しいものばかりで、永田は、

「都内の他の有名四川料理店でも、ここのような料理は出ませんよ。だけど、僕はよく中国に行きますが、やはり本場のものはさらに美味しいですよ。よく観光で中国を訪れて、団体用の料理しか食べたことがない連中が、『日本の中華料理のほうが美味しい』なんて言ってるのを聞くと、ぶん殴りたくなりますよ」

とこの店の料理を絶賛しながらも、本場中国の味を褒めた。

藤田は職務上、共産圏や共産国シンパなどを含むかつてのココム（COCOM＝Coordinating Committee for Export Controls、日本語では対共産圏輸出統制委員会）対象国家を訪れた経験がなく、四千年の歴史を持つ中国への興味は料理以外にも強かった。

「そうですか、実は私の友人が先日、北京と西安に団体旅行で行ってきたんですが、『料理が口に合わなかった』とがっかりしていました。でも然るべき店に行けば、やはり美味しいものはあるんでしょうね。あれだけの文化を誇った国ですからね」

藤田の反応に気をよくした永田は、

「藤田さん、一度私が中国をご案内しましょうか。なに、北京だけでしたら三泊四日で往復ホテル付きで五万円くらいで行けますよ。本場を知っておくのもいいことです

よ。大連経由でしたら空港でミグなどの戦闘機も間近に見ることができますしね」

と藤田を誘った。

「ほう、基地が隣接してるんですか？」

「隣接というより、並存しているといった感じですよ」

永田の言葉に藤田の心が揺れた。基地の話もそうだったが、五十五歳で退職したら最初に訪れてみたいところが北京だったからだ。藤田の興味はブレーキがかからない状態になっていた。

「しかし、北京では四川料理は食べることができませんね」

「いやいやとんでもない。北京には各省から出向している幹部役人が泊まる省直営のホテルがあって、そこのレストランは地元から直接食材を運んでいるんです。現地に行かなくても現地と同じか、料理人の腕によってはそれ以上の料理を食べることができるんですよ。特に四川省は重慶が特区扱いですから、重慶飯店と四川飯店の二つのホテルがあるんです。どちらも素晴らしい料理を出しますよ」

「ほう、そんなもんですか……」

と生返事をしながら、藤田の思考は「行ってみたい」という願望から、「どうやったら行けるだろうか……」というところまで考え始めていた。中国行きの夢が今にも叶《かな》うような気がしたのだ。

「ただ、今の立場では中国は旅行の決裁が下りないんですよ。うちの組織では……」

永田はそのような状況には慣れているらしく、提案をしてきた。

「そうですか。厳しい所ですからね。たとえば、私の知り合いの旅行会社でダミーの航空チケットを作ってもらって、これで旅行の決裁を取って、北京用の本物チケットは別に用意しておくなんてことをやってる人がいるんですが、こんなやり方は御社じゃダメですかね」

藤田は一瞬驚いたが、確かにうまくいきそうな手筈《てはず》だと思いながら尋ねた。

「こういうことはよくやる手口なんですか?」

「いや、博打好きなクライアントがいましてね、一度マカオで大負けしたのを奥さんに知られてしまって、その後はカジノがある国へは奥さん同行じゃなければ行けなくなったんですよ。そこでこの手口を使ってるんです」

藤田は組織の内規には違反するが「別に重大な罪を犯すわけではない。軽い内規違反にすぎない」という、安易な気持ちからこの意見に従うことにした。

出発も成田では誰かに会う偶然があると考え、関西国際空港から出発する、という念の入れ方だった。

深緑の中に紅葉がちりばめられた稜線に沿って、灰茶色の防壁が視界の届く限り続いている。抜けるような空の青さとのコントラストに、訪れた誰もが思わず息を呑む。北京のいちばん美しい時期は秋の二ヵ月間と言われている。その十月に、この地を訪れた藤田ら一行は、外敵の侵攻を防ぐためだけに造られた巨大な防塁に圧倒されながらも、悠久の歴史を刻んだこの国の栄枯盛衰に思いを馳せた。英訳すれば「グレートウォール」、日本では「万里の長城」と呼ばれる壁である。

この建造物を目の当たりにした藤田は、歴史的な背景だけでなく、職業病的な「兵法」に思いが巡っていた。常に外敵を意識しながら生きていた、その時々の為政者と軍人の国家防衛に対する段違いなパワーを感じてしまうのである。

藤田は同行していた菱井重工の永田課長、菱井重工の関係会社で関西の船舶関連商社「四海産業」の山田孝市社長、そして菱井重工の現地駐在員に言った。

「やっと中国に来たという実感が湧いてきました」

「そうですね、これこそが中国の歴史そのものです。やはり藤田さんのように国防に携わる方には感慨深いものがあるでしょうね」

「はい。日本の一般人には、国防意識の実感が伴わないだけに、三十八度線やこのようなところを見せておきたいですね。それに、この景色は感傷的になるほど美しい」

藤田は涙が出そうなくらい感動していた。

二時間近く万里の長城を眺めてその上を歩いた後、北京市内に戻り、清朝の離宮であった「頤和園《いわえん》」を案内されると、その人工池の大きさに藤田は「白髪三千丈（白髪の長さが三千丈〈約一〇キロメートル〉に及ぶ）」などという中国人独特の大風呂敷な表現も、あながち嘘ではないような気がしてきた。藤田は二〇〇八年のオリンピックの開催誘致を表明し、活気に沸く北京の動向を自分の目でこれからも見ておきたいと思いながら、

「この国には十三億人以上の国民がいるんですよね。もし、この国が本気で覇権を考え、経済が豊かになったら恐ろしいことになりそうですよ」

と言うと、現地駐在員は、

「藤田さん、だからこそ、眠れる獅子《しし》を起こさないようにしなければならないんです。そのためには日本も官民一体となった対策を講じなければならない。特に防衛面では、この国を仮想敵国だと思うくらいの意識を持っていなければならないと思いま

すよ」

藤田が漠然と感じていることをズバリと指摘した。そして、さらに藤田の気持ちを揺るがすことを言い出した。

「今回の旅行は、北京の観光ですが、いつか中国の沿岸地域を回ってみませんか。恐ろしい実態が見えてきますよ」

「その恐ろしい実態とは何ですか？」

現地駐在員はニヤリとして言った。

「それは、ご自分の目で見て、ご自分でお考えになったほうがいい。とにかく、今回は北京を満喫してください。おそらく、藤田さんが想像していた北京とはかなり違っていると思いますが……」

確かに、北京がこんなにも発展した街になっているとは思わなかった。天安門も故宮博物院も藤田の想像を大きく超えていたが、何よりも市場経済導入により、共産主義国家の持つ暗いイメージが根底から覆《くつがえ》された感じだった。

北京でのオリンピック開催決定はこの翌々年の二十一世紀開始の年である、二〇〇一年（平成十三年）七月にモスクワで開かれたＩＯＣ総会で確定したが、そのオリンピックに対する国家的取り組みは目を見張るものがあった。共産主義国家の特徴を活かして、徹底した区画整理と市街地開発の準備が急速かつ強引に進められようとしていた。特に建設工事に関しては、当時、一億人ともいわれた北京市内に集まった国内流民を建設労働者に変え、北京中心部の近代化と主要競技場建設の検討が始まっていた。

＊

藤田たち一行は、二日目の夜に本場の四川料理を北京市内のレストランで食べた。

「こんなに美味しい四川料理は初めてです」

永田が言っていた四川省直営の店ではなかったが、北京でも四川料理は人気があるらしく、中でもこの店は北京の富裕層相手に昨年できたばかりの本格的レストランということで、藤田は出された料理、酒、雰囲気すべてに感嘆した。

食事を終えて会計のために席を外していた永田は、現地駐在員と戻ってくるなり、これまで見せたことがないような困惑した顔で言った。

「藤田さん、ちょっとだけお付き合い願いたいところがあるんですが……」

藤田はやや戸惑ったものの、平和な北京の夜を満喫している最中だったためか、

「いいですよ、危ないところじゃないんでしょう?」

と安易に答えると、これに駐在員がはにかむような笑いを見せながら、

「いや、北京の中で最も安全な場所かもしれません……」

と答えた。一行はレストランを出て、そこに用意されていたワゴン車に乗り込んだ。


一行を乗せた車は、北京市内の中心部に向かって走った。藤田は先天的に方向感覚に優れており、初めての場所であっても東西南北が本能的にわかった。

「この先は故宮博物院ですよね。その先の安全なところというと……」

中国政治の中心である特別地域「中南海」に向かっていたのだった。北京の中心地、天安門・故宮博物院の西には三つの湖が並んでおり、南から南海、中海、后海という。その南海と中海に沿って政府要人の居宅や日本でいう迎賓館がある地域を「中南海」と呼び、中国国民でも一般人は入ることができない高い塀で囲まれた地域となっている。

中南海の一つの門に着くと、衛士が身分を確認し、指揮所からどこかへ電話をしたのちに門を開けた。現地駐在員は、

「この門は先週国際会議があったときに首脳が出入りした門ですよ」

と教えてくれた。そういえばどこかで見た覚えがあるところだと藤田は思った。

一見して役所のようなレンガ造りの五階建ての建物前で車が停まった。車寄せには二人の恰幅《かっぷく》のいい男とスマートな雰囲気はあるが目が鋭い男の三人が待っていた。車を降りると彼らは相好を崩して近づき、

「你好《ニーハオ》」

と握手を求めてきたので、藤田も、

「你好」

と挨拶をした。このとき、現地駐在員が藤田に囁《ささや》いた。

「中国海軍の幹部です」

藤田は呆気《あっけ》に取られると同時に、ややムッとして永田に対して、

「どういうつもりなんですか。僕は単に観光に来ただけです。こちらの軍関係者と非公式にでも会う立場じゃない」

と語気を強めて抗議したが、永田は藤田の顔を見るものの反論せず、出迎えた三人の中国人はこれを意に介さない様子だった。永田が一呼吸おいて藤田に言った。

「将来、同盟国になる可能性だってあるんです。カウンターパートを持っておくとい

うことも必要じゃないですか？」

するど、中国人側の一人が流暢《りゅうちょう》な日本語で話し始めた。

「藤田さん。あなたのことはよく知っていますよ。あなたの上司の山中さんもずっと前からお付き合いさせていただいています。申し遅れましたが私は蔡正平《サイショウヘイ》と申します」

藤田は戸惑った。山中は一研の直属の上司であり、さらに自分のことも知られているようだった。これは何かの策略なのかもしれないという疑念が湧いてきたが、相手はそれを見透かしたかのように続けた。

「藤田さんが不快な思いをされているのはよくわかります。藤田さんが北京空港に到着した段階で、情報は私たちに届いていたんですよ。同行者を見たら菱井重工の皆さんだったので、今日こちらから無理にお願いしてお越しいただいたのですよ」

藤田はまだ合点がいかなかった。

「すると、入国段階でマークされていたということですか？」

ストレートに尋ねると、蔡は当然という顔をして言った。

「藤田さん、わが国は貴国とは敵対関係ではないが、思想を異にする国家です。その国の国防のプロが秘密裏に入国するとなると、こちらもそれに対応するのが当然でしょう。我々が貴国に同様の形で入っても同じことになると思います。ただし、わが国は公安当局と軍が情報を共有していますから、カウンターパート的立場の我々がお会いしているのですよ。これが公安当局に呼び出される形になってしまうと、決していい気持ちにはならないでしょう?」

確かに、先方の言い分にも一理あったが、菱井の連中が自分を騙《だま》すように連れてきたことに腹が立った。それを察したかのように蔡は言った。

「このご同行について、菱井の皆さんには、先ほどのレストランでお願いしたんですよ。藤田さんが席を離れて、ウェイターに隣のテーブルに出ている魚料理の名前を聞いているときにね」

藤田はゾッとした。「盗聴器でも付けられているのではないか」という気さえした。そこで、

「あなた方は、どういうおつもりで私をここに連れてこさせたのですか?」

と言うと、蔡は微笑みながら、

「藤田さんにいい観光をしていただこうと思いましてね。よろしければ海軍基地をお見せしてもよろしいですよ。そのほうが帰国後に、わが国に対する余計な不安や疑念を持たずに済みますからね。まだまだわが国は発展途上です。アジアの平和を守るこ

とができるほどの力はないのですよ。当然、貴国と戦うことなど考えてもいません。台湾との関係で貴国が理不尽な介入をしない限りは……という条件はありますけどね」

と藤田がびっくりする提案をしてきたのだ。藤田の気持ちは揺らいだ。万里の長城やその他の歴史的建造物を見ながら、中国への脅威を感じ始めていた矢先のことだったからだ。しかし、自分に国家機密であろうはずの海軍基地を見せようとする相手方の意図がわからなかった。藤田は尋ねた。

「蔡さん、あなたの申し出は軍人として非常に興味があるものだが、なぜ、私のような者にそれほどの危険を冒そうとするのですか?」

「藤田さん、あなたのような将来、将官まで昇る方に、わが国を仮想敵国と認識してもらいたくないからですよ。わが国はまだまだ内在する問題を山のように抱えている。外交面では政治家が強気の姿勢をもって貴国に対しているが、軍事面では決してそうではない。貴国の能力、さらにはその同盟国であるアメリカの能力を十分すぎるほど知っているんです。だから、あなたのような方にご自分の目で見ておいていただければ、ある意味、防衛上の予防外交にもなるという利点があるのです」

藤田は中国という国の、まだ日本が歴史時代に入る千年以上前からの外部との戦いの歴史を思いながら、蔡の提案に孫子の兵法を生んだ国家の防衛策を垣間見《かいまみ》たような気がした。

「わかりました。しかし、今回の旅行スケジュールでは時間がないのです」

「はい、それはわかっています。お帰りは明後日の夕方でしたね？」

「なにもかもよくご存じで……」

藤田は、何でも知られている現実に嫌気がさしながらも、諦めに似た感覚と「虎穴に入らずんば……」、さらに「毒を喰らわば皿まで……」というような妙な蛮勇に近い勇気が出てくるのを感じた。すると蔡は、

「明朝ヘリを用意しますよ。北京空港から二時間ほどで到着しますから。『百聞は一見にしかず』です。いかがですか」

という提案をしてきた。

「わかりました。喜んでお招きにあずかりましょう」

藤田はこれを受けた。蔡たち三人は「おう！」と喜びの声を揃えてあげ、握手を求めてきたので、藤田も何かの契約が成立したような雰囲気で、両手でこれを受けた。

途中からいっさい口を挟まなかった永田もホッとしたのか、

「よかった。レストランで公安当局者に声をかけられたときは、一瞬スパイ容疑で捕

まるのかと思ったほどでした」

と言ったので、藤田が、

「ああ、永田課長もそんなお気持ちだったんですか。僕は今まで、半分は仕組まれた芝居だったのかと思っていました」

そう素直に言うと、永田は大げさに手を振った。

「とんでもない。藤田さんにご迷惑をかけて申し訳ない気持ちでいっぱいです」

真摯な態度で言う永田を見て、藤田は言った。

「案外、結果オーライかもしれませんよ。何事も経験ですよ。僕自身の中で『ラッキーかな』と思う部分も出てきましたしね」

これを聞いていた蔡が、

「それでは、明日の朝まではまだたっぷり時間があります。楽しい北京の夜をお過ごしください。菱井重工さんなら裏門ルートをご存じですよね……。山田社長もよろしかったらどうぞご一緒に楽しんでください」

と言った。永田は首を傾げたが、現地駐在員がそれに答えた。

「お気遣いありがとうございます。では、そちらのルートを使って帰らせていただきます」

満面の笑みを浮かべて礼を述べる現地駐在員の姿を見て、北京に夜の歓楽街があるとは思えない藤田だったが、淡い期待を持ちながら蔡たちと別れ、入ってきた門とは逆側の門から中南海を後にした。

*

門を出て最初の路地を左に曲がると突然、白装束の幽霊が並んでいるような光景が現れた。藤田は一瞬背筋が凍ったが、よく見るとそれは純白のチャイナドレスを着た若い女性たちの列だった。数メートル置きに一人ずつ、総勢四十〜五十人の女性が並んでいる。列は一〇〇メートル近く続いているようだ。急に心臓が高鳴った。

「こ、これは何ですか？」

駐在員は、藤田の驚きを楽しむかのように、

「まあ、日本で言えば吉原ですね。遊び方は違いますが、中南海のお客様だけが享受できる特権みたいなものですね。決して国が関与しているわけではないんですが……」

と言った。藤田はゆっくりと走るワゴン車の車窓から、女性たちを食い入るように

見ていた。

そして思わず、

「遊び方が違うというのは、どんな遊び方なんですか？」

と尋ねた。

「この先に一流のホテルがあるんですが、そこにお好みの女の子をエスコートするんです。それもディスコですよ」

駐在員が笑いながら説明すると、藤田は少しがっかりしたように言った。

「なんだ、ディスコですか」

「ディスコでの恋愛は自由です。一人でも二人でも、部屋に連れていくことができるんですよ。そうじゃないと売春になってしまいますからね。売春はこの国ではご法度です。しかし恋愛関係でも、その間の拘束時間に対する対価は支払うんですよ」

藤田の目が急に輝き始めた。

「なるほど、ディスコにはどのくらいいればいいんですか？」

駐在員は声を立てて笑いながら言った。

「藤田さんはディスコには用はないといった感じですね。でも、最低でもダンスにエスコートするわけですから、一人につき二、三曲は付き合わないと、彼女たちの大義名分が成り立たない。踊りも実際に好きな娘たちなんですよ」

藤田はそのシステムに感心しながら、さらに聞いた。

「『一人につき』と言いましたが、普通は何人くらい連れていくんですか？」

「そうですね、普通は二、三人ですね。その中から気に入った子を部屋に連れていくんです。もちろん、三人一緒に連れていってもいいんですよ。体がもてばの話ですけどね」

説明を受けている間に車は女性たちの前をいったん通り過ぎた。車を次の路地に入れ、最初の路地の入り口に戻した。藤田は明らかに興奮していた。

「レートはどのくらいなんですか？」

「決して安くはないですよ。ただ、ご覧になってわかるとおり、どの娘も一級品ですからね、スタイルも顔も。おまけに頭もいい娘たちです」

「それで、一人だいたいどのくらいのレートで遊べるんですか」

藤田の勢いに駐在員は驚きながらも、

「人民元より円のほうを喜びます。朝まで付き合わせて一人五万円ってところですね」

と伝えると、

「それじゃあ、吉原なんかより数段安いじゃないですか」

藤田は興奮ぎみに叫んだ。

その道を三回通り抜けて、藤田は二人の娘をピックアップした。二十二、三歳くらいのスタイルのいい、肌の色が透き通るような美女だった。永田も二人をピックアップしてホテルの地下にあるディスコに入った。

ディスコは八〇年代の六本木にあったそれのような雰囲気で、男のほとんどは一見して外国人とわかった。藤田が連れてきた娘は二人とも英語が通じた。ディスコダンスを二曲、三人で踊っているとチークタイムになり、これが二曲あったので二人の娘と一曲ずつ踊った。酒をオーダーしソファーにいったん戻ったところに、駐在員が部屋の鍵を持ってきた。藤田が「二人とも部屋に連れていきたい」と駐在員に言うと「どうぞご自由に恋愛を楽しんでください」と笑顔で見送った。

藤田が二人の娘にそれぞれ部屋に移動する旨を告げると、娘たちは顔を見合わせてお互いに笑顔を見せながら藤田を挟んで腕を組み、エレベーターに乗り込んだ。駐在員が用意してくれたのは二十四階のスウィートルームだった。

その夜、藤田は、これまでの人生で経験したことのない悦楽の世界に浸った。

翌朝、目を覚ますと二人の娘の姿は消えていた。藤田はハッとして自分の手荷物や財布を確認したが、なくなっている物は何もなかった。カーテンを開けると澄んだ空気に緑が鮮やかだった。

シャワーを浴びているときに電話が鳴った。駐在員からだった。

「おはようございます。後ほど着替えをお持ちします。それと出発は九時で、ホテルから空港に直行です。食事はどこのレストランを使っていただいても結構です。お粥《かゆ》も美味しいですよ」

藤田は昨夜の出来事を思い出しながらバスタブにお湯を張り、ゆっくりと体を湯に任せた。スパイ小説や映画では昨夜のシーンが録画や録音されて、後々の脅迫に繋《つな》がってくるという設定だが、そんな心配はないだろうという妙な安心感が藤田にはあった。

十五分近く湯船に浸かり、冷たいシャワーを浴びて生気を取り戻したとき、部屋の入り口のチャイムが鳴った。バスタオルを巻いてドアを開けると、新品の下着とワイシャツを届けにきたものだった。行き届いたサービスなのか、駐在員の配慮なのか、わからなかったが、藤田はベッドサイドのミニバーからミネラルウォーターを取り出して咽喉《のど》を潤《うるお》した。

九時少し前にフロントに降りていくと、そこには永田と駐在員の二人が待っており、山田社長の姿はなかった。軽い朝の挨拶をして用意されていた車に乗り込んだ。

車の中で藤田が、

「今日は山田社長のお姿が見えませんね」

と尋ねると、永田が、

「あの方は温厚な普通の人に見えて、実はなかなかの実力者なんですよ。今ごろはもう政府の要人と朝食を共にされていることでしょう」

と答えた。山田社長をそんな立派な人とは思っていなかった藤田は慌てて、

「そんなに偉い人だったんですか？」

気恥ずかしそうに言った後、

「今日はワゴン車じゃないんですね」

と話題を変えると、駐在員が笑って言った。

「軍のヘリに街の娘を同乗させるわけにはいきませんからね」

昨夜の車は女性をピックアップするために用意されていたものだったのだ。藤田が感心した顔をしていると、永田が、気恥ずかしそうな顔をしながら言った。

「ところで藤田さん、野暮なことを聞いてしまいますが、昨夜はいかがでした？　私

も実は初めての経験だったのですが、こりゃやめられませんねえ」

　藤田はホッとした気がして、

「永田課長も初めてだったんですか？　それを聞いて少し安心しましたよ。まさに中国四千年の技でしたよ」

　と言うと、永田も駐在員も大声を出して笑った。

「ところで、会計はどうなっているんですか？」

　藤田がそう尋ねると、永田は笑顔のまま言った。

「まあ、今回は僕も社費で同伴させていただいていますし、軍関係者に急遽《きゆうきよ》会わせてしまったお詫びもありますから、こちら持ちということでお願いできませんか？」

「それは申し訳ない気がするのですが……」

　と言いながら、藤田は旅費に関してもまだ一銭も支払っていないことにようやく気づいた。

「帰国してから、精算はきちんとしてください。長い付き合いができなくなってしまいますから……」

　しかし、永田は、

「藤田さん、これは私どもと御社との間の伝統行事なのですよ。昨年、ブラジルやペルーにいらっしゃった先輩方と一緒ですよ。これをご縁に末永くってことでいかがですか。特に今回は私もいい目をみさせてもらってますからね。昨夜みたいに……」とまた声を立てて笑ったので、藤田は「今回だけは甘えておこう」という気になった。

＊

北京空港の特別ゲートから敷地内の軍関係者専用の建物に着くと、そこにはすでにゲートから連絡が入っていたらしく、軍服を着た蔡が出迎えていた。階級章で彼が将位であることがわかった。

蔡は「時間がないから」と直接、脇に停めてあったジープでヘリポートに向かった。ヘリは旧式のジェットレンジャーだったが、八人乗りのジェットヘリとしてはこの型が最も適していた。搭乗するとすぐに東を目指して離陸した。各自にヘッドフォンが渡され、マイク越しに会話をした。途中、万里の長城に沿って飛行し、万里の長城が海に没する唯一の地点を藤田に案内してくれた。

彼らが向かったのは、山東省青島にある「中国人民解放軍海軍北海艦隊司令部」だった。この艦隊は原子力潜水艦を持つ中国唯一の艦隊でもある。また、北京を含む東北中国部の沿岸からロシア軍の上陸を防ぐ役割を有している。

中国人民解放軍海軍は、この当時兵力約二十八万人といわれていた。その中で蔡クラスの将位にある者は数十名であり、藤田は特別な歓待を受けているといってよかったし、藤田自身も十分これを認識していた。

飛行中、蔡が、

「今日は原潜もドックに入っているので、最新の潜水艦やフリゲートを見ることができるでしょう」

と言ったのには、藤田だけでなく菱井のメンバーも驚いた。双方とも国家機密と同等の国防機密であるはずなのだ。

現地に着くと、アメリカのロサンゼルス級原潜に近い規模を持つ「元型」原子力潜水艦と、中国初の汎用フリゲート「〇五三型フリゲート（江衛型）」があった。いずれも改良型であり、これまで情報として伝えられていた攻撃力をはるかに上回る仕様になっているに違いなかった。

藤田は蔡が自分たちをここに連れてきた理由を考えた。確かに、中国人民解放軍海軍が持つ三つの艦隊のうち、北海艦隊はロシアを仮想敵とし、さらに唯一戦闘を経験していない艦隊であるため、日本やアメリカに対しては脅威と呼ぶ艦隊ではないような気がした。しかし、それにしても、現在の最新軍備を思想上の敵国の軍関係者、それもプロ中のプロに見せることの意義は理解できなかった。

ひととおりの説明と周囲の艦船見学を終えると、青島市内に昼食をとるために車で出かけた。日本ではビールが有名なこの街は、東京二十三区の十数倍の面積を持つ中国第四の都市で、風光明媚なうえに食材にも恵まれた土地であった。

「青島は中日戦争のとき、日本軍が拠点を置いていました。今でもその施設は街のいたるところに残っています」

蔡はさりげなく言ったが、藤田には「侵略戦争」を指しているのだということがすぐにわかった。藤田でさえ、先の戦争は「侵略戦争」であるという認識は持っているが、それを当事者側から言われることには嫌悪感があった。藤田はこの感覚を表情に出すことなく、先手を打った。

「日本は当時、まだ木の文化でしたから、建物の多くは日本が入る前のドイツの手によるものでしょう。フリゲートの艤装《ぎそう》や鋼板は日本製のようでしたけどね」

蔡は一瞬たじろいだように見えたが、さすがに中国人民解放軍の将官だけあって満面の笑みを浮かべながら答えた。

「中国はようやくさまざまな工業を自分の力でできるようになりましたが、その技術や精度は貴国の水準にはまだまだ及ばないのが実情です。技術だけでなく、ものの考え方や制度そのものも学ぶ点が多いのです」

「ほう、その制度とはどのようなものをいうのですか」

藤田が蔡の本意を訝《いぶか》しがるように尋ねると、蔡は答えた。

「昨夜も言ったと思いますが、外交と軍事は一体ではないのです。相互に補う関係です。中国は、外交は高飛車にできても軍事はまだまだ世界に競える力はないのです。最新フリゲートを浮かべていても実戦でどの程度役に立つのか……。その点では、貴国と実戦経験がない北海艦隊は似ている」

藤田は蔡が言う中国海軍の実情が真実の姿だろうと思った。蔡は続けた。

「そういう意味でも、技術面も、軍隊の教育や軍隊組織の精度の向上も、日本に学ぶべきところが多いのです」

藤田は中国の訓練は優れているものと思っていたが、そうでない理由に、軍人としての意識が海軍では欠如しているのだろうと考えた。藤田は尋ねた。

「軍人の生活は安定しているのですか？」

「軍人一人ひとりや、その家族の生活は安定していますが、地元に残っている親たちの生活は決して楽じゃない。一人っ子政策の歪《ゆが》みがさまざまなところに出てきています。戦争でわが子を失うことは、その親たちの面倒を国で見なければならないことになる。今の中国にはそんな余裕はないのです。だから戦争地域に軍隊を出すことができない。いくら国連の常任理事国になっているといっても……ですよ」

蔡は中国軍人の将官にしては珍しい分析論を示してきた。藤田はそこまでは考えていなかったものの、蔡がしきりと中国の不戦の意思を藤田に伝えようとしていることを感じた。そこで藤田は言った。

「中国の実情は少しわかりました。しかし、それは政治の世界の話であって、軍人同士の会話にはなじまないことなのじゃありませんか？」

「確かに、藤田さんのおっしゃるとおりです。ただ、現場の軍人でも貴国への戦意はないことを伝えたかったのです」

藤田はすぐにこれを信じるわけにはいかなかったが、その後、食事を共にしたときのさまざまな話題や彼が持つ独特の雰囲気で、蔡個人については高度な教養を持った、信用できる人間だという印象を受けた。

北京空港で別れ際に蔡は、

「今度お会いするときは第三国でも構わないのですが、じっくり中日の平和構築について語りましょう。ぜひ、信頼できるお仲間もお連れください」

　と言って、藤田と固い握手と抱擁を交わした。

　蔡と別れた後、藤田は永田に、

「ありがとうございました。いい方にお引き合わせいただき感謝しております」

　と言うと、永田は、

「はい、あの方は軍人らしくない軍人ですが、お兄さんが中国共産党の上級幹部だそうで、在日本中国大使館の参事官も務めておられたと聞いています。彼自身も京都大学を卒業してますし、日本シンパの中枢の一人でもあるんです」

　とさらりと言った。

「どうりで日本語がうまいし、ちょっと上品な関西訛《なま》りがあるなと感じてたんですよ。そうですか、京大ですか。僕の先輩でもあるんですね」

　北京最後の夜、藤田たちは再び山田社長と合流して、本場の北京ダックを堪能した後、ホテルでマッサージという名の魅惑の性技を受けた。藤田は北京、特にその夜の世界に引き込まれた。

＊

藤田が三泊四日の旅行を終えて日本に戻ると、ちょうど藤田のチームが開発した特殊鋼が菱井重工で完成し、その性能実験が開始された。これには永田も同席した。この特殊鋼はチタンと同等の軽さと強度を持ちながら、伸縮性に富み、かつレーダー探知を困難にする広汎反射能力を持ったステルス鋼に近い特殊金属であった。これで潜水艦の甲板や戦艦の艤装を行えばきわめて秘匿性に優れた艦船ができることになる。特殊鋼の材料、製鋼加工技術は国家のトップシークレットであり、これを知る者は防衛庁内には藤田ほか五人、菱井側には三人の計八人しかいなかった。

実験はきわめて良好な結果を生んだ。これを用いた試作船の建造は、すでに予算獲得ができており、ドックも長崎造船所内の機密地区に手配が終わっていた。艦船本体費用だけで八八〇億円という代物だった。

藤田は結果に確信を持っていた。この特殊鋼の汎用性は世界中の造船業界、特に軍艦建造を行う部門に広がり、これらからの需要は菱井重工を潤すものになるだろうと思っていた。そして藤田自身がこの現実を心から喜んでいた。なにしろ、この特殊鋼の製法特許は藤田個人の名前で申請しているのだ。ここが日本国の弁理体制の甘いところでもあり、知的財産権に関する国家関与が他国に比べて著しく立ち遅れていることを示していた。光ファイバーや発光ダイオードなどノーベル賞ものの日本の技術が馬鹿げた学閥主義や学会の権威主義に妨害されて、国内では認められず海外に流出してしまう。その結果、特許所有者もろとも海外の企業に取り込まれてしまうのだ。国家の至宝が他国に侵害されながら、国家としては何の対応もできないでいた。

藤田にはすでに菱井重工からヘッドハンティングの条件が届いていた。しかし、今の地位では将来企業内で使い捨てにされる虞《おそれ》があった。まだまだ国の金を使って軍事転用可能な技術を研究、製作、収集し、将来これで財を得ようと考えていた。

特殊鋼のライン生産が決定し、まずこれを国産潜水艦甲板に装備する計画が防衛庁内で決定した。菱井は、この特殊鋼の大量生産ラインを千葉工場の一部に造り、秘密保持のため隣接する造船所との一体化を図っていた。この成果に永田主催で宴が設けられた。永田には次期部長が約束されたのだった。

防衛庁の幹部も顔を揃えた宴は二時間ほどで終わり、藤田は永田に連れられて六本木に向かった。藤田が入庁した当時、防衛庁がある六本木には安給料でも飲みにいける店がたくさんあった。しかし、今や六本木は藤田たちにとっては環境面で外国人街となってしまい、また価格面でも手の届かない場所に変わってしまったような、一抹《いちまつ》の寂しさを感じさせる街になっていた。

二人が向かったのは防衛庁の正面の路地を入った、六本木の喧騒から隔絶したような、超高級マンションが点在する閑静な場所だった。

「六本木にもこんな場所が残っていたんですね」

藤田は変化が激しい六本木の夜景を見ながら呟いた。永田は、

「麻布永坂町とこのあたりだけですね。狸穴《まみあな》下も最近はうるさくなって……」

と言いながら、高級マンションの玄関をくぐった。

「どなたかのお宅ですか？」

藤田が尋ねると、永田は、

「ちょっとした秘密クラブってところですね」

と笑顔で答えた。マンションのエントランスホール前のガラス扉の脇にオートロック開錠用のボタンがついている。永田が六桁の番号を押すと、「朱雀《すざく》です」という声がインターホン越しに聞こえた。「オールブラックの永田です」と暗号めいたことを口にすると、「いらっしゃいませ」という声と同時に重々しいオートロックの開錠音が響いてドアが左右に開いた。エントランスホールだけでも百畳近くあるだろうか。

革張りソファーの応接セットが三ヵ所に置かれていたが、誰も使う気配がない飾り物のような感じだった。敷物が中国の高級緞通《だんつう》であることは藤田にもわかった。大理石の門の奥にあるエレベーターに乗り八階に着くと、そこにはワンフロアを独占した部屋があった。

マホガニーの扉を開けると、まさに高級ホテルのラウンジのようになっており、黒服の男が近づいてきた。

「永田様いらっしゃいませ」

「やあ」と会釈して永田は男の後について部屋に入った。そこには映画で観るヨーロッパ貴族の館にあるような調度品が置かれていた。四十畳ほどのリビングにはヘレケ産の最高級品とわかるペルシャ絨毯《じゅうたん》が敷き詰められ、ここにも革張りの応接セットが三ヵ所に置かれている。永田と一緒に部屋に入った藤田が目を見張ったのは、それぞれの応接セットにドレス姿の美女が三、四人ずつ座っている光景だった。黒人からロシア系までタイプは違えど皆輝くように美しかった。日本人らしい娘もいた。十数人の娘たちがどういう立場でここにいるのかを考えただけで藤田は興奮した。これほど高級ではないが、かつてフィリピンのマニラやタイのチェンマイに行ったとき、似たような雰囲気を持つ場所を訪れていたからだ。藤田の反応を見て永田は、

「お好みの娘はいますか」

とさりげなく言った。

「ここはどういうシステムですか？」

藤田は頷《うなず》きながら尋ねた。

「ここは一対一です。お好みの娘がいるソファーに座って飲み物を注文して、その娘にも好みの飲み物を聞けば、個室に案内してくれるシステムです。個室では藤田さんの腕次第。どこまで進もうが別料金はありませんからご心配なく。今日は一応三時間取っていますので、相手を替えても大丈夫ですよ」

「なるほど、なるほど」

藤田は永田の顔を見ることもなく頷くと、一つのソファーに向けて歩き出した。東洋系の娘が何人かいる席だった。永田は「やはりな……」と一人で呟いてその様子を見ていた。その中にチャイナドレスが妙に艶《なま》めかしく、それに包まれているしなやかな肢体もみごとな二十代前半に見える娘がいた。藤田がその娘とともに個室に消えるのを見届けると永田は店を離れた。

＊

翌朝十時、永田のデスクに藤田から電話が入った。内容はお礼だったが、昨夜の店というより、娘を相当気に入った様子の口ぶりだった。永田は「また近いうちに参りましょう」と言って電話を切った。

その日、藤田は終日仕事が手につかない状態だった。昨夜の中国人の娘に完全に参ってしまったのだ。彼女の美貌、知性、みごとな肢体、テクニック、そして脳までとろけさせるような甘い声。強烈な快感に酔いしれたのだった。すぐにまたあの店に行きたいという欲望があったが、かといって、会員でもない藤田は一人で入店することはできない。永田に連れていってもらうしかないのだが、そうそうねだるわけにはいかない。しかし、気持ちのブレーキをかける理性がぶっ飛ぶほど鮮烈な官能の世界を知ってしまった藤田の脳裏に、もはや防衛庁三佐に求められる職務倫理はなかった。

夕方、藤田は永田の携帯に連絡を入れた。

「もう一度、昨夜の店に行きたいのですが」

初めて自ら要求したのだった。永田は、

「今日明日は無理ですが明後日ならば都合をつけます。しかし、昨夜の娘が必ずいるとは限らないですよ」

と答えた。

「どうしても昨夜の娘に会いたいんです」

藤田は言った。そこで、永田は、

「では彼女が出てくる日を聞いて、その日にお連れいたしましょう」

という提案をし、藤田はこれを受け入れて電話を切った。三日後、永田から藤田に連絡が入った。しかし、

「店のメンバーもローテーションを組んでいて、藤田さんが指定する娘との連絡が取れないのです」

という内容だった。

「老婆心ながら、あの職業の女性にはあまり入れ込まないでくださいよ」

柔らかな忠告も受けたが、今の藤田には馬耳東風だった。藤田はさらに四日待って永田と再度その店のドアをくぐった。

彼女はいた。しかし、その日が最後の出勤ということだった。藤田はなんとか二人で逢う約束を取り付けたかったが、彼女はそれを許さなかった。そして来週、中国に

一時帰国し、次の来日は未定ということだった。

彼女の中国での住まいは吉林省の長春で、北京に弟が住んでいる。北京の芸術大学に在学中の弟を日本に呼びたいという願望を持っていた。藤田は「なんとか役に立ちたい」とも言ったが連絡先は教えてもらえなかった。

しかし、藤田の真摯な姿勢に何かを感じたのか、別れる直前になって、

「連絡先を教えてくれれば中国に帰ってから連絡をする」

と言うので、藤田は役所の名刺と自宅の住所、電話番号、携帯番号、メールアドレスのすべてを伝えた。そしてその夜、再び藤田は官能の世界にとことん溺《おぼ》れた。

彼女から藤田のパソコンのメールに連絡が入ったのは、それから二週間後だった。彼女は北京にいた。弟の大学卒業を待って日本に行きたいと言い、北京の住所と携帯番号も知らせてくれた。彼女の名前は徐明琳《シュミンジン》といった。藤田は舞い上がった。再び北京に行きたいという願望が募った。

それから数日後、永田から藤田に連絡が入った。

「藤田さん、懐かしい方と一緒なんですが、今夜あたりお時間取れませんか？　会ってからのお楽しみということで……」

その夜、藤田が約束のホテルオークラ・サウスウィングに着くと、ロビーには蔡海

軍将官の姿があった。

「おお、これは懐かしい顔だ。その節は本当にお世話になりました。いつ日本に？」

藤田が挨拶すると、蔡は、

「はい、藤田さん、今朝着いて、明後日には北京に戻らなければなりません」

と答えた。藤田はその「北京」という地名に気持ちが揺らぎ、

「北京ですか、ぜひまた訪れたい街です」

と妙な答えをしたが、このとき、蔡と永田が思わず顔を見合わせて意味ありげに微笑んだのには気づかなかった。

蔡は、これから青島で新型潜水艦の建造を行うことや、北海艦隊の強化など、国家機密に近いことも自ら口にして藤田を驚かせた。そして藤田にまた北京に来るよう提案した。国家レベルではなく個人レベルでの付き合いをしたいというのであった。先に北京で別れる際に「信頼できる友人を連れて……」と言われたが、このときも蔡は同様のことを言った。蔡と別れた後、永田は言った。

「藤田さんはすっかり蔡さんに信頼されていらっしゃる。珍しいですよ、蔡さんがあんなに多弁になるのは……」

藤田はこれを密かに感じていて、

「いや、軍の機密までお話しいただいて驚いていますよ。まあ、これは上官に報告する筋合いのものでもありませんがね……」

と言いたくても言えないジレンマを多少は感じながらも、蔡が示す信頼感を心から嬉しく思っていた。そのときふと、永田が囁いた。

「藤田さん、また、北京に参りませんか？」

藤田は何のためらいもなく答えた。

「ああ、行きたいですね。まだまだ観たいところがたくさんありますよ。なんといっても、北京市だけで四国ぐらいの広さがあるわけですからね」

すると永田は、

「今度はホテルではなくて、友人が持っているマンションに泊まりましょう。もともとは外国企業への賃貸用に買ったらしいんですが、今はゲストハウスになっているんです」

と提案して、さらに続けた。

「実は、近々中国で新たな事業を考えていて、私たちは中国全土を転々としなければならなくなるんです。数日間は藤田さんをお一人にしてしまうことになるのですが、構いませんか？」

藤田は徐明琳と二人きりで会えることをまず考えた。そして早速、永田との日程調整が始まった。

翌日、藤田は海外旅行届の決裁を取った。行き先はタイ、インドで、目的は個人的趣味として、各国のインド洋艦隊と自衛隊派遣の現況の視察とした。上司は二ヵ月ほどの間に二度目の海外旅行の許可申請を出してきた藤田の顔を不思議そうに見たが、日ごろの彼のワーカホリックぶりをよく知っていたため、新たなアイデアが生まれるのかもしれないとの思いもあって「出張扱いでも構わない」と言ってくれた。しかし藤田は「あくまでも趣味」と言ってこれを断った。

＊

一週間後、藤田は秋が駆け足で過ぎ去ろうとしている北京の地を再び踏んだ。前回といってもあれからまだ二ヵ月経っていないのだが、あのときの未知の地に接するワクワク感とは異なる、トキメキに似た喜びが今の彼を捉えていた。前夜、藤田が徐明琳の携帯に国際電話をかけると、彼女が出た。その電話番号が彼女のものなのか半信半疑であったために、繋がったことが何より嬉しかった。藤田が今回の一週間の旅程を話すと、彼女はほとんどの時間を「同行することができる」と答えてくれた。

　翌朝、永田の紹介で、マンションを提供してくれるという中国人オーナーに会った。まだ四十代前半の恰幅のいい紳士だった。出身地の上海でプロバイダ事業を成功させて北京に進出し、その後、欧州車の輸入販売、不動産業と事業を展開していた。菱井重工とは菱井グループの商社との付き合いから始まり、最近は鉄鋼業にも手を広げているようだった。彼が保有するマンションは北京の中心にあたる王府井《ワンフーチン》駅近くの豪華マンションで、四十畳のリビングに二つのバスルームを備えた４ＬＤＫだった。

永田が、

「日本だったら、優に二桁の億ションでしょう」

　とさらりと言った。確かに銀座四丁目の和光の裏にマンションがあるようなものだった。

　藤田は五日間、このマンションを借りることになった。支払いはなしで、使用したタオルなどのクリーニング代だけでＯＫという話だった。冷蔵庫の中には食材のほかに各種の酒が入っており、ワインクーラーには数本のワインとシャンパンまでがウェルカム用にと用意されていた。

　翌朝、永田たちは四川省に行くと言って出かけていった。藤田は彼らを見送るとすぐに徐明琳に連絡を取った。彼女とは王府井のホテルのロビーで昼に待ち合わせた。一ヵ月ぶりに見る徐明琳は、高価そうなニットセーターにジーパンという姿だったが、ホテルの客が皆振り返るほどの優雅な美しさが際立っていた。ラウンジで二人は再会を祝ってシャンパンで乾杯をした。

彼女は現在、旅行代理店で非常勤の仕事をしており、「今は観光シーズン最後のかきいれ時」と笑って言った。北京では語学ができる者は優先して仕事に就くことができるといい、彼女は英語、日本語のほかにドイツ語まで通じていた。ホテルを出ると二人はまるで恋人同士のように寄り添い、特に目的もなく王府井の街を歩いた。今の藤田にとって周囲の景色も観光拠点も関係がなかった。北京という人の目をはばかる必要のない土地で、明琳と二人の時間を過ごすことだけでよかった。

藤田は宿泊先のマンションに彼女を誘ったが、彼女のほうから藤田を自分の部屋に案内した。王府井からタクシーで十分ほどの新しい高層マンションの十七階だった。彼女の部屋に入ると藤田は、彼女のほうが自分よりもリッチなのではないかという妬《ねた》みに近い感覚を覚えた。リビングは三十畳以上あり、明らかに高価な緞通が敷かれていた。３ＬＤＫの室内で内装も家具も決して安物ではない。

考えてみれば彼女のことは何も知らない。高級コールガールという単語が一瞬だったが藤田の脳裏に浮かんだ。

「誰かパトロンがいるのか……」

妬みはある種のパワーを呼び起こすが、これが継続するとろくなことはない。藤田は彼女への疑念を振り払いながら、尋ねた。

「このマンションは君のものなのかい？」

彼女は笑いながら、

「中国には、土地に対する所有権はないの。だから、不動産は投資の対象にはならない。身元さえしっかりしていれば安く手に入れることができるのよ」

と答えた。藤田は「なるほど……」と思いながらも、二十四、五の娘が手に入れるにしては高級すぎる物件だと思っていた。

「日本と物価は違うだろうが、これだけの部屋に住んでしまうと、日本に住むのが嫌になるだろう？」

さりげなく尋ねたつもりだったが、彼女は敏感にさとったのか、

「藤田さんは私の身元が心配なのね。確かに私たちは出会ったところだし、会うのは今日がまだ三度目だし、中国といっても首都の北京の第三環状線の内側でこんな部屋に住んでいて、しかも小娘……」

ゾクッとするような上目遣いで藤田の反応を確かめるようにして言った。藤田は何も言えなかった。吸い込まれそうな危うい感覚に堪えながら、じっと彼女の目を見ていた。彼女は続けた。

「私の父親は国家企業の中でも大きな会社の役員なの。それも、ずっと上のね」

今度は藤田に優しい笑顔を向けて言った。この数分間の彼女の表情だけでも藤田は頭がクラクラするような刺激を受けていた。藤田は「そんな立場の者がなぜコールガールなのか」という疑念を抱いた。

「君の立場はわかったが、どうして日本ではあんなところにいたんだい？」

「急にお金が必要になったの。それも秘密を守ってくれるところじゃなきゃならなかったの。私があの店にいたのは二週間だけ。顔見せ要員という立場でよかったの。確かに何人かのご指名は受けたけど、夜を共にしたのは藤田さん、あなただけだったの。あなたならいいと、自分でも不思議と感じたのよ」

そっと彼女が藤田の斜め前の位置から彼の横に座りなおしたとき、藤田は心の中に湧いた疑念を忘れて、彼女への欲望を募らせた。彼女もこれを自然に受け入れた。

脳の中まで溶けてしまいそうな数時間を経て、藤田は「彼女のためなら何でもできる」という感覚になっていた。まだボーッとした状態のまま、藤田は彼女に尋ねた。

「君も知っているとおり、僕はただの公務員で、経済的に君を豊かにすることなどできない。でも、今は君を失いたくない気持ちでいっぱいなんだ。僕は君に何をしてあげることができるのか、自分でもわからない」

彼女はそれには答えず、

「北京の秋はもうすぐ終わるけど、私たちの時間はまだ十分にあるわ。あなたが日本に帰るまでにおねだりするものを考えておくわ」

そう言って再びしなやかな肢体を絡めてくると、藤田はもう何も考えられなかった。

その後数日間の彼女のマンションと彼の宿泊先マンションでの生活は、滅びの象徴であるソドムとゴモラの様相を呈していたが、藤田にとってはただ至福の時間だった。

＊

藤田が徐明琳から思わぬおねだりを受けたのは、永田たちが中国国内を巡って帰ってきた夜のことだった。

永田たちが出かけて四日目のことだった。朝十時ごろに藤田の携帯電話が鳴った。日本を離れて初めての着信音だったので、藤田は思わずビクッとしたが、毎日これに縛られている生活をふと懐かしく思ったりもしながら、ディスプレーを覗《のぞ》いた。永田からだった。

「藤田さん、お相手できずに申し訳ありません。今日の夕方に北京に戻ります。ご不自由はありませんでしたか?」

元気な永田の声を聞いて、藤田は「そういえば、彼らと一緒だった」という現実を思い出し、妙に安堵した気分になって、

「はい、北京の秋を満喫しておりますよ」

と答えると、永田は、

「今夜は久しぶりに先日の四川料理を食べに参りましょう。今回はこちらから蔡さんをご招待しようかと思っているのですが、いかがですか?」

と言った。藤田にとっては断る理由もなく、「ぜひ、ご一緒に」と答えた。

午後三時ごろ、徐明琳の部屋を出るとタクシーで宿泊先のマンションに戻って、もう一度シャワーを浴びて服を着替え、永田たちとの待ち合わせ場所のホテルに向かった。ホテルのロビーには永田のほかに先般の現地駐在員と菱井重工の中国支社長が待

っていた。社用車で店に向かった。途中、現地駐在員が「今日はワゴン車ではありませんが……」と笑いながら言ったが、藤田は「今回はその必要はありませんから……」と真顔で答えていた。

前回も訪れた外環三号線沿いにある四川料理の店の味は相変わらず素晴らしく、すっかり慣れた白酒も料理を引き立てていた。蔡将官は相変わらず多弁で「わが国の海軍とのビジネスを進めたらどうか」という話題まで出して藤田を驚かせた。すでにコムが存在しない以上、菱井の技術は中国国家としても欲しいものがたくさんある。政治家への働きかけはこちらで進めるので、技術協力を考えてほしいというものだった。藤田は自分たちが開発しているさまざまな技術を金銭価値に換えるとどの程度になるのかと考えた。

別件の仕事を抱えているため王府井のホテルに投宿している永田一行と別れ、藤田が宿泊先のマンションに帰ってきたのは午後十一時を過ぎたころだった。マンションのオートロックを解除しようとしたとき、背後に人の気配を感じて振り返ると、そこには徐明琳が立っていた。昼間、彼女のマンションを出るときに「永田課長たちと一緒だから遅くなるだろう」と伝えると、彼女は「今夜は弟と過ごすから構わない」と言っていたのだった。

「十二時まで待ってみようと思った」

彼女は藤田と目が合うとはにかむように言った。その楚々とした笑顔に藤田は言葉を詰まらせながら、

「どうして……、何時から待っていたの？」

そう尋ねると、

「永田さんたちと一緒だから、今日は帰ってこないかもしれないと思ったけれど、もしかしたら悪い誘惑に乗らずに帰ってくるかな……と思った。帰ってきてくれて嬉しい」

と藤田に縋《すが》ってきた。藤田は至福の喜びを感じて、彼女とともに部屋に戻った。数時間の悦楽の時を過ごした後、シャンパンを開けた。金色に輝くグラスに湧き上がる泡を通して見つめ合いながら乾杯をしたとき、彼女が唐突に言った。

「藤田さんの役所の人は中国人と結婚することはできないんでしょ？」

藤田は面食らうというより慌てて、言葉を失った。確かに一緒にいたい相手ではあったが、「結婚」という文字は脳裏になかった。遊びとも違う深い愛情を彼女に感じていながらも、出会いの場が場であり、しかも普通の外国人ではない「中国人」なのだ。職を失することにはならないだろうが、職場内での地位を失うことは確実だっ

た。藤田の狼狽《ろうばい》を見透かすかのように彼女は言った。

「私はそんな高望みはしていませんから大丈夫です。ちょっと意地悪を言ってみたかったただけです。ごめんなさい」

「明琳は僕に何を望んでいるんだい？　僕にできることなら何でもしてあげたいんだ」

藤田は彼女を正面から見て言った。

「あなたは今のあなたのままでいいんです。ただ……ただ、私はもう一度日本に行ってちゃんとした仕事をしたい。貿易の仕事をして、弟も呼び寄せたいんです」

「貿易と一口に言っても、個人の力だけでは難しいんじゃないかな。日本で何を売るつもりなんだい？」

藤田は真剣に考えてやろうと思い、頭を巡らせながら尋ねると、彼女は言った。

「いいえ、中国の物を日本で売るわけではありません。日本の頭脳を中国に売るのです。中国はまだまだ物真似の国です。でも物を作ることができる。だから日本の知恵を売って商売にするんです」

藤田は彼女の発想に驚いた。が、実際に日本の頭脳という無形物が商品になることはとっさには考えつかなかった。

「明琳の発想は面白いが、具体的な商品になるような考えはあるのかい？」

「はい。あなたの頭の中にあります。それを私が商品に変えます」

藤田はまじまじと彼女の顔を見た。

「自分の頭脳が商品になる……」

言わんとすることはわからないでもなかったが、現実性に欠けていると即断した。

「僕の頭の中にあるものは防衛に関係するものばかりだよ。一般的な商品にはならないよ」

「いいえ、防衛に関する技術を他のものに転用することだってたくさんできます。私たちがいろんな意味でのパートナーの関係になることができれば素敵なんだけど……」

藤田は再び彼女の顔をまじまじと見た。確かに藤田もこれを考えた時期がなかったわけではないし、菱井重工からヘッドハンティングの誘いがあったときに先方から勧められた内容でもあった。しかし、彼女が藤田と出会って、いかに逢瀬があったとはいえ、この短い期間にそこまでの考えを抱いているとは思わなかった。また「パートナー」「素敵」という台詞を使ったときの彼女の魅惑的な表情と甘えたげな声が藤田にはたまらなかった。

現在、藤田が持つ能力は特殊金属に関するものとレーダー探査に関するもので、その両者を熟知する者は国内で藤田が唯一であり、これが現在、日米軍事関係の主体となるイージス艦を中心とした作戦行動の根幹をなすものだった。防衛庁幹部の中には「藤田が組織を去る」という危機意識を持っている者はいなかった。

それからまもなく、藤田はヘッドハンティングという形で菱井重工顧問として活動するようになった。自分の部下数名を引き連れての行動だった。防衛庁は「職業選択の自由」という憲法に保障された固有の権利を制限することはできず、今後、公務員として知りえた国家の秘密を漏洩しないという、国家公務員法違反に抵触しないことを本人に伝えるのが精一杯だった。

第三章　警察ルート——平成十一年

黒田は、警察の情報漏洩ルートの解明には、公安総務課の第八担当者を採用した。彼らは追尾能力に秀でており、なによりも警察官の特性をよく理解していた。

警察官ほど、被疑者の立場になったときに落ちやすい職業人はいない。一度は真正面から正義を志した経緯があるからだ。その反面、徹底した裏付け捜査が求められた。これは違法収集証拠でもなんでもよかった。過失を犯したことを認めさせさえすればよいのだ。

*　　*　　*

都道府県警察の中で東京都を管轄する警視庁を除いて、外事警察の分野が強いのは大阪、京都の両府警と兵庫、神奈川両県警だ。大阪、京都両府警、兵庫県警は中国、朝鮮半島情報に、神奈川はこれに加えてロシア情勢に詳しい。これは地理的環境に加えて、この地域に拠点を置く組織犯罪関係者と、彼らと接点を持つ在日二世三世に対する情報活動がさかんなためである。政治の世界でも同様だが、この地域の歴史的な背後関係を知悉《ちしつ》していなければ、さまざまな陳情や案件を処理することはできない。

平成十一年春、大阪府警警備部外事課警部補の青木光男は、府内の中国人マフィアと呼ばれている集団を調査するうち、この中に東京都港区元麻布にある在日本中国大使館に出入りする男が含まれていることを確認した。その男は大使館武官室の副武官で「馬兆徳《マアツアオデ》」という名前を使っているが、彼が本当の外交官なのかどうかは、警察庁外事課を通しても不明だった。

彼は東京に居住しながら頻繁に大阪と神戸を訪れていた。しかも、移動に際しては神戸に行くときでさえも、新幹線を使わず飛行機を使った。当時まだ神戸空港はできておらず、神戸市内へは東京からだと新幹線のほうが利便性には優れていた。しかし、追尾《ついび》（尾行）を受ける可能性がある者にとって、途中で追尾者に交替される事は「点検」の回数を増やさなければならなくなるため、これを嫌う傾向がある。そこで途中で乗り降りできない飛行機を利用するのだ。

馬は小柄な男だが、がっちりとした体軀で、首回りはアメリカンフットボールのディフェンスライン選手のように太かった。

一方、彼を追う青木はと言えば、日本人離れした背の高さと彫りの深いエキゾチックな顔立ちで、外国人街に溶け込むことを得意としていた。しかも、外事警察を志すにあたり、警察庁の上級語学専科を修了しており、北京語は通訳顔負けの会話能力があった。神戸の南京街で顔なじみの中国人は彼の流暢《りゅうちょう》な中国語に、誰もが何の疑いもなく中国西域の同胞だと思っていた。

青木が馬を追尾しながら南京街で名物の豚マンをほおばっているとき、顔なじみの店主が馬に声をかけ、何やら親しげに話を始めた。青木はこのチャンスを逃さずに接触を図った。

「周先生、你好（周さん、こんにちは）」

「你好、身体好吗（やあ、お元気でしたか）」

周店主は青木をいつもの挨拶どおりに大げさにハグをして、さらに両手で握手をし、馬に青木を「友人」と紹介した。

青木は馬に対して、

「正説着話、打搅了（お話中失礼しました）」

と非礼を詫びた。周店主は青木に馬のことを、

「这位先生是政府里很了不起的人（政府の偉い人だ）」

と紹介した。握手をする際、馬は青木を一瞬鋭い目つきで見たが、店主が「朋友」と呼び、また、洗練された美しい北京語を用いたため、青木を教養人とみなしたのか、これも美しい北京語で丁重な挨拶をした。

青木は馬が関西にいる間じゅう、徹底して追尾を行った。そして馬が中国人グルー

プの何かしらのキーマンであると見抜いた。馬が東京に戻った後、在関西で彼と接点を持った者は急に忙しくなる。最も動きが激しかったのが地下銀行と目されている組織と、大阪の船舶関連商社と関連重工企業であった。特にこの船舶関連商社の社長は馬が在阪中は二日に一度は必ず面会し、ホテルのフレンチレストランで食事を共にしていた。さらにこの社長は上京のたびに多くの防衛庁関係者と密会を続けていた。

*

大阪市の梅田から阪急電車で淀川を渡ったところに十三《じゅうそう》という街がある。馬はここで執拗な点検活動を始めた。青木はこれまでの行確（行動確認）の経験から、馬が何度かこの場所で点検を行ったことを知っていたので、この後に馬が立ち寄るであろう場所へ転進した。その場所で小一時間待っていると、やはりそこから馬が出てきた。しかも何度か顔を見たことがある連中と一堂に会していたのだった。「何かが起こっている」という確信に近いものが青木の中にあった。

彼らは車三台に分乗してその場から離れた。青木はすべての車の車種、ナンバーを記録して本部デスクに連絡し、至急の「Nシステム」登録を依頼した。

青木の直属の上司は外事警察に精通している青木を完全に信頼し、このような要請には直ちに応じてくれた。青木は仕事面では府警随一の外事警察のエキスパート、プライベート面では難病を抱えた長男を大阪府警の一般職員の妻とともに懸命に育てる立派な男という評判で通っていた。

青木は一人息子が小学校三年生になった五年前、その子が難病（特定疾患）認定されている「脊髄性進行性筋萎縮症」に罹患《りかん》していることを知った。おそらく息子は成人になるまでにその生は途絶えるだろうと医者に宣告された。しかし、人として生を受けた限り、親としては普通の子以上にしっかりと育ててやりたいと青木は思った。

青木の長男は生まれつき病弱ではあったが頭脳はきわめて優秀だった。保育園に入ったころから電車に興味を持ち、特に京都の梅小路機関区が好きだったので、青木はよく連れていったし、その他関西圏のたくさんの列車にも乗せてやった。小学二年生でパソコンを与え、これは将来大天才になるかもしれないと妻とともに喜んでいた矢先の発病だった。青木はショックだった。どの親もが思うように、自分が代われるものならば代わってやりたかった。何のためにこの世に生を受けたのかと、ひとり煩悶しながら天を睨《にら》みつけた。神も仏もいっさい信用できなかった。

その一人息子の病状がちょうどこの時期に悪化、入院生活を余儀なくされていた。まだ中学二年生、国立の教育大学付属校の生徒だった。青木は、息子が一分一秒でも長く生きて、その間に画期的な新薬ができてくれることだけを念じて生きていた。息子の生が青木自身の生き甲斐だったと言っても決して過言ではなかった。しかし、もう長くないこともわかっていた。その日が近いことを青木は妻との間で話し合い、その際の携帯電話の非常コールを設定していた。

そしてその日が訪れた。夕方、十三の駅で梅田行きの阪急電車を待ちながら、淀川の方角に目を向けていたとき、非常コールが鳴った。青木は電話に出ることができず、携帯を握り締めたまま思わず天を見上げた。涙が、とめどない涙が頰を伝わった。その日は青木の四十三歳の誕生日でもあった。

数日後、一人息子の葬儀がしめやかに執り行われた。青木自身は密葬にしたかったのだが、同級生の間で人気があったらしい息子の葬儀には多くの参列者があった。同級生たちは皆、涙を流し、その中には嗚咽《おえつ》する者さえいた。子供を亡くした青木夫婦にとって、この元気な子供たちの姿を見ることさえ残酷ではあったが、焼香する子供たち一人ひとりに涙を隠すことなく「ありがとう」と声をかけていた。

出棺の際にも斎場に入りきれないほどの参列者があり、青木は「自分の葬儀でもこれだけの人が来てくれるだろうか？」と馬鹿げた想像をした自分がおかしかった。親族、職場の同僚のほかに、学校の教員と友人、その父母の何人かが火葬場に同行した。その中にひときわ目を引く美しい女性がいた。妻と一言二言話しているのを見て、「同級生の母親なんだろう……」くらいの印象をもっていた。

府警では一週間の慶弔休暇が与えられていたが、青木は四日の休みだけとって出勤した。上司、同僚はゆっくり休むように気遣ってくれたが、家にいても気が滅入るだけであったし、同じ府警の一般職の妻も青木が出勤した翌日から仕事に出ていた。妻とは二人きりになったこれからの人生をどう過ごすかという話はしたが、四十九日間にわたって息子が天に昇るために戦っているという住職の言葉を聴き、「仏教では死してもまだ戦わなければならないのか……」と思いながらも、「その間は息子を応援してやろう」と決意をし、子供の思い出話はあえてしなかった。

青木は仕事に復帰してまず息子を亡くした当日のＮシステムの探知結果を確認した。三台の車両の所有者は、

東大阪市の船舶関連商社「四海産業」代表取締役　山田孝市

伊丹市の司法・行政書士で元自衛官の菊池正志

菱井重工大阪支社の名義であることがわかり、この三台はその後も数回、同じ場所に集まったと目される動きをしていた。青木はこのうち、山田孝市と菊池正志の二人の調査ははすでに終了しており、この二人が馬と接触している場所の写真撮影も終わっていた。

船舶関連商社「四海産業」の山田孝市は自衛隊の少年工科学校出身で、情報部門を歩くうちに韓国系の暴力団と知り合うようになった。この暴力団は関西では経済ヤクザの先駆的存在であり、大阪、釜山間の日韓フェリー事業を興し、航海上ではカジノを開くなど、ユニークな発想から財力を蓄えていた。日韓フェリー事業に際し、船舶供給およびさまざまな貿易品の調達を手伝ったのが山田だった。

フェリー事業は九州や山口から新たな航路が追随したため、数年間で打ち切りになったが、この間の闇貿易による利益は莫大だった。当然ながら薬物やコピー商品などの違法な商品がメインだった。山田はここで得たさまざまな商品知識と貿易のノウハウを活かすため、自衛隊を三佐で中途退官すると、会社を興した。山田は新たな貿易先として中国へのルートを切り開いていった。中国ルートの開拓には日中の政財官の有力者との接点が必要であり、表裏のあらゆるルートを駆使して人脈形成を図ったが、その中で最も力を発揮したのが、国内の中華街の要人との関係だった。スタートを食に求めた山田の発想は、食品以外の日用品から嗜好品、さらには漢方薬まで広がっていった。

山田はあるとき、上海近くで小型ながら工業プラント輸出を手がけたことから、中国の重工業との接点を持つに至った。そして、事業拡大の中で中国サイドから依頼を受けた大型プラントの売り込み先が天下の菱井重工だったのである。

山田の会社は日中貿易の有力会社に発展し、これとともに日中間のさまざまなイベントにも招待を受けるようになると、おのずと人脈も太く深いものが生まれていった。

山田は日中間では双方から押しも押されもしない有力者になっていった。

菊池正志は山田の元部下で、自衛隊当時は経理畑を歩いており、司法書士と行政書士の二つの資格を持っていた。実質的に山田が完全に雇っている形だった。

あとは菱井重工の関与が問題だったが、この事案をどの段階で上司に報告したものかを、青木は迷っていた。

*

それから一月半が経ち、亡き息子の四十九日の法要に続き、息子が好きだった東海道線を見下ろすことができる、山崎の菩提寺の真新しい墓に納骨を済ますと、青木はようやく息子が自分の手の届かないところに行ってしまったと実感した。しかし、たった一人で墓に入っている息子を思うと、不憫でならず、次の日曜日にも息子が好きだったチューリップの花を買って一人で墓参りに行った。青木は花器の水を替え、チューリップを活けて線香をつけた。自然と涙が溢《あふ》れてきたので、墓石を撫でて「また来るわ」と声をかけそこを離れようとしたとき、背後から、

「失礼ですが、青木君のお父様ですか？」

と呼び止められた。青木が声のしたほうを振り向くと、そこに先の葬儀のときに火葬場で認めた美貌の女性がやはり花を手にして立っていた。

「はい。その節はご臨席を賜りありがとうございました。こちらには何か……」

その女性は、俯《うつむ》きかげんに言った。

「このお寺に、私の子供が眠ってますの。もしかしてここは青木君のお墓ですか？」

「はい。先週納骨したばかりです」

「そうだったんですか。不思議なご縁ですこと。うちの子はもう三年前ですけれど……」

青木は、そのことには触れず、というより聞くのを遠慮して、

「失礼ですが……。息子がお世話になったのかと思いますが、なにしろ、学校でのことはあまり知らないものですから」

と女性に尋ねると、

「これは失礼いたしました。黒澤冴子と申します。うちの子と青木君が小学校の同級生で、小学校の五年生のころはよく一緒に遊んでいただいておりました。青木君からお父様の仕事の話もよく伺っておりましたのよ」

黒澤冴子と名乗る美しい母親は、目に涙をにじませながら、そう語った。

「ほう、私の仕事の話をしていましたか……。どういうふうに申しておりましたか？」

息子が自分の話を他人にしているのは、嬉しい面もあった。自分の仕事内容について家で話したことがきわめて少なかったので、息子がよそでどのような話をしていたのか、興味もあった。

「青木君はお父様が自慢だったみたい。『警察官だけど特別な仕事をしていて、毎年全国の警察官の中で表彰されている』って。『この前はスパイを捕まえた』って言ってましたわ。難しいお仕事なんでしょうね」

確かに青木は連続して警備局長賞を受賞しており、三年前には新聞に出たスパイ事件を担当して、そのときはテレビにまで映されてしまった経緯があった。公安マンがメディアに出るのは決して褒められたことではない。だが、当時小学生だった子供にとっては自慢だったのだろうと思った。

「警察の仕事は幅が広いですからね。いろいろな仕事をしております」

適当なところで仕事の話をやめようとすると、黒澤冴子は言った。

「でも、身近に警察の方がいらっしゃるのはとても心強いです。これからまたいろいろお世話になることもあるかと思いますが、よろしくお願いいたします」

関西人らしくない流暢な標準語で、しかも妙になまめかしい声でそう言われると、青木は彼女が急に身近な存在に思えてきた。

「こちらこそ、落ち着きましたら息子の話でも聞かせてください。今日は名刺も持ち合わせておりませんが、府警本部の警備部に勤務しております」

挨拶を交わし、墓地で彼女と別れた青木は、一抹の後ろめたさを感じながらも心の中に久しぶりに明るい日が差し込んだような感じがした。

それから二週間が経ち、青木が菱井重工大阪支社の調査を行うため、中之島と川を挟んだ土佐堀にある同社ビルのロビーで視察していると、

「青木君のお父様」

と声をかけられた。もうその声の主はわかっていた。振り返るとそこに黒澤冴子が立っていた。難しい薄ピンクのスーツを着こなし、才色兼備のキャリアウーマンといった雰囲気だった。

「ああ、黒澤さん。こんなところで珍しい。お仕事ですか?」

「ええ、名前を覚えていただいていて嬉しいですわ」

決して媚《こ》びるわけでもなく、むしろはにかむような彼女の仕草を嬉しく思い、青木は、

「偶然が二度も続くなんて、何かのご縁でしょうか……」

そう言ってズボンの後ろポケットから名刺入れを取り出し、

「ちゃんとしたご挨拶もできずに申し訳ありません。こういう者です」

と公用名刺を手渡した。

「頂戴いたします」

黒澤冴子が受け取った名刺には、

　大阪府警察本部　警備部外事課

　大阪府警警部補　青木光男

と記されていた。黒澤冴子は名刺に目を落として、

「外事課というところがスパイを捕まえるところなんですね」

悪戯《いたずら》っぽく青木を上目遣いで見て、高級そうなハンドバッグを開き、その中から名刺入れを取り出して、自分の名刺を両手で青木に差し出した。

「どうも……」

青木は、やはり両手でこれを受け取って、名刺を確認した。

　株式会社　七洋　専務取締役　黒澤冴子

とあった。

「ほう、会社の専務さんでいらっしゃったんですか」

青木は驚いたように名刺と彼女の顔を見比べた。すると、黒澤冴子は笑顔で、

「専務といっても社員五人の零細企業で社長は主人ですの。個人貿易の会社です。ところで、青木さん、お仕事の最中でしょ？」

と尋ねてきた。確かに仕事中には違いなかったが、青木はこの出会いに妙な運命的なものを感じ始めていた。

「仕事は仕事なんですが、黒澤さんはお茶を飲む時間ありますか？」

青木が思い切って尋ねると、彼女は微笑《ほほえ》みながら「小一時間空いている」と応じた。二人はビルの中二階にある喫茶店に入った。

「葬儀の際には、火葬場まで足をお運びいただき本当にありがとうございました。おまけに亡くなられたご子息と同じお寺に……」

青木は席に付くやいなや切り出した。

「本当に偶然なことで私も驚いております」

黒澤冴子もまさかと言った様子で答えたが、その言葉はどこか上の空だった。彼女の瞳は真っすぐに青木を見つめていた。たまらず視線をはずした青木だったが、今日の再会に話しが及ぶと、気持ちの高まりは抑え難いものになっていた。

黒澤冴子は青木の亡くなった息子が小学校五年生のころよく家に遊びに来ていたこ

となどの思い出話をしながら、自分の子供も交通事故で失ったこと、今の仕事は海外から小物を買い付け、国内のブティックなどに卸していること、夫は買い付けが主で海外を飛び回っていることが多く、今は夫の両親と同居していることなどを話した。そして最後に、申し訳なさそうに言った。

「あの、失礼とは思いますが、携帯電話の番号を教えていただいてもよろしいでしょうか？　何かのときのために」

「ああ、いいですよ。ついでにメールアドレスもお伝えしましょう」

青木は、ポケットから個人用の手帳を取り出してメモし、その一枚を丁寧に破って彼女に渡した。

「ありがとうございます。すぐにメールで私の番号もお伝えいたします。これからもいろいろお世話になるかと思いますが、よろしくお願いいたします」

彼女が席を立とうと会計の伝票を取りかけたので、それを制して、青木が支払いをし、店先で別れた。青木は彼女の背筋の伸びた後ろ姿をビルから出ていくまで見送っていた。

それから十分も経たないうちに携帯にメールの着信があった。

「青木様　本当に深いご縁を感じております。近い機会にぜひゆっくりお話ができる時間が訪れれば嬉しいです　冴子」

青木はこれを誘いと受け取ってよいものか……と思いながらも、気持ちのほとんどは新たな「出会い」と捉えていた。自分でも驚くほどすぐに返信し、食事に誘うと、彼女は直ちにＯＫの返信をよこした。一週間後の金曜日に京都で待ち合わせることにした。大阪を避けたのは京都が持つしっとりとした雰囲気に何かしらの期待を持ったからであった。

＊

菱井重工の調査ではそれから二日後、例の馬たちと集合場所にいた男を出勤時に発見した。直ちに男に接近するとエレベーター前のチェックを警察手帳を示してパスし、同じ高層階行きエレベーターに乗り込んで、二十一階で男と一緒に降りた。男は「特殊金属部」にセキュリティーカードで認証を受けて入っていった。この部署はフロアの約半分を占めており、人定は困難な状況だった。そこで青木はその後続けて入っていく社員にピッタリくっつくようにして特殊金属部の部屋に入り込んだ。さすがに国内最大手級の企業らしく、アメリカナイズされたデスク配置は府警本部のそれとは大きく違っていた。しばらく室内を見回していると、部屋の角で見晴らしがいい、ガラスで仕切られた個室にその男がいた。青木がさりげなく傍のデスクに近づくと、女性社員が青木に気づいて、

「どなたかお探しですか？」

と声をかけてきた。青木は社員章をつけていないのをごまかすため、上着を肩に掛けていた。

「企画の上田です。ここに田辺が東京から帰ってきたと聞いたんで、訪ねてきたんだけど……」

「田辺ですか？　ここに田辺という名の者はおりませんが……」

「ええっ、ここ特殊金属でしょ？」

「はい、そうですが、こちらには……」

「あ、そう。おかしいな。もう一度確認してくるわ。あ、ところで、あのガラスの中にいるの、誰だったたっけ？」

「ああ、清水次長ですか？」

「そうそう、清水、清水。なんだ、あいつ次長なんだ」

「一昨年から次長ですよ」

「そう？　セクハラされてない？」

女の子はすっかり気を許したように、

「次長はそんなことしませんよ。夜の席は知りませんけど……」

と言うので、青木はさらに言った。

「相変わらず、夜のクラブ活動は激しいんだ。無駄遣いするなって言っといてよ」

「そんなこと私から言えません」

女の子は笑い出した。すかさず青木は名前を尋ねた。

「清水のフルネームは何だったっけ？」

「清水敏男。敏感な男ですよ」

「何が敏感なの？　それってセクハラじゃない？　普通は俊敏の敏って言うんだよ」

笑って言いながら、「田辺の件はまた調べてくる」と言い残し、その場を離れた。

青木はデスクに「清水敏男」について四十歳から四十五歳の年齢幅で自動車運転免許証の確認と該当があれば住居を割り出すよう依頼した。本人の確認が取れ、住居はすぐに判明した。捜査関係事項照会で、本人の居住および家族関係の確認を行う指示を出した。

青木はマークした人物たちの名前を書き出した。中国大使館関係者の馬兆徳、四海産業社長の山田孝市、司法行政書士の菊池正志、菱井重工特殊金属部次長の清水敏男、それに十三で拠点を提供している金属加工工場の代表である大場明。その五名について青木はそれぞれの会社や個人の調査を行った。調べを進めるうち、入国管理局からの報告で興味深い事実がわかった。馬を除く四人が同日に出入国していることだった。それも行き先も利用航空機も同じだった。北京に三回、上海に四回の渡航経歴があった。青木はそろそろこの事実を相関図にまとめ上司に報告する時期と考え、その準備に取りかかった。

＊

その週末の金曜の夜、青木の姿は京都にあった。隣にはライトブルーのワンピースを着た黒澤冴子がいた。

二人は京都駅の烏丸口で五時半に待ち合わせ、駅前バスロータリーから市バスに乗って四条河原町で降りた。鴨川端まで歩くと上流に向かって左手に並ぶ、京都の風物詩である川床を眺めた。街はまだ陽が落ちる前の明るさで川床に並ぶ提灯《ちょうちん》の明かりはさほど目立たないが、初夏の京都の雰囲気を醸し出していた。二人は河原町方向に少し戻り、鴨川と高瀬川の間に細長く延びる先斗町《ぽんとちょう》に入っていった。

青木はこの狭い路地が行き交う場所が好きで、途中「通り抜けできません」と書いた路地など、ここの地理をだいたい把握していた。「幕末期には坂本竜馬も新撰組の追っ手を巻くためにこの道を通ったのかもしれない……」という想像が、この道を通るたびに湧き上がった。

先斗町の半ばあたりの路地を入ったところに、これまで何度か足を運んだ「おばんざい料理屋」がある。六十代の夫婦が開いているカウンターだけの、七、八人でいっぱいになるこぢんまりとした店だが、有名な京料理屋よりもより京都らしい味わいを尽くしてくれる店だった。

白木の一枚カウンターに並んで座った二人は伏見の純米吟醸で乾杯をした。料理は豊前の鱧《はも》、若狭のグジ、茄子の煮浸し、京野菜の煮付けなど、おばんざいらしく、京都の家庭料理を堪能した。黒澤冴子は酒も強かった。始めこそガラスの一合徳利で注文していたが、それが二合徳利、さらに四合壜《びん》に替わって、二人で二升近くを空けていた。店の親父も「お二人とも強うおますなあ」と感心していた。

店を八時過ぎに出て、鴨川縁《べり》にある川床の店には珍しいバーに入ってカクテルを一杯ずつ飲んだ。バーを出たところで青木が、

「京都を十時ごろに出ればよろしいですか？」

黒澤冴子に尋ねると、

「せっかくの京都ですから、もう少しゆっくりしたいですわ」

と青木の腕に自分の腕を絡ませてきた。青木は一瞬ドキリとしたが、すぐに彼女の手を握り四条大橋を渡って祇園方向に歩き出した。

祇園に入ると切り通しを左折して、鯖寿司で有名な「いづう」の前を通って白川の風致地区に出た。このころには青木の腕は黒澤冴子の腰に回っていた。冴子もこれを楽しむかのように体を青木に預ける形になっていた。

「僕はここから知恩院の前を通って蹴上《けあげ》までの白川沿いが好きなんです」

青木が冴子に囁《ささや》くと、彼女は、

「私も、今日からきっと好きになると思います」

と濡れたような眼差しを青木に向けた。その瞳を見たとき青木の理性が崩れた。青木は彼女の肩を抱き、知恩院方向に歩き始めた。

知恩院の旧門を過ぎたあたりまで来ると、白川にかかる細い石橋が見える。ちょうど四万十川流域にかかる沈下橋《ちんかきょう》を小さくしたような欄干のない橋だ。一人がやっと渡ることができる幅しかない。二人はそっと手をつないだ。そして一枚岩の橋を前後になって渡りきったとき、青木は緩やかに彼女を抱きしめた。顔を彼女の顔にゆっくりと近づけると彼女は目を瞑《つむ》った。自然と唇が重なり、いつしか柳の木の下で二人は互いを求め合うようなキスを続けた。唇を離して見つめ合ったが言葉が出なかった。ようやく意を決したように青木が、

「帰したくない」

と言うと、冴子は青木の目を見て答えた。

「今日は帰らない」

矢も盾もたまらず冴子を青木は抱きしめた。そのまま二人は蹴上にある、都ホテルにチェックインした。青木にとって妻との結婚後、初めての他の女性との関係だったが、冴子はまさに青木のすべてを溶かし、青木は彼女の虜となってしまうほどの悦びを味わった。その日を境に彼の本能は急速に冴子へ流れていった。

＊

月曜にデスクに出勤した青木は、これまで仕事に没頭していた自分と違う、新たな自分を認識した感覚だったが、決して仕事をおろそかにはしていなかった。今追いか

けている事件性の高い事案を、もう少し自分の手でまとめたいという意欲が強くなった。それでも十日に一度は冴子と逢った。彼女に溺《おぼ》れていく自分のことを、妙に自身が若返った気持ちで眺めているような気分だった。

追っていた事案のアウトラインがわかりかけてきたころ、青木に一本の電話が入った。

「外事課の青木光男さんですね。私はセントラル探偵社の服部という者ですが、内々にお話ししたいことがありまして……」

青木は探偵社にかつての同僚や上司が何人か入っていることを知っていたし、何かのタレこみかもしれないと思い、

「お会いするのはやぶさかではありませんが、どのようなご用件ですか？」

と尋ねると、服部と名乗る男は、

「実は私はOBなんですわ、青木はん、あんた黒澤冴子さんちゅう女性知ってますやろ」

急に関西訛《なま》りのぞんざいな口調に変わった。青木の背中に瞬時に汗が流れた。

「それが、何かあるのでしょうか？」

「あんたなぁ〜、よその嫁さんに手ぇ出しといて、『何かあるか』っちゅうのは、ち

やうんやないか？　なんなら今からあんたのところに証拠の写真持って押しかけたろか？」

　青木は必死に冷静になろうとした。そして、

「わざわざ足をお運びいただかなくても、私が参りますから。どこに伺えばよろしいですか？」

　と尋ねると、男は、

「ほな、これから船場まで来てもらいまひょか。別に後輩のあんたを苛《いじ》めてるわけやあらへんしな、話させてもらえば済むことや」

　と言って、船場にある探偵社の住所を伝えた。早速管轄の警察署の警備課にそのビルの所有者、暴力団との関係の有無、探偵社の存在などを問い合わせたが、その探偵社は届出事務を管理する同署の生活安全課も把握していなかった。やむなく青木は教えられた住所に向かった。

　船場にはさまざまな問屋街がある。その混み入った一角の八階建てビルの四階に探偵社は存在した。エレベーターで四階に上がるとワンフロアに四社が入っており、その一つがセントラル探偵社だった。

　ドアをノックして中に入った。四十坪ほどの広さのオフィスは探偵社とは思えない

ような、モダンな事務所だった。昼過ぎではあったが受付には、しっかりとした感じの二十代の受付嬢がおり、青木を認めると、

「いらっしゃいませ、お暑い中お疲れ様です。お約束でしょうか？」

と丁寧な応対をした。

「私は青木と申しますが、こちらに服部様という方はご在所でしょうか？」

「所長の服部でございますね。少々お待ちください」

受付嬢は電話をかけ、用件を伝えると、

「どうぞこちらへ」

部屋の奥にあるガラス製のパーティションで仕切られた応接室に青木を案内した。

「服部はすぐに参りますので、こちらでお待ちください」

丁寧な挨拶と物腰で部屋を出ていった受付嬢を見送りながら、青木は「探偵事務所ながら社員教育がよく行き届いているものだ」と感心した。最初の挨拶で時候の台詞など普通の営業マンでもなかなか口に出せるものではない。

まもなく四十五、六の恰幅《かっぷく》のいい紳士然とした男が入ってきた。男は青木を認めるなり、ニヤリとあまり品の良くない顔をして、

「青木はんでっか、服部です」

あらかじめポケットに用意していたのだろう、名刺を一枚差し出してきた。青木もズボンの後ろポケットから名刺入れを取り出し、名刺を交換した。

「まあまあ、どうぞ、座ってください」

服部と名乗る男がそう言って、自分もどっかと応接椅子に座ったので、青木もこれに続いて腰を下ろした。すると服部はいかにも親しげに、しかし、本論を切り出してきた。

「青木はん、あんた、今中国人を追っかけてますやろ。それはもうやめなはれ」

青木は黒澤冴子の件だとばかり思っていたので、相手の言うことを理解するのにやや時間がかかった。そしてまだよく確認していなかった服部の名刺を見た。名刺には、

株式会社セントラル探偵社　取締役　大阪所長　服部孝司

と記されていた。名刺とこの事務所の雰囲気から、個人の探偵屋ではない様子だった。

青木の戸惑う様子を楽しむように眺めていた服部は、

「実は私も以前、府警におりましたんや。まあ、青木はんのように優秀な警備警察と違《ちご》うて、四課ですけどな」

四課といえば刑事部で、暴力団対策が仕事の部門だ。そのOBが探偵になることは以前から多かったし、逆に暴力団の手先に落ちていく者もいた。服部はさらに言った。

「まあ、青木はんというより警備の世界のことやさかい、ワシのことは調べがついとると思うけど、ワシは別に組織に恨みは持っとりまへん。自分の責任は自分でつけたつもりです」

青木は服部の言う言葉の意味がわからなかった。

「服部さん、私はあなたが言っていることがよくわからんのですよ。あなたが最初に私に伝えてきた内容とまったくかけ離れている。あなたは私に何を求めているのですか」

服部は、「ホウ……」と不思議そうな顔をしながら手に持っていたブリーフケースの中からファイルを取り出し、青木の前でおもむろに開いた。その中から青木が十三付近で追尾をしながら歩いている写真、さらに黒澤冴子とラブホテルから出てきている写真をいくつか見せた。青木はいずれも被写体が自分であり、なんらかの組織が自分をマークしていたことを知った。

「服部さん、あなたがなんらかの事情で私を視察していたことはわかりました。それで、私が追尾している相手の捜査を打ち切れ、ということなのですね？」

「そのとおりです」

「それと、この女性は関係があるのですか？」

「おまへん。ただ、あんたはんが、捜査をやめん言うんやったら、こちらの写真を使わしてもらうということですわ。まあ、交換条件いうところですな」

青木は、それだけで済む内容ではないと思った。その後、この写真をネタに別の脅しがある可能性を考えた。

「服部さん、あなたは今、交換条件だと言ったが……」

「そのとおりです」

「すると、もし私がこの中国人の捜査から手を引けば、こちらの女性との問題は不問に付すということなのですか？」

「もちろんですわ。私も元府警ＯＢや、こういうことは何度も見てきてます。おまけにあんたは私の四年後輩やしな。もし、青木はんが私を信用でけん言うんやったら、本部に戻って私のことを聞いてみなはれ。きっと監察やなんやら慌てて出てきまっせ。私は組織の身代わりで辞めたようなもんです。それと……今、青木はんが追っかけとる日本人三人についても同じですわ。この件は忘れることですな。お互いのためや」

この男は自分のことは調査済みなんだ……と思いながらも、青木は話題の飛躍に怪訝《けげん》な顔をして言った。

「組織の身代わりとおっしゃいましたが……」

「そうや、これや、これ」

服部は、右手の親指と人差し指を丸めて、「金」のサインをしながら続けた。

「警備も、ちゅうより警備のほうが派手にやっとったようだが、裏金作りや。あんたも訳のわからん領収書を制服の若いモンに書かせたことあるやろ。あれや」

「確かに、昔はそんなことをやっていた時代はありましたが、今は……」

青木の言葉を制して、服部は言った。

「今でも同じじゃ。今でも裏金作りやピンハネ体質は全然変わっとらへん。昔の仲間はいまだにたかりにやってきまっせ」

青木は驚いた。まさかそんなことが行われているとは……。確かに毎月一人につき一万円支給されている捜査費を消化しないと、翌年の予算が減らされるので、使い切るようにとの指示が出ていた。もし、一万円で足りなかった場合は領収書と報告書を提出すれば補塡《ほてん》されるシステムだ。

「所轄では、いまだに兵隊の捜査費は月三千円や。七千円は課長がピンハネ、その七千円から署長と副署長が二千円ずつピンハネや」

つまり一万円のうち七千円分は別の領収書が用意されており、捜査員は三千円以上仕事で要した分を請求して補塡を受けているというのだった。

兵隊というのは巡査（巡査長を含む）の階級をいい、捜査部門で一般的に「刑事」と呼ばれる連中をいう。確かにそういう実態はあった。そのピンハネされた金が署内各課の運営費に回されているのだ。ひどいところでは、署長の小遣いになっているところもある。

「そんな金で仕事ができると思っとるところが、現場を知らん役人警察の連中や。そんなヤツばかりが出世するから性質《たち》が悪い」

青木はその話題から離れたかった。

「それはわかりましたが、それと今回の件とはどういう関係があるのですか？」

服部はちょっと不機嫌な顔になって、

「あのなあ、あんたがもし、今の仕事をやめることを、『私から強制された』と組織で言うても、組織はあんたより組織の秘密を握っている私を守ってくれるということや。要は、私は長年組織の裏金担当の責任者やったわけで、裏金作りのすべての証拠を持っとるしな、府警も今さらこっちを叩こうなど思っとらん。ましてや、今でも多くの連中が裏金工作を私に頼んできている。そこんところを、ようわかっときや」

服部の言っていることをそのまま信用すれば、今でも、府警内には裏金作りのシステムやピンハネ体質が残っており、現場の者はその金の相談を、背後に何があるのかわからない、服部のような男に持ちかけていることになる。服部はそれと引き替えになんらかの情報を得ているのだろうことは予測できたし、相当に深い人脈が残っているのだろうと、青木は思った。

今回の服部が青木に対して申し入れていることは、刑法上「不作為の強要」であり、強要罪と公務執行妨害罪双方に触れるものだ。しかし、交換条件を呑むことで、青木と服部は同類になってしまうのである。青木はこれに従わざるを得ない状況にあった。

「服部さん、今回の中国人に対する捜査は打ち切ります。その代わり……」

服部は全部言わせまいとするように、青木の発言を制して言った。

「物わかりのいい人で助かりましたわ。女性との写真はデジカメではなく、フィルムで撮ってますさかい、ネガと写真はここで渡しましょう。もちろん、このほかに現像したものはありまへん。そこのところは信用しとくなはれ」

と服部は素直にフィルム一本分のネガと写真を青木に引き渡した。青木はネガを明かりに当てて確認し、写真を受け取った。

「あんじょう頼みまっせ。また何か困ったことあったら、訪ねてきいや」

服部が席を立ちながら言ったので、青木も立ち上がって、

「もう、お会いすることもないでしょう。私も勉強になりました」

と言って、応接室を出た。事務所を出るとき、あの受付嬢が、

「お疲れ様でした。またの機会をお待ちしております」

と言ったので、青木は思わず、

「また、機会があればね……」

と笑って答えた。それが実現するとは青木はこのときは考えてもいなかった。

*

青木はいったんデスクに戻ると、今回の馬に関する事実報告書の内容を変える作業

に取りかかった。約一年間にわたる独自の内偵調査が無に帰してしまうわけだが、自らのミスと諦めざるを得なかった。虚偽の報告書を作りながらも、これまで集積した記録や資料は個人用のデータケースにしまい込んだ。このケースの中にはやはり捜査や調査を打ち切った十件近くのデータが残っていた。

今回の報告書作成には三日を要したが、これを上司の係長に手渡すときには、さすがに自己嫌悪に陥った。しかし上司は、

「さよか、惜しいことしたけど、まあ、しゃあないわ。また何かいいネタ摑《つか》んできいや」

とじつに軽く引き取ってくれたので、青木は気持ちを楽にした。今までにも、政治的な意図が働いて上司からの命令で捜査を中止させられ、忸怩《じくじ》たる思いをしたことが何度かあったので、今回も諦めがついた。しかし、冴子との関係を断ち切る気にはならなかった。ただ、今回の件だけは冴子に伝えておかなければと思い、すぐに慎重に待ち合わせ場所を選定して、自分自身も点検活動を行いながら逢うことにした。

待ち合わせ場所は中之島にあるシティーホテルで、午後零時に一階ロビー脇の上りエスカレーターの前にあるソファーを指定した。青木自身は二十分前にはホテルに着き、一階ロビー全体を見渡すことができる二階ホールの端から冴子の到着を待った。

彼女が追尾されている虞《おそれ》があったからだ。冴子は約束の五分前に現れた。約束のソファー前に近づくと右手の腕時計に目をやり、空いているソファーに優雅に腰を下ろした。彼女の姿はやはり衆人の目を引いており、彼女の前を通る男は必ずといっていいほど、彼女に視線を送っていた。青木は約束の時間が来るまで、彼女が入ってきた入り口や周辺を確認したが追尾をされている気配はなかった。

時間ちょうどに冴子の前に行った青木は、すでにデイユースのチェックインを終えており、そのまま彼女を客室に案内した。

二週間ぶりの再会だった。いつものように二人きりになった瞬間から激しい愛の交歓になった。普段よりさらに激しい青木に、その途中、冴子は「今日はどうしたの?」と何度か尋ねたが、次第にその渦に自ら溶け込んでいった。

シャワーで一緒に汗を流した後、バッグからA4サイズの茶封筒を取り出し、ベッドに戻って青木が話し始めた。

「冴子、実はこれ……」

都ホテルでの一夜以来、青木は彼女を「冴子」と呼ぶようになっていた。封筒から十数枚の写真と「調査報告書」と表書きされたものを冴子に手渡した。彼女は、

「何?」

と受け取ると、一瞬驚いた様子で青木を見た。

「どうしたの、これ、何なの？」

数回の青木との逢瀬を盗撮されたものだった。ラブホテルから青木に肩を抱かれるようにして出てくる姿もあれば、彼女が運転して郊外のモーテルから出てくるものさえあった。彼女は怯《おび》えたような素振りで、

「もしかして、脅されてるの？」

自分にも降りかかってくる可能性に意識が及んだのか、黙っている青木に救いを求めるような眼差しを送った。

「いや、もう終わったことだ。ターゲットは僕だけで、君に害が及ぶことはない。僕が追いかけていた事件捜査を止めることを条件にネガもすべて取り返した。もう心配はない。ただ、これから二人で逢うときは、尾行や盗撮に十分注意しなければならないということだよ」

青木は冴子を抱き寄せ、頭を撫でながら諭すような口調で言った。

「あなたに迷惑がかかってしまったのね。ごめんなさい。私、これからどうすればいいの？」

「冴子は今までどおりでいいんだ。事件の一つが消えることなんて大したことじゃな

い。君がいなくなることのほうが僕には考えられないことなんだ」

冴子は縋《すが》るような目つきで言った。

「本当に、それでいいの？　大事なお仕事だったんじゃないの？」

「もしかしたら、大きなスパイ事件になったのかもしれないが、まだ僕しか知らない話だし、人が殺されたりしたわけじゃない。ただ、ヤツらは何をするかわからないから、今のうちに手を引いておいたほうが、僕らには安心だ。この件はもう終わったことだ」

青木は自分に言い聞かすようにそう言って、冴子を抱きしめた。「ごめんなさい」と言いながらしがみついてきた冴子のことが無性に愛しかった。

そのホテルの中で、数多くのシャッターが静かに切られていたのである。

それから一ヵ月ほど経った夜のことだった。

いつものように逢瀬を終えた時、ベッドの中で冴子が「夫の仕事の都合で海外居住になるかもしれない」と切り出してきた。これを聞いた青木は狼狽《ろうばい》した。しかしその一方で、他人の妻である愛人が目の前から去ることにうろたえている自身の滑稽《こっけい》さを情けなくも思った。彼女との離別は早い時期に訪れた。それまでの間、三日と空けずに彼女と逢った。

一方で、息子がこの世を去り、さらに冴子と出会って以来、青木と妻との間には大きな溝ができていた。妻も夫の様子になんとなく気づいていたようだったがあえて口には出さず、次第に夫婦間の人間関係は「たまに家で顔を合わせる」というものになっていた。

＊

平成十二年の秋、冴子が日本を離れて三ヵ月近くが経っていたが、青木は心の中に風穴があいたような空虚な時間を過ごしていた。仕事に対する情熱も薄れてきていたちょうどそのころ、職場内で恒例の秋のレクリエーションが実施された。この職員厚生行事は春に日帰り、秋に一泊の旅行をするのが通例だった。そのために毎月五〇〇〇円の積み立てを実施していた。外事課は課内を四個班に分けてそれぞれの班がおのおの幹事を中心に計画を立てる。青木が参加する班の二十六名は担当上司の警部を筆頭に北海道の函館に一泊旅行が決まった。

十月も中旬に入った北海道の、観光シーズン谷間の格安ツアーならではの早朝出発の便だったため、函館に着いてもまだ朝市が終わっていなかった。海鮮料理で腹を満たして、貸し切りのバスで市内を観光し、函館山に登った。五稜郭を歩いた後、その近くにある名物のハンバーガーをほおばり、トラピスチヌ修道院を経て、夕方に宿のある湯の川温泉に着いた。夕方といっても北海道の日の暮れは大阪より三十分近く早い。

早速風呂に入って、その後は宴会へ流れた。警察の宴会は酒量が半端ではない。多くの宴会を経験しているホテルバンケット担当も呆れるほど、ビール瓶、日本酒の徳利、焼酎瓶、ウイスキー瓶が次々に空いていく。二時間半の宴会タイムが終わるころには「百人分の披露宴以上の酒がなくなった」と言われた。それでも、それからまた風呂に入ってホテルのラウンジで飲む者、部屋で二次会を開く者と分かれる。青木は同僚三人とホテル近くのラーメン屋に行った。テレビや雑誌で名が通った店らしく、幹事があらかじめ作成してくれていた旅行案内に載っていたのだった。

ラーメン屋といっても、その前にビールと餃子が定番だった。四人で乾杯をしたとき、青木は店の右奥のテーブルで思わぬ光景を目にした。

黒澤冴子だった。一緒にいるのは夫なのだろうか……。二人で旅行に来ているのだろう。彼女はジャケット姿だったが、相手の男は青木たちと同じホテルの浴衣に上着を羽織っていた。男の顔はこちらからは窺《うかが》えなかった。青木は動転した。彼女の視界から隠れるようにして同僚らとビールを飲み、雑談をし、餃子、ラーメンを食べたが、その話の内容どころか、食べているものの味すらはっきり分からなかった。

冴子も店には長居しており、店を出たのは青木たちのほうが早かった。ホテルに戻り、同僚とロビーで別れ、ソファーに座って新聞を読むふりをしながら冴子たちの帰りを待つと、それから十分もしないうちに二人は腕を組んで帰ってきた。冴子は手洗い方向に、男はフロントにルームキーを受け取りに行ったので、青木はその後に続いた。男がフロントの女性に、

「一四四五の清水です」

と言うと、フロントの女性はルームナンバーと客の名前を確認して、

「清水敏男様、お帰りなさいませ」

背面のキーボックスから指定の鍵を取り出して男に渡した。

フロントの女性が発した名前を聞いて、条件反射のように青木は思わず男の顔を見た。清水敏男。菱井重工の特殊金属部次長であることをフラッシュバックのように思い出した。青木の頭は混乱した。今夜のアルコールがすべて抜けてしまった感覚で急に頭の中が活発に動き出した。しかし、何がどうなっているのか今一つ理解できなか

った。そういえば……青木はいちばん大事なことを調べていなかった。「黒澤冴子」、彼女自身の裏を何も取っていなかったのだ。もしかしたら自分はヤツらにハメられたのではないか。青木は早速フロントマンに、

「すいません。本日お世話になっている大阪府警の者ですけど」

と切り出した。グループ名は「外大会」となっているが、旅行業者がその筋の者であることをホテル側に伝えていることは、宴会のときに呼んだコンパニオンがすでにこちらの素性を知っていたことからわかっていた。

「はい、ご苦労様です。何か」

フロントマンが尋ねたので、

「今日、このホテルの一四四五室にお泊まりの清水敏男さんですが、チェックインとチェックアウトの日にちを教えていただけませんでしょうか」

と言うと、フロントマンは怪訝な顔をして言った。

「お客様の個人の情報をお伝えすることは、私の一存では……」

確かに当然のことであった。そこで青木は、

「これから北海道警察本部の外事課を通して、総支配人宛に電話してもらえばよろしいですか？　緊急の捜査を要することなのですが……」

と警備警察の得意技を使うと、

「少々お待ちください。マネージャーに相談してまいります」

フロントマンはそう答えてフロント奥の部屋に入り、まもなくマネージャーを連れて戻ってきた。マネージャーはすでに用件を把握しているようだった。

「まことに失礼ですが、青木様、官職、ご氏名をお教え願えますでしょうか」

さすがに、湯の川温泉一のホテルだけのことはあって、警察への対応をよく知っている。

「はい、大阪府警察本部、警備部外事課、大阪府警警部補、青木光男です」

そう答えると、マネージャーは旅行会社からの予約表と氏名を確認して、

「青木様、ご身分を確認いたしました。事後の文書照会は結構でございますので、私どもも口頭でお返事させていただきます。清水様は昨日からのご宿泊で明日にご出発予定でございます。レンタカーをご利用なされております」

と教えてくれた。青木は謝意を述べた。

「ありがとうございました。ところで、明日、空港で乗り捨てできるレンタカーを、朝一番で一台手配できますでしょうか」

無理な注文であったが聞いてみると、

「清水様は明朝、八時から朝食を予約されていますので、ご出発は十時近いかと思われます。レンタカーが間に合わないようでしたら、当ホテルの車をご提供いたしたいと思います。軽自動車ですが函館市内でしたら大丈夫かと思います。空港の駐車場にお入れいただいて、鍵は空港出発カウンター脇の当ホテルデスクにお渡しください。給油は結構ですので……」

マネージャーは、青木が驚くほどの協力をしてくれた。青木が感謝の弁を告げると、「弟が北海道警でお世話になっている」とのことだった。

翌日、青木たちは午後三時の飛行機で帰阪する予定になっていたので、青木は同僚らと函館空港で待ち合わせをすることにして、清水と冴子の動向を探ることにした。

翌朝、昨夜のマネージャーが言ったとおり、清水と冴子は午前十時ちょうどにチェックアウトした。あらかじめホテルの売店で買っておいた使い捨てカメラで隠し撮りをしながら、ホテルの車で追尾を開始した。彼らは函館山に直行すると記念写真を撮り始めた。いかにも恋人同士という感じでカメラに収まっている。腕を組んで歩きながら、ときおりふざけるようにキスをする。都会では若者が平気でやるが、このような地方都市では旅行者でなければできない行動だった。

山を下りると有名な洋食屋に入って、天皇陛下に献上したというカレーを食べていた。さらに近くにあるレンガ造りの観光名所を歩き、市場に向かうと、勝手を知ったように一軒の店に寄って海産物を購入してそのまま空港方面に向かった。空港に着いたのは午後二時近くで、青木たちの団体が予約している飛行機には十分に間に合った。車を駐車場に入れ、出発カウンターでホテルの車の鍵を返却し、自動チェックイン機を使って自分の席を確保してから、二人が到着するのを待った。二人は空港近くのガソリンスタンドで給油をしていたのだった。二人は東京行き全日空のスーパーシートを予約していた。

青木は空港で同僚らと合流し、大阪に向かった。清水と冴子の便は青木たちの十五分後で隣のスポットからの乗り込みだったため、出発ロビー内でも観察できたが、青木には最後までまったく気づかない様子だった。

＊

翌日、青木は府警本部に出勤すると、昨日の搭乗者の予約内容と連絡先情報を得るため、捜査関係事項照会を作成してこれを航空会社宛にファックス送信し、後日原本を送付する約束で、急ぎの照会を行った。

仲介旅行社は同じだったが、清水は会社の出張名目で会社決済、冴子は個人決済で住所は東京都港区麻布十番のマンションになっていた。住居地を管轄する警視庁麻布警察に当該マンションの居住実態を確認すると、マンションの賃貸部分に単身居住であることが判明した。

青木は冴子との出会いの不審さを考えてみた。もし、冴子が自分との出会いを息子の死に合わせたものだとすれば、旧ソビエトのＫＧＢ（国家保安委員会）が使っていた手法と同じではないか。菩提寺で会ったときの偶然、さらに三度目に出会ったのが菱井重工の大阪支社ビルだったことを考えると、すべてが仕組まれた罠のような気がした。青木はもう一度、一年半以上前に遡《さかのぼ》る事案の再捜査を考えた。しかし、いったん打ち切りをした捜査を再開するのは、その後半年以上経っていることなどを考えると容易ではなかった。

そこで青木は、十三で相手に撮られた写真のアングルで撮影場所の特定をするところから調査を再開した。上司には、「中国人の動きで不審な点がある」とだけ報告しておいた。

自分が追尾している写真を見てみると、十三だけで最低三ヵ所から撮影されている。

鑑識課の友人を訪ね、写真と地図から、距離、角度を計算して鳥瞰図を作成してみると三ヵ所ともビルの一室であることが判明した。この写真デジタル解析システムは便利だった。カメラレンズのズーム比率まで計測できるのだ。捜査サイドがこのデータを利用すれば、狙撃事件等の際に犯行場所が風力、斜角、偏流角（風に流される角度）を計算するだけで容易に特定、解明できる。

現場に行くことなく、三ヵ所の特定ができた。これら三ヵ所の部屋の一年前から現在までの居住状況を管轄警察署に調査依頼すると、翌日の午後にすべての回答がきた。三ヵ所とも「四海産業株式会社」名義だった。

「やはり、この事案はこの会社を中心に動いている……」

青木はこれまでの経緯からそれを確信した。

その日の夕方、青木は警備部で借り上げているレンタカーを使って、十三のその場所に行ってみた。その三ヵ所それぞれを訪れると、最初の部屋は六階建ての四階で、部屋外の電気メーターはほとんど動いていなかった。メーターの数字をチェックしておく。その部屋は同じマンションの他の部屋と同様、二重ロックなどは施されていない。

二つ目の部屋は八階建てマンションの三階。入り口には監視カメラが施され、オートロック式になっている。オートロック式といっても実は入り込むのは簡単で、いちばん楽なのが警察の名前を使って別の部屋のチャイムを押して開けてもらい、簡単な防犯上の聞き込みを装えばいいのだ。

三階のその部屋は二重ロックが施され、電気メーターもかなりの速さで回っている。誰かが在室している可能性が高かった。一応メーターの数字を確認して階下の集合ポストを覗《のぞ》いてみると郵便物がいくつか入っている。この郵便ポストは右に一回し左に一回しして数字を合わせるタイプのもので、青木ならば三十秒もあれば簡単に番号がわかる。ロックを解除し、郵便物を確認すると、四海産業社長の山田孝市宛のものがあった。実質的には窃盗であるが一応預かりの措置を取ってこれを入手した。

青木はこのマンションの斜め前にあるビルの非常階段に上り、この三〇一号室の様子を見た。手には反射式五〇〇ミリの望遠レンズを付けたデジカメがあった。デジカメは修整が可能なため証拠能力を否定されるが、今回は証拠写真を撮るわけではないので拡大が容易なデジカメを用意したのだった。そこでカメラを構えて待つこと三十分、ベランダに若い女性の姿が現れた。一見して夜の商売の女性とわかる。出勤前なのであろうか、頭に髪を留めるヘアーバンドをつけ、化粧の途中という感じだった。

青木は、次回に「吸い出し」を図って女性の店を突き止めることにした。

「吸い出し」というのは、居住地に張り込んで、そこから出てくる対象者を追尾して勤務先や目的地をつきとめる捜査手法である。反対に対象者が行き先や未確認の家に入るまで確実に追尾していくことを「送り込み」という。

もう一つのビルは五階建てマンションの二階でこのあたりでも比較的古いマンションだった。階段で二階に上がると、フロアに監視カメラが取り付けてある。他の階をすべて見たが、他の階には監視カメラは設置されていなかった。

青木はいったん車に戻り、作業服っぽいブルゾンに着替えて帽子をかぶり、目的の二〇一号室を通り過ぎて二階の奥の部屋を訪れるふりだけをして、様子を見る。すると二〇一号室だけに二重ロックが施されており、監視カメラのラインがこの部屋に繋《つな》がっている。このマンションには裏口があり、裏口脇の路地を抜けると、先に馬兆徳の追尾を行った日に、一堂に会していたと思われる関係者全員が出てきた場所にあたる。ここが会合の場所だったのかもしれない。何かあったときの逃走用の拠点にはもってこいの場所だ。極左暴力集団や旧ソ連のスパイ連中が好んで使っていたような地理条件だった。

運良くこのマンションの電気メーターは一階に集中しており、その回転スピードは速かった。集合ポストの中には郵便物が二、三通入っていた。一応居住者の名前を表札と郵便物から控えて、青木はその場を離れた。

翌朝、青木は東大阪市の船舶関連商社「四海産業」に足を向けた。自社ビルではないが七階建てビルの五フロアを占めている。近くの公衆電話から会社に電話を入れ、社長の所在を確かめると、総務部秘書課の女性が青木の身分を聞くので、

「船場の服部です」

と答えると、

「ああ、いつもお世話になります。社長は今日は東京に行っておりまして、八時過ぎの新幹線で戻りますが、こちらには寄らないと思います」

という回答だった。

「さよか、悪いけど、今出先なんやけど、事務所に携帯忘れてきたんや。ちょっと番号教えてくれへんか?」

青木が尋ねると、すっかり信用したらしい秘書は、

「はい。よろしいですか? ○九○-七七五八-＊＊＊＊です」

と教えてくれた。

「ありがとうな、携帯忘れたことは社長には言わんといてな。頼まれ事答えるの、忘れとったんや」

「はい。わかりました。では失礼します」

「ありがとさん」

青木は自分でも役者だと思った。この程度のことは全国公安警察の「サクラ」の研修で十分に叩き込まれている。あとはこの携帯電話のメールと通話記録を携帯電話会社に捜索差押《さしおさえ》令状を取って照会すれば、過去三ヵ月間の大まかな動きがわかるのだ。

その夜、前日の夜のお仕事らしき女性の吸い出しを行った。捜査員の間では夜の仕事のことを「ウォータービジネス」と呼んでいる。まさに「水商売」の直訳だ。こういう女性を追尾する場合、いちばん困るのが「同伴出勤」だった。高級な店の子ほどレストランも隠れ家や高級な店に入り、店に入るときは客が待たせたハイヤーでというのが相場だ。追尾しにくいのだ。しかし、この日、彼女はまっすぐ「キタ」にある店に入った。青木は追い込みながら「いい子いい子」と口にしていた。ビルのエレベーターには彼女と一緒に飛び込んだ。彼女は九階を押した。青木はエレベーター内の表示を見て目についた店の名前を覚え、

「君はエリーゼの子?」

と聞くと、

「いいえ、シャコンヌの渚です」

女性は素直に答えた。キタの中でも高級な部類に入るクラブだった。

*

翌日、朝一番で青木は大阪地方裁判所に、山田孝市が使っている携帯電話の通話記録提出を携帯電話会社に許可する、捜索差押令状の請求を提出し、午前中にその令状の発布を受けて、その足で電話会社の大阪支社法務部に持ち込んだ。

かつては裁判所の令状ではなく、警察署長の依頼文書である「捜査関係事項照会書」で足りたのであるが、通信の秘密という日本国憲法で保障された、固有の権利に対する司直の介入であるとの批判が一部の弁護士や通信関連の労組から起こり、その後は裁判所の判断に委ねて令状交付を受けるようになっている。現在でこそ一部の電話会社はそのデータをコンピューター用記憶媒体に落として提供してくれるようになったが、この時分はすべて紙ベースであり、このときも厚さ二五センチにもなる大量の紙に印刷されたデータをよこした。

これを府警本部のハイテク犯罪対策室に持ち込み、高速スキャナーで読み込んでOCR（光学式文字読み取り装置）ソフトを用いてエクセル処理し、誤字の有無を調べるのだ。さすがにこの作業は一人ではできず、デスクの仲間に協力を依頼してエクセルデータを作り、今度はそのデータにある電話番号、メールアドレスについて再び裁判所に令状請求をして解析を行った。

青木がこれらすべてのデータのコンピューターによる資料化を終えるのに、丸一ヵ月を要した。その間もできる限り行動確認を行い、彼らの行動を克明にメモして、できる限りデータ化していった。行動確認を始めて三週間目、馬が現れた。青木は飛び上がりそうな気持ちになった。馬が動いている限り、昨年からの彼らの動きが終了していないということだった。

青木が馬の行動確認をしていたとき、自分のほかにもこの馬を追尾しているグループがあることに気づいた。もしかして、自分が追われているのではないか……という虞を抱き、すぐさま注意深く観察した。会話から、彼らが警視庁公安部の外事課の連中だとわかったときには面食らった。警視庁の連中は「チョウさん」とか「管理官」という言葉をよく使っていた。「管理官」というポストは県警にはない。大阪府警にはあるが、言葉のイントネーションで関西人でないことは明らかだった。しかし、警視庁公安部の外事課は第一課と第二課に分かれており、もし彼らが中国の事件を担当する第二課の連中だとすると、「対中国」という共通する視察対象から考えて、自分の捜査と競合する可能性があった。なんといっても、警視庁公安部の組織力はいくら大阪府警といってもまったく歯が立たないばかりか、彼らは情報力で警察庁も抑えているだけに、敵には回したくない存在だった。警視庁と大阪府警とは仲が悪いという噂はよく耳にしているが、彼自身これまで警視庁と一緒に捜査をしたことはなかったし、全国表彰で顔を合わせる警視庁の警察官とは今でも電話一本で繋がる仲だったため、警備警察の世界では関係がない話だと思っていた。しかし、こちらもときどきタマを追いかけて東京まで行くことはあったが、複数の警察官が同じ目標を狙っているという現実に、青木は焦りも感じた。

青木は前を歩く馬と警視庁捜査官の後ろで追尾を行ったが、警視庁捜査員は自らの点検作業も怠らないため、何度か肝を潰しそうになった。彼らは二人が追尾を続行しながら、もう一人は逆追尾に備えて路地で立ち止まったり、迂回して後方についたり、さらに役割を入れ替えたりと、かつて公安講習の際に指導官とやった、国際テロに走った赤軍の連中が使っていた手法をさらに高度化した形の点検活動を行っているのだ。「さすがに警視庁だ……」と舌を巻きそうになったが、青木もプロを自任する捜査員だ。三人の警視庁捜査員の動きを慎重に見極めながら、馬の行動を逃すことなく確認していた。

馬の点検作業が厳しくなる十三にあるアジト付近に来ると、警視庁の捜査員は追尾を中止した。いわゆる「脱尾」である。追尾を自らの判断でやめることを「脱尾」といい、見失ってしまう「失尾」とは同じ追尾の中止でもまったく意味合いが異なる。しかし、彼らがここまで追いかけて脱尾するということは、警視庁の連中は大阪に拠点を持っている証拠だと青木は思った。馬を東京から追いかけてきていながら「勇気ある」脱尾をするということは、彼らには時間的な余裕があるのだ。次はこのあたりを徹底的にチェックするはずであり、そのためにまたわざわざ大阪まで来ることは捜査経済上からも考えられない。脱尾ほど決断力と勇気が必要なことはないのだ。捜査員なら誰しも「もう少し……」の思いで追尾するのだが、そのわずかな「色気」で相手に気づかれるなどの失敗をしてしまうと、すべてが台無しになってしまう。したがってギリギリの線での脱尾には「勇気ある」という枕詞がつくのだ。警視庁の連中のこの見切り時期の判断にも青木は感心した。この先にいくつもの敵の視察拠点があるのだった。

実はこの警視庁の捜査員は外事第二課ではなく、黒田が依頼していた公安総務課の追跡班だった。

ちょうどそのころ、黒澤冴子が契約する新たな携帯電話の解析結果が判明した。彼女は以前使っていた携帯電話を、青木に「海外に行く」と言った後に契約解除していた。そして、今、使用している携帯電話はその翌日に契約されたものであることがわかった。さらに、彼女は海外に出かけてはいなかった。彼女の渡航歴を入国管理局に確認すると、パスポートの発給さえ受けていなかった。彼女は国内、しかもほとんど東京で活動をしていたことが発信記録から判明したのだ。彼女の虚偽が明らかになったことで、青木は「もう彼女への恋愛感情をもつことはない」という、妙な安心感を覚えた。しかし、その一方で自分の愚かしさに肩を落とした。

確かに、函館の夜にふたたび見かけるまでは、冴子を信用していたし、むしろ疑う気持ちさえなかった。しかし、その後の調査で彼女の嘘が次々に明らかになったのである。彼女に子供はいなかった。青木の一人息子と同級生だったというのはまったくの作り話だったのだ。ということは、彼女は息子の死を利用して自分に接近してきた「敵のタマ」だ。その目的は今となっては明らかだった。あのころ、単独捜査をいい気になってやっていた自分だったが、すでに相手方にマークされていたのだ。

青木はこの事実を組織内の誰かに伝えなければならないと思ったが、組織内でこれを理解してくれる人材を探すのが困難だった。大阪府警の外事課は個々が独任官であり、これを調整してまとめることができる上司を青木自身が知らなかった。青木は焦った。

　青木の心の中には後悔の念が生まれていた。なんとかこの事案を罪滅ぼしのつもりで、自分の手で事件にしたいと思った。ちょうどそのころ、春の定期人事異動が発表となり、担当上司の警部が栄転して出ていった。

「何もしないことが組織には大切なのか。確かに、自分の不祥事が発覚していたら、彼の栄転はなかっただろう」

　青木は組織人として、また個人として言いようもないほど混乱していた。災難というのは重なるもので、このころ、青木の妻が乳癌で緊急入院した。医師の話ではリンパへの転移の可能性もあるとのことだった。この一年以上の間、青木と妻とはほとんど他人、いやそれ以下の関係でしかなかった。彼女には惨めな思いをさせてしまったと自責の念にかられ今にも心が壊れてしまいそうな状態で新年を迎えた。

　青木は職人としての自分を再認識したかった。自分が自分の足と頭で追いつめようとしているこの事案がなんとか事件にならないものか……。あの警視庁でさえ、あれだけの人員を投入して追いかけている。もし、これが警視庁だけで事件化されるようなことになってしまったら、これまでの自分の実績がトンビに油揚げを攫《さら》われる形になりそうな気がしたのだ。職人といえども組織に評価されて初めて職人たる地位を得る。彼なりの熟慮の末、青木はこれまでの経過をレポートにまとめ、上司に相談するしかないと思った。

*

平成十三年の六月も半ばに差しかかったころ、青木のデスクに再び探偵の服部から電話が入った。

「青木はん。あんた約束を破りましたな。こっちがいつまでもおとなしくしていると思うたらあかんで、なめんなや」

「どういうことだ。黒澤はあんたたちの仲間じゃないか」

「そんなこと、ワシは知りまへん。それよりも、ワシと約束をした後も、あんたはあの女と会い、そして中国人を追跡している。こちらとしても『おおそれながら……』と言うしかありませんな。どんな世界でも、約束を破るということはそれなりの制裁を受けるということですわ」

青木は最悪の事態を想定した。

……なんらかの証拠物が組織に対して送られてくる。監察が動き、自分は連日取り調べを受ける。そして懲戒免職。マスコミにも情報は流されるだろう。家も出なければならないだろう。さらに自殺に見せかけて、いや夫婦心中まで偽装工作されるかもしれない……。

敵は大きければ大きいほど、巧妙に仕掛けてくるものなのだ。

「わかりました。私はどうすればいいのですか？」

「とりあえず、早いうちにもう一度うちの事務所に来てもらいましょか」

その日の午後、青木は船場の探偵事務所を再び訪れ前回と同じガラス張りの応接室に入った。まもなくして服部は入ってくるなり、

「やあ、青木はん、困ったことになりましたな」

と青木に向けて封筒を放り投げた。封筒の厚みから、写真が入っていることが予想できた。青木がこの封筒の中を確認するとやはり数十枚の写真があった。追尾の写真、また、黒澤冴子との密会写真が半数あった。ひととおり写真を見終えた青木は服部に言った。

「服部さん、これをどう使おうと、私にはそれを押さえることはできない」

「そりゃそうでっしゃろうなあ、あんさんが一方的に約束を破ったわけやからな」

「しかし、黒澤とあなたの仲間はグルだったわけだ」

「青木はん、ワシの仲間やおまへんで。クライアントの話や、そこを勘違いせんといてや。ただワシは仲介に入ったにもかかわらず、あんさんに約束を破られた。ワシの面子《メンツ》も潰れてしもうたんですわ」

確かに服部の言うとおり、というよりもその抗弁を覆《くつがえ》す証拠も手段も青木にはなかった。一時期、冴子に溺れていたのは紛れもない事実だった。青木は言った。

「あなたの言うことはわかった。それで、私にどうしろとおっしゃるんですか？　まさか、あなたのクライアントの『片棒を担げ』というわけじゃないでしょう」

服部は笑いもせずに言った。

「邪魔をせんといてほしい、知らん顔しとくだけでよかったのが、それだけで済まんようにしてしもうたのは、青木はん、あんた自身や。あんたが自分のことは自分でケリつける言うても、クライアントはもう納得せえへん。あんたがどんな誠意を見せるかやな。約束破ったことに対する、クライアントとワシへの誠意や」

服部の言葉遣いがだんだん荒くなっていくのがわかった。

「わかった、この件からは完全に手を引く。それでいいんですか？」

青木が言うと、服部は青木の顔を覗き込むように見ながら、

「もし、あんた以外の者がこのクライアントを嗅《か》ぎつけたら、それを知らせてほしい」

ようやく、要求を言ってきた。

「それは、私に組織を裏切って、捜査情報を提供しろということですか」

服部の所作に注目しながら言うと、服部は、面倒くさそうな言い方をした。

「なにも、そんなことまでは言うてまへんがな。あったか、なかったかだけでんがな。あんたは、自分の仕事を打ち切る言うたやないか、前にもな。本来ならペナルティーにもならん程度の条件と違いまっか？　あんたや、あんたの家族をどうしょう言うてんのとちゃうで、こっちは！」

言葉遣いは柔らかかったが明らかな脅しだった。

青木は自分自身はともかく、愛情は薄れていたとはいえ、妻を巻き込むことだけはしたくなかった。

「わかった。だから、私以外の者には手を出さないでくれ。私はどうなってもいい」

「あんたがどうかなってしもたら、困るんはこっちや」

今日、初めて服部は笑って言ったが、目は決して笑ってはいなかった。そこに青木

は怖さを感じた。

「少し考えさせてくれ」

青木の言葉に、服部はふてぶてしい態度で言った。

「もう、考えることはないんとちゃいますか。あんたはすでに一度、組織を裏切っている。まあ、あんたがこれまでのことを組織に話して辞めるちゅうんなら、こっちも次を考えますけどな」

「次？　まだ、次があるのですか？」

「そりゃあんた、ワシはクライアントとあんたの仲裁をやって、あんたに裏切られとんのや。それなりのことはやってもらわんと、ガキのつかいやあらへんで」

「あなたの言うことはわかった。明日まで考えさせてくれ。自分の頭が整理できないんだ。頼む」

青木は深々と頭を下げて服部の出方を待った。ここで自分を殺してしまっても何の意味もない。服部はあらゆる手を使って、青木の自宅や預金を差し押さえることも考えているだろう。すると服部は、ジッと青木の姿を見て言った。

「わかった、明日の昼まで待ちましょ。お互いにとっていい返事が来ることを願いましょ」

船場の探偵事務所を出た青木はデスクに「具合が悪い」と連絡を入れて自宅に帰った。

青木の自宅は高槻《たかつき》にあった。青木の親の遺産と、妻の実家からの支援で、ほとんど借財をすることなく建てた戸建てだった。妻は息子を失ってから、仕事を終えても職場からまっすぐ家に帰ることが少なくなっていた。独身の同僚や女子大時代の仲間と会って気持ちを慰めているようだった。これを手放すことになるのか……。預貯金はどのくらいあるのだろうか……。青木は暗澹《あんたん》たる気持ちだった。妻も一般職とはいえ警察職員に変わりはない。夫の不祥事で組織に残ることは大変だろう。四十歳になろうかという女性の再就職ほど困難なものはない。午後九時を回ったころ、一時退院をしていた妻が帰ってきたが、大した話もしないままそれぞれの寝室に入った。青木は眠れぬまま朝を迎えた。毎日の朝食である一杯のコーヒーを飲んでデスクに向かった。

昼零時ちょうどに青木は服部に電話を入れた。服部はこの電話をずっと待っていた様子だった。

「青木はん、いい返事でしょうな」

電話に出るなり、そう切り出してきた。青木は言った。

「動きがあったら連絡する。まあ、自分が動かない限り、誰かが動くことは考えられんが……」

「よう決断してくれましたな、近々一度酒でも飲みましょ。仲間言うたら怒るやろうからクライアントちゅうところですかな、またときどき電話させてもらいます」

「電話はしてこなくていい。何かあったらこちらから連絡する」

「そういうわけにはいきまへんで。こちらもちゃんと青木はんの動きっちゅうもんを知っとく必要があるんや。そうや、どうでっか、毎週金曜のこの時間に電話をもらうっちゅうのでは……」

青木はやむを得ないと思った。それを了承して電話を切った。

青木は新たなターゲットを探さなければならなくなった。

妻の乳癌は手術をすればほぼ大丈夫ということだったが、青木は度重なる家族の不幸に、それらが自分自身に起因しているような気持ちになっていた。

その後、青木はやや自暴自棄になりながらも、服部との接触を続けた。時にはミナミ、キタで飲むこともあった。服部はこれに乗じて人物調査から調査対象者の所在確認までさまざまな要求をし、青木もこれに応えるという関係になっていった。

＊

青木の窮状を救ったのが、上司の歳若いキャリア西田龍秀だった。彼は前任者から事務引き継ぎを受けながら、青木という実務に優秀な警部補が、この一年間何の成果も挙げていないことに疑問を持った。確かに息子を亡くし、妻も病の床にあったのだが、青木が行ったここ数ヵ月の各種照会や令状請求の数字を見る限り、決して仕事をしていないわけではなかった。「仕事の鬼」という評価を得ていた青木が、身内の不幸だけで、現在のような不安定な状況になることが考えられなかった。

西田はある晩青木を誘って道頓堀の居酒屋を訪れた。青木も素直についてきた。

西田は三十六歳で青木よりも十歳若く、現場経験は少ないものの、情報や事件の判断能力はきわめて優れていた。酒を酌み交わし雑談や職場の話も交えながら、西田は切り出した。

「青木さん、何か一人で抱え込んでいるんじゃないですか？　私的なことにはあまり立ち入りたくはないのですが、公的なことに及んでくるようでしたら、目を瞑っているわけにはいかない。警察庁の理事官があなたのことを『組織の宝』と評価していました。そのあなたの様子が最近どうもおかしいと心配されていましたよ」
青木は一瞬目を見開いた。その目には驚きと希望の光が宿っていた。
「実は、着任後から僕は青木さんに注目していました。僕が警察庁に出向していると
きに全国の外事で、青木さんの名は知れ渡ってましたからね」
青木は、俯き、何かじっと考えていたが、やがて顔を上げた。
「実は、私はたいへんなミスを犯してしまいました」

西田が全面的に支援することを約束してくれたその翌日から、青木はレポートの作
成に取りかかった。まず、関係者の相関図を作り、これに登場する人物との関係を細
かにまとめていった。それは彼の徹底した調査の一つ一つがみごとに反映された優れ
た相関図だった。
西田はこのレポートを見て、事件性の強い重要案件だと確認した。西田はまず、こ
れまでの青木がとってきた行為への措置を「所属長厳重注意」の処分とすることを先
決とした。このような不祥事案発生時には、ノンキャリ幹部は過敏に反応する可能性
が高いので、キャリアラインも使って組織で敵と闘う姿勢を持つことが重要だった。
次に事件捜査については、現在の府警公安第一課長は若いキャリアながら、府警警備

部長の信頼も厚く、「警察庁警備企画課や外事課との太いパイプがある」ため、外事課ではなく公安第一課に任せることを考えた。

西田は直ちに青木を外事課長室に同行して報告を行った。外事課長は調査事案よりも、青木の不祥事案のほうに驚きを隠せなかった。しかし、青木の処分を警備部内の筆頭課長である公安第一課長に預けることについては、安堵の表情で同意した。

*

大阪府警警備部公安第一課長の酒井寛は入庁八年目で初めて本格的な地方勤務を経験した。酒井は入庁四年目に同期の中で唯一、警察庁警備局に異動し外事課勤務となり、これを振り出しにして警視庁外事第一課管理官、翌年警察庁警備局外事課長補佐を経験した外事のエキスパートとして嘱望《しょくぼう》されたキャリアだった。

青木のレポートを手にし、西田は青木を伴って公安第一課長室を訪れた。

「失礼致します。青木警部補を連れて参りました」

「まあ掛けてくれ」

緊張して立っている青木に笑顔を向けると、すぐさまレポートを読み始めた。

酒井は目を見張った。この件は半年以上前に目にした極秘資料とほぼ同じ内容だった。

「これはうちの事件だったのか……」

そして、府警単独で処理できる事案ではないということが瞬時にわかった。酒井は以前、警視庁の捜査官から中国大使館員の不穏な動きと、ある重工メーカー、防衛庁との関連を記載した極秘資料を受け取っていた。酒井自身は非常に興味のある話であったが、当時の上司は「こんな与太話は調査に値しない」となぜか掘り下げ調査もせず、軽く蹴った事案だった。

結局、この情報は続報が一、二回あっただけで途切れてしまったため、外事課内で立ち消えになってしまっていたが、酒井は警視庁の情報収集力とその分析能力に感動さえ覚えたものだった。ただし、その中に府警の警察官が介在しているという、重大な事実を認識していなかった。

捜査のもみ消しを心配した警察庁警備局警備企画課情報分析担当「ゼロ（当時の通称）」が、これに関わっていた他の道府県警察及び個人の名前を伏せた資料を渡していたからだった。酒井は、青木本人の口からも不始末について聞いたうえで、早速、上司の警備部長に報告を上げた。

「部長、青木のレポートは半年前に警視庁からあがってきた情報とほぼ一致します」

「これは、大きなスパイ事件に発展する事案かもしれない。特命のチームを作る必要があるだろう。本庁の外事課長に連絡してみるか。青木警部補の処分は穏便にいくようにしよう。ヤツらは組織の弱点をいつも狙っているんだよ。それを組織として救ってやることができなかった。現時点では完敗だが、これからこちらが攻勢をかけて逆転に持ち込もう。組織と組織の戦いだ」

そう言いながら警備部長は即座に警察庁警備局外事課長席に電話を入れた。その時すでに、特捜本部の設置を念頭に置いていたのだった。

＊

警察庁外事課長は在ソ連日本大使館一等書記官、内閣情報調査室、鳥取県警本部長などを経て現職に就いている。彼が警察庁外事課長補佐時代の一九八七年には、日本企業による対ソ連のココム違反事件を警視庁外事第一課とともに摘発する、という経験もしていた。在ソ連日本大使館一等書記官時代の裏人脈が大いに役立ったと、当時は評判になったものだった。このココム違反事件の実態はまさに「企業スパイ事件」

であり、この企業が流出した情報価値は当時でも数百億円といわれるが、スパイが情報の対価として日本企業の社員に渡した金の総額は一〇〇〇万円にも及ばなかった。いわゆる「産業スパイ」とか「企業スパイ」というのは、知的財産を窃取する泥棒稼業（情報を渡す側は「背任」となる）と等しく、これを国家や企業が組織的に実施しているところにより問題があるのだ。この事件が発覚した当時、アメリカ軍がソビエト潜水艦のスクリュー音を感知できなくなったが、これは「このスパイが入手した機器によって精密な旋盤加工技術がソビエトに伝わったことにより、キャビテーションノイズが消えたため」とまことしやかに伝えられアメリカ議会でも問題となりこの企業はアメリカ合衆国政府から直接の制裁を受けた。

「なに……警視庁捜査官の作成した極秘資料と……」

外事課長は大阪からの緊急電話を切ると、またすぐに受話器を取って「ゼロ」の理事官席の直通番号を押した。

「課長、ご無沙汰しております。近藤でございます」

ナンバーディスプレーで外事課長席からの電話を確認したゼロ理事官の近藤昭三が直ちにこれに応えると、

「どうだ、ゼロは？　なかなか面白いポストだろう？」

外事課長は親しみを込めて言った。

「確かに国内外のあらゆる情報が全国から入ってくる点では面白いところですが、その取捨選択に頭を使います。情報担当者は皆さん、一癖も二癖もある方が多くて、なかなか大変です」

「まあ、そうだろうな。それでなくちゃ情報も取れないだろう。ところで、〇一《ゼロイチ》の担当者で面白いのがいるそうじゃないか」

「ゼロイチ」とは警備局内での警視庁のコードネームだ。外事課長の質問に、近藤はおそらく情報官の黒田のことを言っているのだろうとは思ったが、一応、しらを切って、

「警視庁にはいろいろな人物がおりますので……」

と答えてみると、外事課長は、少しの沈黙の後、

「去年の夏ごろ、中国大使館武官関係の情報が上がったことがあるだろう」

と話の筋を変えた。近藤はやはり黒田の情報であることを確信したが、黒田の名前は出さなかった。

「それならば確かに上がってきておりますが、この件については外事課にも相関図が入ったメモを渡しておりますが……」

その答えに、外事課長はやや不機嫌な声で言った。

「それはわかっている。本件は警視庁の外事二課はすでに捜査を開始しているのか？僕のところにはそれに関する報告はまだ上がってきていないんだが」

近藤はこれを聞いて、この件が他県で事件になっているのではないかという疑問を抱いたが、それには触れず、

「これは公安部からの情報ではありませんので、こちらから公安総務課長に情報をキックバックしております。ですから、その後のことはこちらでは分かりかねます」と言ってから、内心「しまった……」と思った。外事課長もそこをすかさずついて言った。

「公安部ではないところの情報が、どうしてお前のところに回ってくるんだ？」

外事課長はさすがに鋭かった。

ゼロは警察庁警備局の一組織であり全国の公安警察が収集した情報を集約、分析する部署だ。このため、ここに公安警察以外の部署から情報が届くこと自体が、縦のラインを重視する組織運営上問題となるのだ。

近藤は、仕方なく答えた。

「実は公安部長の別命で動いている部隊が〇一にはありまして。まあ、警視総監のお

庭番とでも申しましょうか。その部隊は公安に関する情報については公安総務課長を経由してこちらにも情報を回してくれるんです」

　曖昧な表現ではあったが、近藤は、基本的なところでは「嘘ではない」と思った。前警視庁副総監の発案で組織された「警視庁情報室」の存在そのものが公《おおやけ》にされていなかったのだ。

「ほう、さすがに〇一だなあ。そんな部隊まで抱えているのか。それはいつごろできたんだ？　少なくとも五年前に僕が公安部参事官をしているときには聞いたことがない話だが……」

「はい、なんと申しましても、私も海外から帰ってすぐにこのポジションですから、ここに来たときにはすでに出来上がっていたとしか言いようのない状況です」

　外事課長はまだ理解ができない様子だったが、話題を戻してきた。

「ところで、その部隊の頭になっているのは誰なんだ。情報の確度はどうなんだ」

　近藤はひたすら誤魔化すしかなかった。

「その組織実態については私も足を踏み入れることはできませんのでよくわかりませんが、今春大阪にいらっしゃった北村本部長はよくご存じのことだと思います。情報の確度はかなり高く早いものです」

外事課長はそれ以上の追及を諦めて言った。

「ところで、先ほど言った、中国の事件関係の資料だが、どうも僕の手元に届いてないようなんだ。悪いが、近藤、こっそり一部コピーを届けてくれんか。できればお前が直接僕の席に届けてくれるとありがたいんだが」

「わかりました。ファイルを確認してお届けに参ります。ところで課長、今、『事件』とおっしゃいましたが、その可能性があるのですか？」

「まだなんとも言えないが、その可能性が大きい。だから、警備企画課長に話を持っていく前に確認したいんだ」

近藤は外事課長の焦りがなんとなくわかってきたような気がした。おそらく、黒田が摑んだ情報は他府県で事件となっていたのだろう。黒田からの情報は半年以上前の話だった。

「わかりました。本日中に持参いたします」

「悪いな。頼むよ」

近藤は自分が着任直後に黒田と会ったときのことを思い出しながら、そのときに彼から受け取った極秘資料の詳細を反芻《はんすう》していた。基幹産業社員、防衛庁職員、国会議員、中国大使館関係者による、不明朗な動きに関するものだった。あのとき、自分自身も黒田のレポートとこれに添付されていた相関図を見ながら「こんな007のようなスパイ事件があるだろうか」と唖然とした記憶がよみがえった。

「もしかすると、これはとんでもない事件に発展するのかもしれない……」

ふとそんな思いが近藤の頭をよぎった。

その日の午後、平成十三年七月八日から八月二十六日までの一ヵ月半の間に報告されていた、三部にわたる黒田レポートの写しを持って、近藤は外事課長を訪ねた。

外事課長はこのレポートを見るなり、思わず唸《うな》った。

「このレポートを作ったのは何というヤツだ？」

近藤は正直に答えるしかなかった。

「黒田純一という警部ですが、先ほども申しましたとおり、公安部の人間ではありません」

「何？　警部？　警部がどうしてこんなものを作ることができるんだ。これは現場をやっている者にしかできない内容だぞ」

「その点については課長自身で公安総務課長に確認してください。私の立場では越権行為になってしまいますので」

近藤には警視庁情報室の件を他言する権限はなかった。公安総務課長ならば警視庁公安部長もしくは警視総監と連絡を取ってうまく伝えてくれるだろうと思ったのだ。

「よしわかった。この件をお前にも話していないということは、警視庁はまた、うちに内緒で捜査を進めてるんだな」

警察庁外事課長は不愉快な気持ちを抑えて言った。これに対して近藤は、

「繰り返し申しますが、この黒田警部の扱いは、公安部の案件ではないので、報告の必要もないのです」

と弁明すると、

「しかし中身は外事事件じゃないか。じゃあ、この黒田ってヤツは警視総監に報告するだけで、サロン会議のネタ作りをやっているだけなのか」

自分の部下の不始末を忘れて怒ったように言った。

「課長、ですから、私のほうから外事課に参考データとしてお渡ししていたんじゃないですか。それは公安総務課長、公安部長の指示でもあるんです」

「悪い悪い、そうだった。お前はちゃんと届けてくれていたんだったよな。しかし、どうしてこれほどのレポートが僕のところに届かないんだ……」

直属の部下の失態を思い返しながら言った。

「この黒田ってヤツは、相当できるヤツなんだろうな」

「はい。西村局長、北村本部長も直で話を聞いていたようです」
「そうか、そんなヤツがいたのか……」

外事事件に関しては、警察庁は事件捜査は警察庁外事課、協力者獲得作業は警察庁警備企画課に報告することを都道府県警に義務づけている。このため、ほとんど県警は優先順位を考えず、双方に報告をするのだが、警視庁だけはそうではなかった。警視庁はゼロを優先するのだ。したがって警察庁外事課が「事件捜査の報告がない」と指摘しても、おそらく警視庁公安部外事第二課は「まだ調査の段階で擬律判断（犯罪構成要件に触れ、かつ責任の有無があるか否かの判断）ができていない」と抗弁してくるのだろう。

警備警察の中でも警視庁公安部は警察庁に対してきわめて秘密主義であり、「全国一体」の警備局の精神をときどき忘れているのではないかと、警察組織内で言われることがある。

「警備警察全国一体の原則」、これが警察組織の中で警備部門と他部門の大きな違いである。警備警察には原則として都道府県の垣根が存在しないのだ。つまり縄張り意識がないのが警備であり、情報はすべて警察庁に集約され共有するシステムで、他の都道府県に絡む公安事件は警察庁が調整するのだ。これは捜査経済の問題もあるが、情報が一元化されなければ時には国家的問題、ひいては国際問題となってしまう虞があるからだ。

しかし、警察庁は全国警察の寄せ集めであるから、警視庁は警察庁に報告することによって早い段階で他道府県に業務内容が漏れることを気にして、独自で調査を行うことがある。公安総務課長と公安部長だけで話を進めてしまうことさえあった。すべては公安部長の判断だった。このころの警視庁公安部は警察庁警備局長の西村馨《かおる》一派が占めていた。

第四章　政治家ルート——平成十三年

黒田は政治家ルートの捜査には内閣情報調査室経験者を採用した。彼らは政・官・財のトライアングルをよく把握していた。特に政治家に関しては、大手新聞社のデスク以上に深く食い込んでいたのだった。

＊　＊　＊

藤田幸雄は防衛庁入庁以来、他政府機関への出向経験もなく、組織内で純粋培養された存在だった。もともと学者肌であり、人事管理や総務的な仕事には向いていなかったが、不思議と組織内の各方面に人望がある男だった。上官にも同期、部下にも仲間が多かった。

藤田が防衛大学校を卒業して最初の艦隊勤務となったときの基地に関本功がいた。関本は制服自衛官ではなく、いわゆる事務方の人間で京都大学法学部を卒業後、国家公務員上級職（現・I種）試験に合格して防衛庁に入った「防衛庁キャリア」だった。彼が上級職合格後、迷うことなく防衛庁を選んだ理由は、単なる上昇志向ではなく、国家の危機を自分ながらに感じていたからに他ならない。彼は大学四年間を大学の寮で過ごした。当時の大学寮は学生運動の巣窟のようなところで、多くの寮仲間は大学在学中に何かしらの政治団体に所属していた。しかし、彼は寮仲間の活動を冷静に眺めて、自らこれに入り込むことはしなかった。学生がかぶれる左翼思想を常に醒めた目で見ながら、日本の文化、経済は彼らが考えるほどたやすく崩壊するものではないという確信があったのだ。その中で唯一、彼が国家に対して心配していたのが国防問題だった。

防衛庁入庁後も、彼は日本の政界の多くの者が持つ、誤った「シビリアンコントロール」の意識を内局のホワイトカラーながら注目していた。「誤った意識」、それは、防衛の実働であるべき制服組と呼ばれている自衛隊の幹部が制服を着て国会答弁ができないという、形式のみに拘《こだわ》った、まやかしの国会運営を意味していた。軍事そのものを頭でしか知らないホワイトカラーが、実際に活動する制服組をコントロールできるものではない。彼は多くの国会議員やOB、さらには制服組と付き合ううちに、この「誤った意識」の蔓延を実感するようになったのだ。

あるとき藤田は関本に質問した。

「関本さん、どうしてわが国では制服組が国会答弁をすることができないのでしょう」

「藤田君、これは平和憲法に飼い慣らされた軟弱な国会議員連中と馬鹿げた平和教育の賜《たまもの》さ。自衛隊は軍隊だ。これを軍隊だと言わない国家を世界は信用しない。君は将来幕僚になる男だ。今はじっと我慢して、幕僚に入るまで今の考えを維持しておくことだ。必ず憲法は変わる。日本人も馬鹿じゃない。いつか平和呆けから覚める時がくるだろう。そのときこそ、君たちが動くんだ。仲間を、同志を募っておくことだ」

関本のこの考えは藤田にも強く影響を与えた。学部こそ違うが、同じ大学の先輩であり、彼が持つ思想の根本にある「国家を愛する気持ち」を藤田は清々《すがすが》しく思っていた。藤田は関本の話を聞くたびに、その考えに傾倒するようになっていた。

関本が防衛庁というよりも、国会に対して何の発言力もない自衛隊に嫌気がさすようになった最初のきっかけがＰＫＯ国会であり、さらには湾岸戦争への掃海艇派遣だった。なし崩し的に自衛隊が戦地に駆り立てられていく現実を、恐ろしいものと感じるようになっていた。彼は防衛庁を防衛大学校副校長で退任すると、国家防衛のアナリストとしてマスコミなどで活躍をしている元制服組の民間研究室に入った。

この民間研究室の業務は表向きは防衛政策研究であるが、裏では北朝鮮、韓国、中国、ベトナムなどの経済研究に加え、さまざまな商品のブローカー的な商社活動を行っており、化学薬品、精密機械、原子力、太陽光発電、特殊鋼材などを主要な取扱商品として営業していた。関本はこの民間研究所の裏活動を研究における分析を行う資料として考えており、反国家的行為とは思わなかった。

この活動をさらに容易にするため、関本は防衛庁在職中から親交のあった民政党衆議院議員の鶴田静雄の事務所を国会内の情報収集の拠点とした。鶴田は警察官僚出身の国会議員で、党内派閥のリーダーの一人でもあった。また鶴田の警察庁在職当時直属の部下が内閣情報調査室(内調)の室長に就任していたため、本来国家機密であるはずの内調情報が官邸に入る前に室長から鶴田を経由して関本の耳にも自然と入ってくるという、きわめて恵まれた情報収集環境にあった。

内調情報は大別して国際、国内、経済の情報に分かれているが、関本は主として国際情報を求めた。鶴田は警察庁警備局出身であったが、国内情報が主のポジションであったため、国会議員になってからも、国内スキャンダルや直接金になる経済情報には興味を示したが、情報の検証が困難な国際情報については、中国情報を除いては、よほどの国家的危機に関するものでない限り見向きもしなかった。中国に関しては、鶴田はいずれ近いうちに「金のなる木」になる可能性が強いという認識でいたためだ。しかし、関本がもたらす国際情報の分析や防衛情報は利用次第では金になる額が違っていたため、鶴田は次第に関本を重用するようになった。金の臭いを嗅ぎつけることにおいては天才的な勘を持っていた鶴田は、その危ない橋も平気で渡る姿勢から、国会内外でも名前をもじって「銭鶴」と揶揄《やゆ》される存在であった。

鶴田は主要閣僚を数度経験しており、党三役も幹事長以外は経験し、派閥の領袖《りょうしゅう》の一角に名を連ねる大物代議士である。この華やかな経歴にもかかわらず、彼が「宰相の器」ではないことは、本人だけでなく党内外の政治のプロにとって共通した認識であった。

＊

警察出身の国会議員はアクが強すぎるのか、不思議と他派閥との融和に欠ける面々が多かった。この原因の一つに、「あんたの悪いところはみんな知ってる」という態度が、党内外の脛《すね》に傷持つ者に対してあからさまであったからかもしれない。そのうえ、鶴田には警察官僚に多い強引さがあり、党最大派閥の長で首相経験者の大先輩議員に対して、「政界を引退するなら、保有しているスロットマシーン利権を自分に譲れ」と申し入れ、これに激怒した元首相からガラスの灰皿を投げつけられたというような経験もある。

鶴田は議員会館のほか、この直近である永田町の三全ビル内に東京事務所を構えていた。彼は警察の許認可が関わるパチンコ、スロットなどの風俗機械から、警備業、さらには交通信号などのあらゆる業界に強い影響力を持ち、また運輸相であった時代に築いた航空、道路関連業界との太いパイプも持っていたが、なんといっても最大の利権は防衛利権といわれる分野だった。

沖縄の基地移転問題が表面化する前の平成十年頃には、沖縄のリゾート化推進を図るため、多くの島に不必要なほどの空港を建設させ、自ら巨大な別荘を建設していた。また、移転後の基地跡にはわが国初のカジノ建設を推進しようとし、防衛、警察、運輸それぞれに派生する利権を一手にまとめる能力もあった。

防衛利権の旨みを知った鶴田は、あるとき、自らの東京事務所に出入りする、元防衛庁職員の関本功を利用することを思いついた。それは関本にとっても「渡りに舟」の話だった。

「関本さん、あんた議員になるつもりはないか。この平和呆けした世の中に活を入れてみんか」

「いえ、昔ならば比例の上位に名前が載れば当選できましたが、今の選挙制度では当選は無理でしょう」

「一回で通らなくてもいいじゃないか。あなたの存在を広く国民に示し、さらにはあなたの志を旧知の仲間に知らせることが大きい。どうだろう」

関本は鶴田の要請を受け、平成十三年の参議院議員選挙に比例区から出馬した。この擁立は鶴田にとっては単なる数合わせの一つにすぎなかったのだが、関本にもこれを当落よりもむしろ政界との太いパイプを作るのに利用しようという下心があった。出馬に際しては当然ながら防衛庁の支援も必要であり、関本は全国の基地、駐屯地をこまめに回りながら出身母体内の人間関係の再構築を図った。結果的には当選には至らなかったが、個人票で十万票を超える、出馬当初思っていた以上の得票によって、党内の防衛部会や防衛族の国会議員と知り合いになれたばかりでなく、防衛産業といわれる国内の大手企業とのパイプも作ることができたのである。

関本にとっては成果ある先行投資であったのだが、鶴田は関本に対して「惜しい星を落とした」という悔やみと同時に、関本が持つ支持基盤の獲得を考えていた。そこで関本の人脈から、自らの支援者を今後さらに広げるために、鶴田が以前から懇意にしていた対中国貿易をしている友人を関本に紹介した。

関西で手広く活動している船舶関連商社「四海産業」代表取締役の山田孝市である。

鶴田には「鶴田の財布」と呼ばれるフィクサー的存在の男がいた。黒岩英五郎というこの男は学問こそ浅かったが、金の臭いを嗅ぎつける力は明治初期の岩崎弥太郎と似ていた。

＊

黒岩には頭脳、性格をまったく異にする実兄の黒岩三蔵がおり、三蔵は東大法学部から関西の大手テレビ局に入り、トップに昇りつめていた。三蔵は地道な仕事で関西財界人の仲間入りをしたが、特異な才能を活かして活躍する弟の英五郎が可愛くて仕方なかった。この三蔵の紹介や引き立てで英五郎は実力をつけ、鶴田にも出会ったのだった。兄の三蔵と鶴田は、東大剣道部の先輩後輩の関係だった。

黒岩英五郎はもともと関西系の大手商社に兄の口利きで入社していた。そこでは主に防衛産業部門を中心に動き、航空機、対戦車ヘリのような高額なものから、ミサイルやレーダーシステムといった消耗品まで幅広く受注していた。

黒岩が防衛庁を担当していた当時、調達実施本部が通産省（現・経済産業省）の所管であったため、これを契機に経済官僚とのパイプも作っていった。黒岩の商才はこのときに開花した。一機数千億の戦闘機よりも、単価数百万円の消耗品を多売するほうが利益率のいいことがわかったのだ。黒岩は自らの手で築いた航空機入手ルートを都内の大手商社とバーター取引することに成功する。このときに知り合ったのが、バーター先の商社の顧問で、政界の重鎮と親交が深かった大倉龍一だった。大倉は黒岩の商才に目をつけ、結局ヘッドハンティングしてしまったのだった。とはいえ、商品が競合する商社から引き抜くことは、同業他社の情報漏洩《ろうえい》が疑われるため、当時の商習慣では長い目で見れば、決して得策とはいえなかった。そこで大倉は、防衛機器の受注は自分の会社に一本化させて、新たな会社を黒岩に作らせ、自らがその顧問となってさまざまな業界に黒岩を紹介した。

この中で黒岩が目をつけたのがパチンコとスロットの業界だった。昭和五十年代までこの業界の「景品買い」と呼ばれる換金制度は、脱税の御三家と呼ばれる不透明なものだった。

この裏の金を表に出して、景品を統一し、一見クリーンなイメージを創ることを企画した黒岩は、業界を仕切っていた二人の国会議員に大倉の紹介で会った。その一人が兄にも紹介されていた鶴田静雄だった。

黒岩は鶴田の頭のキレと、金銭に対して貪欲な性格を一瞬で見抜いた。「この男を育てながら、自分も商売の幅を広げていこう」と考えた。

「鶴田先生、私は今から仕事の鬼となって、幅広く仕事を進めていきたいと思います。いつまでもパチンコやスロットの世界だけではだめです。かつてのような国防産業から、もっと新たな世界を切り開いてみたいと思います」

「わかった。黒岩君、私の名前を使えるだけ使いなさい。君は支援し甲斐のある男だ」

鶴田が当選を重ね、防衛庁長官に就任したときには、黒岩は以前の軍需産業仲間と積極的に接点を持って大倉の会社を大儲けさせ、そのバックマージンを受け取っていた。その後、鶴田が建設大臣になった際には道路利権の中でも最も「美味しい」と言われていた高速道路のパーキングエリアの利権と、高速道路には必ず付き物の緑化造園事業で莫大な利益を得た。高速道路を建設する際、掘削《くっさく》による斜面ができる。高架にする場合もコンクリートの橋桁だけでなく、盛り土の部分がある。この斜面や盛り土の部分に植物を植えるのが緑化造園事業だ。さらに鶴田が通産大臣になったときには原子力発電所や高レベル廃棄物の中間処分場の立地や警備に関与して、黒岩はまたも莫大な利益を手に入れた。

黒岩が得る利益は決して一過性のものではなく、継続的な利益を常に考えている利口さがあった。このため鶴田は当初の思惑以上の恩恵を受け続けたのだった。

「鶴田先生、おかげさまで私もここまで事業を広げることができました。献金は個人、団体を問わずできる限りのことをさせていただきます。どうぞ、私を先生の財布だと思っていくらでもお申し付けください」

その黒岩が唯一成し得なかったのが、海外進出事業だった。

黒岩はいつの間にか事業家の仲間入りはしていたが、どれもこれも国家の基幹産業からの「ピンハネ」を重ねる「フィクサー」的存在にすぎなかった。フィクサーから本当の事業家への道を考えた末に選んだのが、彼が最も得意だった防衛産業、というよりも軍需産業における貿易の商いだった。それも、最も利益効率のいい対中国輸出だった。

すでにココムはなくなっていたが、軍需産業では対共産国家や無法国家と呼ばれているテロ支援国家に対する武器の輸出に厳しい制限が課せられている。これは武器だけでなく、これに転用される機器すべてが含まれている。

そこで黒岩は日本独自で開発した技術を合法的に輸出することを考えた。物の輸出ではなく技術の輸出だった。今や世界が日本に求めるものは技術以外に何もなかった。

黒岩は鶴田静雄を通して関本功を知った。

関本が持つ防衛人脈は内部外部を問わず幅広く、しかも質が高かった。もし、黒岩が防衛産業専門の商社をやっていたら、おそらく日本国内のいかなる総合商社をも出し抜くであろうほどの情報を得た。その中でも特に、関本が持つ中国情報は在中国日本大使館や、中国で活動する日本の総合商社のそれよりも優れていた。黒岩は急速に関本に接近した。

「関本先生、私は国内でできる事業はやり尽くしました。これからは海外に進出しようと思っております。それも日本の国力を世界に示すような知的財産で勝負をしたいのです。どなたかご紹介いただけませんでしょうか」

「知的財産ですか。それは平和的に利用されるものなのですね」

「もちろん。まずは日本がアジアのリーダーとなってリードしていかなければ、いつまで経ってもアジアの力は伸びていきません。そのためにはあらゆる分野、特に鉄鋼や発電などの基幹産業が大事です。日本が指導していくのです」

関本は黒岩の熱い気持ちに心を打たれた。

「自衛隊にも面白い人間がおります。何かの役に立つかもしれない」

黒岩は関本から三佐のOBを紹介された。藤田幸雄だった。

藤田は敬愛してやまない関本が防衛庁を退官した後に政治の道を志したことを聞いて嬉しく思っていた。関本は選挙には敗れたが、得票数は、多くの支援者がいたことを物語っていた。元々、藤田が中国に深く興味を持ったのは、この関本の影響も大きかった。その関本が直接紹介した黒岩だったので、藤田は最初から黒岩に対しては気を許していた。

藤田は菱井重工の幹部や船舶関連商社「四海産業」の山田孝市とともに、黒岩とも頻繁に会食をしていた。

その後、藤田たちが特殊鋼板不正輸出事件で逮捕されたとき、黒岩は藤田のために弁護士をつけてやり、早々に事実を認めさせ、保釈金も出してやっていた。結果的に藤田は不起訴となったが、国家賠償請求は行わず、潔《いさぎよ》い態度という評価をマスコミなどから受けていた。

藤田は黒岩の誠意に心から感謝した。藤田についた弁護士は敏腕ヤメ検の有名弁護士だった。彼がいなければ捜査はどう転んだかよくわからなかった。有名弁護士は藤田だけは早めに全面自供させておいて、他の被告人の供述から藤田には罪を犯す故意がなかったことと、藤田自身が被害者であることを引き出し、藤田の罪を嫌疑不十分として不起訴になるように仕立て上げたのだった。

藤田にとって恩人ともなった黒岩に対して、藤田は何か役に立ってやりたいと思っていた。黒岩はその気持ちを巧みに利用したのだった。

＊

鶴田の公設第二秘書に大橋裕一郎という若者がいた。彼は鶴田の地元後援会有力者の息子で、社会勉強と運転手を兼ねて鶴田事務所で修業をさせられていた。彼自身、別に政治家になりたいわけではなく、将来、父親が経営する会社の跡継ぎになる前の研修のようなものだった。九州の田舎からこの世界に入ったとき、すでに鶴田は六回生で閣僚も経験しており、その秘書というだけでさまざまな業界が擦り寄ってくる。大橋は、それを思わず自分の力と錯覚してしまい、鶴田が持つ負の財産ともいえる闇の人脈にのめり込んでいった。この連中には、表の世界しか知らない者にはわからない恐ろしいパワーがある。裏世界には「法」というモノがない。すべてが「力」という力学によって支えられ、これが表の世界に出たときに初めて「法」に触れるのだ。

夜の街、芸能・興行の世界には必ずといっていいほど、裏社会の力が広がっている。また闇金融や闇マーケットという裏社会も、一歩その世界に足を踏み入れた者にとっては切ることができないところになってしまうのだ。

大橋裕一郎を窓口にして裏金作りを指導したのが鶴田の財布、黒岩だった。大橋も黒岩の言うことをよく聞いた。特別国家公務員として受給している秘書給与の倍以上の金を個人的に黒岩から受け取っていた。

船舶関連商社の四海産業代表取締役の山田孝市は裏の社会によく通じた男だった。この山田社長は表舞台にも強く、両方の世界を一日のうちで交互に見せてくれる男だった。大橋は休みのたびにこの山田と付き合って、東京、大阪を山田の会社の金で何度も往復した。時には山田の手伝いもして、数億円の小切手を運ぶ役も引き受けたことがあった。この山田との付き合いで配った名刺は五百枚を超えていた。

あるとき、大橋は山田に頼まれ、大阪から一〇〇〇万円の現金を持って東京に帰り、六本木のキャバクラで合流した男にこの金を渡す代わりに、小型のアタッシェケースを預かり、さらにこのアタッシェケースを麻布のレストランで別の男に渡して、五〇〇〇万円の小切手を受け取る仕事を手伝った。二つの作業トータルの所要時間は四時間ばかりのものだった。大橋は「これがビジネスというものか……」と思った。

翌週、この小切手を山田に渡すと、

「どや、ごっついやろー」

と山田は大橋に、鶴田には内緒の小遣いとして一〇〇万円を現金で渡した。大橋は「こりゃ、秘書業は辞められん」と素直に思った。

秘書仲間の先輩が、

「僕らが駆け出しのころ、議員の秘書に給料はなかった。当然公設秘書の給与は国から出るのだが、これはすべて事務所の経費となり、秘書は自分の才覚で議員の後援者や関係企業から金を稼ぐものだった」

と言っていたのを思い出し、この風潮が残っているところがあるのだと大橋は思った。

現在でも一部の国会議員に不祥事が露見した際、その議員が「それは秘書が勝手にやったこと……」と言ってしまうのも、実はこのころの名残である。議員自身もそのような秘書経験があってのことなのだろう。

第五章　黒田の情報——平成十二年

黒田純一が対中国情報漏洩《ろうえい》疑惑を認知したのは、実は中国大使館筋からの情報であった。黒田は企画課に異動してきた平成十二年ごろから、外務省内の「チャイナスクール」と呼ばれる「親中国派閥」のメンバーに、中国情勢についてのレクチャーを受けていた。彼らは外務省アジア大洋州局の将来のトップを狙う外交官グループであった。彼らに共通する、将来のアジア全体の繁栄に関する思考の特徴は「中国抜きに物事を考えることができない」という点だった。「はじめに中国ありき」といっていいほど、中国と日本の共存を中心とした発想の中で、時として中国優先の考え方をする者さえあった。

黒田がこのメンバーとの接点を持ったのは、彼が内閣情報調査室、いわゆる内調に派遣勤務になった数年前に遡《さかのぼ》る。黒田は二年間という条件付きの派遣での勤務であったため、日ごろ、警察では接点を持つことができない、マスコミや宗教関係者、政治家、暴力団関係者などと、積極的に交流を持った。そこで得た情報を黒田は独り占めすることなく、上司はもちろん、他省庁からの出向者や内調プロパーといった知るべき者にも必要な部分は提供していた。

こうした勤務環境で黒田は、あるマスコミ人を通じて外務省職員と接点を持つことができた。その職員は大臣官房総務課に籍を置く、政務次官秘書官で、アジア大洋州局中国課からの出向だった。職員の名前は和田卓といい、当時の政務次官たっての希望によって秘書官に抜擢されていた。

外務省政務次官というポストはその後、組織機構から消滅するポジションであるが、当時は国会議員の中で、衆議院議員ならば三回生、参議院議員の場合は二回生の中から外交能力を有する者が選抜された。このポジションを経験することは、将来党の外交部会長を経て、外相を目指すためには重要な布石であり、現在の副大臣ポストよりも実質的には上であったかもしれない。

その秘書官に抜擢された和田卓は東京大学経済学部三年在学中に外交官試験に合格し、卒業を待たずに外務省に入省した。外務省には大学中退者が多い。「外交官試験さえ合格してしまえば、余計な勉強をする必要はない」というある種の合理的な考えの者が多いのであろう。和田は学生時代から中国に興味を持っており、北京語は在学中からある程度はできた。このため、横浜の中華街や新宿の中国人街に仲間が多かった。入省後は在北京日本大使館勤務も経験した。その際、国会議員団の中国訪問があり、今回政務次官に就任した三回生代議士と親しくなったのである。

在北京日本大使館勤務時は、長期出張で中国を訪れる日本の企業戦士やその家族と親しくなり、また中国人の中でも、香港や上海を中心として海外に進出する華僑支援幹部との交流を図るなど、日中両国の政財官に鋭い食い込みを見せていた。また、日本の大手商社の中国支社長が当時の外相の実兄であったことや、その会社の中国支社ナンバー3の地位に、日本人女性と結婚して中国人から日本人に帰化した東大時代の同級生がいたことなど、運も大きく味方していた。しかし、なんといっても、その運を大きく活用できるだけの努力を惜しまなかったし、情報分析力などの能力もずば抜けていたのだ。

「黒田さんは、国会議員や企業の幹部が中国から組織的に受ける工作をご存知ですか」

「工作というからには、協力者としての獲得工作ですよね」

「その通りです。彼らの手際はじつに見事でしてね」

和田は、身を乗り出してきた黒田に一つひとつ諭すように語り始めた。

「元首相は、現職総理大臣のときに訪中した際、そのとき通訳を務めていた女性と関係をもってしまった。その女性は政府の外郭団体の男性と結婚したのですが、その後も首相との関係は続いていたのですよ。その結果、日本は中国に対して数百億円の金を無償貸与することになってしまった」

「まんまと色仕掛けにやられた、と」

「ええ、いわゆるハニートラップですね」

苦笑しながら和田は続けた。

「また、こんなこともありました。弁護士上がりで、将来の宰相候補と目されていた大臣は、訪中先で女性を買ってしまい、公安当局に逮捕されてしまった。逮捕ですよ」

黒田はあきれて物も言えなかった。

「中国という国はあらゆる手を使って対日工作を進めてきます。在日本中国大使館の参事官は、首相の私邸近くに中華料理店を構えて首相のプライベートの動向をさぐり、さらに彼を接待までしていた。ノー天気な首相はこの店を気に入り、家族や派閥の議員、官僚を次々に招いては、国家機密をペラペラしゃべっていましたね。一部マスコミや企業幹部も同様でした」

そして最後に言った。

「黒田さんは警察官だから中国に行くことはできないんでしょ？　それもおかしな話だと思いません？　どんどん行くべきなんですよ。日本警察は内部制約が多すぎる。防衛もそうですね。きっと、どちらもトップが職員を信用していないんですよ。キャリアとノンキャリの格差が大きすぎますよね、警察と防衛は……。そんなところを敵はよく見てますから」

＊

和田の言うことは確かに当を得ていた。外交官の和田は優れたアナリストでもあった。中国を「敵」と表現しながらも、和田は黒田に在日中国大使館の参事官を一人紹介してくれた。彼は黄良河《ファンルガ》という山西省出身の四十歳前後の男で、精悍《せいかん》な顔立ちをしていた。彼の父親は党の大幹部だという。

「初めまして。和田先生がご紹介下さる警察官というので、どんなにこわい方がいらっしゃるのかと思ったら、あなたのような若い紳士で、いや驚きました」

腰を深く折りながら両手を差し出す黄の姿勢に黒田は一瞬たじろいだ。

「私も中国大使館の参事官と伺って、緊張しておりました」

三人で会った場所は六本木の芋洗坂を下ったワインバーだった。ボルドー産のみをセレクトしたこの店のワインはビンテージものだけでなく、日ごろ家庭でがぶがぶ飲むようなタイプまでグラスで提供してくれる珍しい店だった。

「いい品揃えですね。何からいきましょう」

「やはりボルドーは赤ですね……ではポイヤックのサードクラスから」

和田がつまみに「チーズ盛り合わせ」と「鴨とポロ葱の春巻き風」をオーダーする。

「鴨とネギは万国共通ですね」

黄は笑った。

黒田は愚問とは思いつつ、

「中国でもワインは飲まれるものですか？」

と尋ねると、黄は頷いて、

「大都市のレストランに入れば、大体の店にはワインも置いていますよ。でも一流のワインが中華料理に合うか……というと、そうではないでしょう。まあ、よく飲んでいるのは日本人ですね。しかし、ワイン専門店は上海、香港にはけっこうありますし、世界中のいいワインもちゃんと置いてありますよ。と言っても私はワインのことはさっぱりわかりませんけど……」

ワインバーに入っていながら「さっぱりわからない」と言うのもおかしかったが、黒田は黄のことを飾らない人柄のように思った。

同じワインとつまみをそれぞれ三回オーダーした。それほど美味しかったのだが、三回目の注文の際には三人とも笑い出していた。

「この店には百種類以上のワインと三十種類以上の料理があるのに……」

店の人間も少しおどけてみせて場を沸かせた。話も弾み、さまざまな話題が飛び交う。

「いや、私もこれまで何人かの警察官にお会いしましたが、黒田さんのように話題が広い人は初めてです。外務省にもこういう人は少ないでしょう。当然、今、籍を置いていらっしゃる内調にはいませんね……」

黄は和田に、黒田にときおり目を移しながら言った。和田も頷《うなず》きながら、

「そう、僕もなかなか面白い人だと思って黄さんに紹介したのですよ。中国のこともよく知ってもらおうと思いましてね」

と言った。黒田は照れるように言った。

「僕が今のポジションに就いたのは、どなたの推挙によるものかわかりませんが、性格的にこの仕事が僕に向いているみたいなんです。言葉を換えれば、本来の警察社会にはなじめないのかもしれません」

黒田の話を遮るようにして黄は、

「日本にKGBのような組織があったら、黒田さんはきっと優秀なエージェントになっていたことでしょう」

半ば真剣な顔で言うので、黒田は、

「CIA（アメリカ中央情報局）ではなくKGBですか？」

とおどけて言うと、

「ヒューミントの部門では、圧倒的にCIAよりもKGBのほうが優れていた。中でもハニートラップではアメリカ大統領もやられていたという話まで伝わっていましたからね。アメリカはいたずらに機械に金をかけすぎたんですよ。コンピューターでは人の心はわからない」

黄は、まるで自ら経験しているかのような言い方をした。

その後、黒田は、和田、黄と月に一度、飲食を共にした。時には和田の直属の上司である外務政務次官が同席することもあった。当然、黒田はこの接触活動に際しては、過去五回も受けた公安講習で学んだ点検活動を厳しく行った。中国を視察対象にしている公安部外事第二課のプロが、黄をマークしている可能性が高かったからだ。

幸い、黄との関係は公安部に知られることはなかった。

黄との関係は兄弟のような妙なもので、「兄が弟に教える」という、師弟関係とは違う親しみがあった。黒田はそこで知ることができた「情報」ともいえる、数多くの案件を誰にも伝えなかった。黄が教えてくれた話のほとんどは事実で、数週間後、数ヵ月後に日本のマスコミだけでなく、政府をも揺るがすものばかりであった。株でいうなら、究極のインサイダー情報といえるものだ。それを黒田はただただ、自分の糧《かて》として、情報分析の素材とした。黒田のこの姿勢が黄にさらなる安心感と信頼感を与えたのだった。

＊

黄は黒田が二年間の内調出向を終え、ＦＢＩ（アメリカ連邦捜査局）に派遣されている間に中国に帰国していた。それから四年経った、平成十二年、東京に秋の足音が近づこうとしていたころ、黄は再び在日本中国大使館勤務となった。このとき、和田は外務省アジア大洋州局中国課の数多い課長補佐の筆頭になっており、その和田から黒田は再会の誘いを受けた。

しかし、このときの黒田は立場的にも以前の内調出向時の黒田ではなかった。なんといっても公安部の捜査官を経て警部となり、警視庁情報官として日本の情報活動の中枢を担う存在となっていた。黒田はこの誘いに際して、直ちにゼロの理事官、つまり警察庁警備局警備企画課理事官にこれまでの黄との経緯を含めた報告をした。報告を受けた理事官は啞然とした顔をしたが、今後、黄を黒田の作業対象という認識で扱うことで接触を許可した。このときも黒田は厳重な点検活動を行い、和田に対してもこれを指導した。

和田は、黒田の姿勢の違いを敏感に察したが、あえて黒田の注意を受け入れた。それほど日中間が政治、経済的に微妙な関係になっている情勢でもあったからだ。

三人は黄が大好きだった「ふぐ」を食べることになり、銀座八丁目の店で待ち合わせた。この店は大分豊後水道で獲《と》れた天然もののふぐを専門に扱っていた。夏ふぐも美味しく、こっそりではあるが、生の肝や普段危ないといわれている卵巣の佃煮を出してくれる、都内では数少ない店だった。

黄はこの店を選んでくれた黒田に感謝して言った。

「なんといっても美味しいふぐは日本でしか安心して食べることができません。日本文化の集大成がふぐ料理といってもいいくらいです」

大のふぐ好きの黄らしい挨拶だった。食事中の話題は日本の食文化に始まって、中国各地の料理からその歴史、そして次第に中国の政治、経済状況に変わっていった。

「中国はさらに大きく変わろうとしている。これを支えているのは実はアメリカです。今、アジアの安全は中米関係で仕切る形になっている。もう、中国はアメリカを批判しない時代になってきています。日本が中国を資本主義国家の敵国として考えていた時代、日本をアメリカの『不沈空母』などという表現を使った総理がいましたが、今や太平洋の治安はアメリカと中国で分担しようという動きがアメリカ議会内でもあるわけです。不沈空母どころか、日本はこのままではアジアの安全保障では必要のない国になってしまう。そんな危機感を日本の与野党の政治家は誰も持っていない。困ったものです」

黒田は黄の言わんとすることがよく理解できた。黒田自身、自分の目で中国を見たことがなかった。いつかは行ってみたい気はしていたが、先日帰国した日本医師会のメンバーから聞いた話では「中国から学ぶものは何もない」ということだった。彼らが中国のどこを見てきたのかはわからなかったが、急激な変化の過渡期にあるのだろうという予測は容易につく。これでオリンピックの開催が決まれば、中国は文化大革命、鄧小平《とうしょうへい》時代に次ぐ大改革期に入っていくだろうと思った。しかし、中国は広さのほかに人口問題、人種問題、宗教問題という三つ子の負の問題を抱えている。いくら一部地域で経済発展が進んでも、この三つの問題に解決の糸口を見つけない限り体内爆破する可能性もあるのだ。黒田は言った。

「確かに。大正時代の半ばあたりになって、海外の著名な政財官人から、『日本人は小さくなった』と言われ始めた。明治維新のころにあったエネルギーが富国強兵という形になったが、これが全体主義に走った結果でしょう。その後、大正デモクラシーから関東大震災、昭和恐慌を経て、国家の体をなさない貧民国家がついに一部軍人に引っ張られるように戦争という愚行に走ってしまった。戦後はサムライ精神の復活のように、アメリカの後ろ支えはあったものの、奇跡の復興を成し遂げた。しかし、教育制度の影響はあっただろうが本当のサムライは生まれてこなかったし、ますます日本人は小ぶりになっていった。今がその典型で、歴史的に強力なリーダーシップを求める東洋人の中で、日本人にはそれが生まれてこなかった。政財官、さらにはヤクザの世界でもそうだ。大物がいない面白味がない国になってしまった」

自虐的なまでに言う黒田を、和田は珍しそうに見ながら言った。

「まあ、時代認識は僕も似たようなもんだよ。その中で、我々が今後どうするかが問題だ。ねえ、黄さん」

黄は頷きながら、穏やかに答えた。

「黒田さん、海外から日本を見た経験が、また一回りあなたを大きくしたのかもしれませんね。私の国もやはり強力なリーダーの出現を待っていますよ」

政治、経済の話は結論として「日中間の相互理解」に収まり、そこから自然環境の話題にまで及んだ。ふぐ屋を出たのは十時を過ぎていた。店を出たところで黄が言った。

「黒田さん、携帯電話の番号を教えていただいてよろしいですか」

黒田は携帯の電話番号とメールアドレスを伝え、三人は新橋駅で別れた。

＊

黒田がＪＲの改札から山手線の階段を上り始めたとき、携帯のバイブレーターがメールの着信を知らせた。ディスプレーを確認してみると通知者が不明であったが文面を開いて、黄からのものであることがわかった。黒田は黄のことを「なかなか律儀な人だ」と改めて感心し、内容を確認すると、今日のお礼に続き、自分の携帯電話番号、さらに、「近々、二人で会いたい」旨の記載があった。これまで和田を外して黄と会ったことがなかったので、何かの相談事であろうことは理解できた。黒田はすぐに返信し、明後日の午後ならば都合がつく旨を伝えると、黄は驚くような素早さで

「明後日、午後二時、ホテルオークラ、サウスウィング、ロビーで……」と日時場所を指定した返事を送ってきた。

ホテルオークラはアメリカ大使館に隣接する駐日大使公邸の正面にあり、その別館をサウスウィングと呼んでいる。東京では、世界の一流ホテルが続々と参入するという声明を出していた時期だったが、その中で生き残ることができる数少ない日本資本のホテルだろうといわれていた。特にレストラン部門は和洋中のすべてが美食家の中でも有名であり、それらが本館ではなく、このサウスウィングにあるのだ。

黒田は約束の十五分前に到着し最後の点検活動を行って、ロビー全体を見渡すことができる場所に立った。約束の二分前に黄が駐車場出入り口からロビーに入ってくるのが見えたが、黒田は少し様子を見ていた。黄を追尾してくる者は見当たらなかった。黒田がゆっくりと黄に向かって歩き出すと、黄もこれに気づいて軽く手を挙げて近づいてきた。お互いに握手を交わすと、

「こちらへ」

黄はロビーの奥に向かって歩き始めた。コーヒーハウスの手前にバーがある。この時間、扉は閉まっていたが、黄は迷うことなく重々しい扉を開けて黒田を中に誘った。あらかじめこの場所を予約していたらしく、バーの入り口には午後五時からの営

業である旨の記載があった。

重厚な革張りのソファーに腰を下ろすと、黄は黒田を見てニッコリ笑い、カクテルグラスをつまんで持ち上げるような仕草を見せたが、黒田はさすがにこれを遠慮して、コーヒーを注文した。黄はウェイターが離れると、黒田に先日のお礼を言った後、今日の急な誘いに応じてくれた謝意を述べた。黒田が今日の用件を尋ねると、

「実は、今、中国大使館を騙《かた》るグループがありまして、その動きに我々は注目しているところなんです」

と黄は言った。黒田は「騙る」の語彙《ごい》に一瞬戸惑ったが、

「『騙る』ということは何かの詐欺事件に発展するということですか？」

とストレートに尋ねた。黄は少し迷うような口ぶりで答えた。

「いえ、まだ事件になるのかどうかもよくわからないのです。確かに、中国大使館に出入りする者なのですが、彼らが、どうも中国大使館の名前を使って妙な活動をしているというのです」

「ほう、妙な動きというのは？」

黄は少し戸惑うような顔つきをしたが、すぐに打ち明けた。

「貴国の防衛庁、大手重工会社の人と盛んに接点を持っているようです」

黒田の目が瞬時に光った。

「それは、スパイ活動を意味するのですか？」

黄の動きの少しをも見逃すまいという姿勢だった。黄は慎重に言葉を選んで答えた。

「それも、なんとも言えません。ただ、彼らは純粋な中国人なのですが、政府の人間ではないのです」

「政府の人間でない人が、自由に大使館に出入りできるのですか？」

素朴な質問だったが、重要なポイントだった。黄は素直に答えた。

「その人は、中国の漢方薬会社の日本支社長で、元駐日武官の奥さんなんです。そしてその部下が中国人民解放軍の陸軍参謀出身者で、しかも中国の大都市の市長を務めた大物の姻戚にあたるので、我々としてもなかなか厳しく言うことができません」

黒田は頭を巡らした。考えられることは、この漢方薬会社の支社長たちが、なんらかのスパイ活動を行っている、または、中国本土の権力闘争が在日本中国大使館にも波及してきている、そのどちらかだろうと思った。黒田は尋ねた。

「それで、その薬の会社と大使館は直接の取引などはないわけですね」

「はい。ただ、中国国内での漢方薬原料の採取活動には、人民解放軍陸軍の力によるところが大きいのも事実です。ある意味彼らのサイドビジネスと言っても過言でない部分もあるかもしれません」

「そうか、確かに軍隊というのは生産性のない社会だけれども、危険地域や山岳地帯にも入っていくことができる。高価な漢方薬原料を彼らの持つ技術やノウハウを活かせば容易に採取できるということか……」

「そうです。たとえば人参にしても、普段人がめったに入らないところに植えておいて、訓練に合わせて収穫すればいいわけです」

当時、中国人民解放軍の総兵力は二百三十万人といわれていた。その半数以上の百四十万人が陸軍である。中国人民解放軍では「自らの食料等は公的予算に頼ることなく、軍の力で調達する」という時代が、二〇〇〇年近くまで続いており、特に陸軍では部隊ごとに企業経営に乗り出していたのだった。現在は軍の商業活動は禁止されているが、そのOBたちがいまだにこのルートを活用しているという噂は、黒田も耳にしたことがある。黒田は尋ねた。

「なるほど。その漢方薬会社が今度は本業以外の分野で日本国内での活動を始めた可能性がある、ということなのですね」

遠回しではあったが、黄は「中国政府とは関係がない動き」ということを伝えたいに違いないと黒田は思った。黒田はその黄の動きが権力闘争による相手側への牽制《けんせい》なのか、またはなんらかの政治状況が変わったことによる尻尾切りなのか……というところまでは推測したが、当面はその事実関係を調査するしかないと思った。黒田は黄に謝意を告げ、最終的には組織判断になることを伝えると黄もこれを了承した。

*

翌日、事案の概要について黒田はゼロに口頭連絡した。ゼロも対応を考えるために時間が欲しいということだった。「当然だろう」と黒田も思った。黄は確かに黒田の協力者的立場ではあるが、事案の背後関係はまったくわからないのだ。もしこれがスパイ事件に発展するとなると、まさに国際問題であり、警察庁警備局内でも、主管は外事課になるからだ。

翌朝、デスクに出勤した黒田はゼロから、昨日の件について秘匿で調査するよう指示を得た。本件は北村清孝副総監も了承済みということであり、当然、警視庁公安部外事第二課に対しても秘匿であった。こういう案件は外事の手を借りると非常に楽に話が進むのであるが、情報提供者の立場を考えると、警察の立場を優先させることを抑制しなければならないことはやむを得なかった。

九月に入って、黒田は、部下の中から石川英男という警部補を選んで二人で調査を開始した。石川は企画課に着任同期の同僚である吉田宏が推薦した男だったが、公安センスに優れ、中国語上級を習得していたのだった。

黒田らは、黄が教えてくれた「馬兆徳《マアツアオデ》」という、漢方薬会社の女支社長の手足となっている男の動きから調査を始めた。その漢方薬会社は新宿区の高田馬場に、十二階建てビルの四フロアを借りて東京本社を構え、テレビコマーシャルを打つなど派手な経営を展開していた。漢方薬会社が売り出している主たる商品名は黒田も石川も知らなかったが、石川が国内の漢方薬会社に知人がいるということで、業界内からその会社の評判などを入手した。すると「会社の営業はほとんど、日本のベンチャーキャピトルからのヘッドハンティングであり、特別、薬業界に詳しい者はいない。しかも、国内の医薬品流通の要である薬問屋との接点も少ない」と言い、さらに「国内で医者、薬局相手に他の製薬会社と競争をして勝ち残るシステムができていない体制である」ということがわかった。そこで、この漢方薬会社に営業の人材提供を行っているというベンチャーキャピトルを調べてみると、かつて自主廃業した大手証券会社のメンバーが主体となっている会社だった。そのトップにある者は、自主廃業後、かつてのライバルであった大手証券会社に再就職したが、そこでインサイダー取引や、他人の株を勝手に運用する等の不正を行っていたことが明らかになり解雇された者であることがわかった。

これらの状況を見て石川は、

「黒田さん、もしかしたら、このバックにヤクザもんか、政治家がいるんじゃないですかね」

と言った。黒田もそのことを考えていた。いくら大手企業と防衛庁に人間関係の太いパイプがあるとしても、これが対中国となれば普通ならば尻込みをするはずなのである。政治、もしくは裏の社会が介入している可能性は大きかった。

「確かにその可能性は大きいと思うが、防衛庁にヤクザもんはどうかな……。政治家は防衛族というやっかいな存在を念頭に置いておかなければならないと思うが……」

そう答えながら、黒田の頭には、政治家の中でも特に防衛利権に近い何人かの顔が浮かんでいた。

＊

すでに街はクリスマス商戦の最後の時期を迎えていた。

黒田は久しぶりに文子《あやこ》と逢った。文子とは十一月ごろまでは週に一度は必ず逢っていたのだが、彼女の父親の健康状態がよくないということで、一ヵ月ぶりの再会だった。

文子と出会って約三年になり、付き合い始めて半年近くになっていた。黒田は将来、結婚を意識してはいるものの、日々の激務に押されて最近は、すれ違いがあったのも事実だった。しかし、この年のクリスマスイブだけは二人で過ごすことを付き合い始めた六月の記念写真のときから決めていた黒田は、夏休み前にはレストランと都内のホテルを予約していた。レストランは文子の希望で銀座のビル内にあるイタリアン、ホテルは黒田が一度は泊まってみたいと思っていた、新宿の高層ホテルだった。さすがにスウィートルームは高すぎて取ることはできなかったが、それでもどちらも予約を取ることさえ大変だった。しかし、このときばかりは、どちらも一年そこそこしか勤務していない、新宿署と築地署の人脈が大いに役に立った。

クリスマスらしく、黒田は紺のブレザーでトラッドなスタイル、文子は紫のシルクのワンピースで、彼女の美しさを際立たせていた。

クリスマスディナーは贅を尽くしたもので、ウェイターのパフォーマンスもよかった。グラスに黄金色に輝いて静かに立ちのぼる泡越しにアイコンタクトで乾杯をした。文子は普段以上にはしゃぎ、黒田もそれが嬉しくてワインが進むペースもいつもより速かった。一流レストランらしく、料理だけでは満腹にはならなかったが、デザートを終えたころには心地よい酔いがまわっていた。ホテルまではタクシーを使った。文子には宿泊先を伝えていなかったので、タクシーの運転手に行き先を告げると、文子は、

「ええっ、本当？」

としがみついてきた。

黒田が予約した新宿のホテルは角部屋のセミスウィートで、バスタブの中からも東京の夜景が見えるつくりだった。

「一度来てみたかった……」

文子は涙ぐむほど感激していた。黒田も嬉しそうに答えた。

「文子を連れてきたかった。夢が一つ叶った……」

二人を夢の世界へ導いてくれるには、なにもかもが十分すぎる設定で、人生の喜びを感じた一日だった。

＊

クリスマスを終えると、都内の街角は一気に新年に向かった飾り付けに変わる。文子と過ごしたクリスマスの一日で、黒田は新たな精気が宿ったような感覚があった。黒田は慌ただしい空気に包まれ始めた街の中で、一人の男の後を追った。「馬兆徳」だった。

彼は小柄な男ながら、首の太さが異様で軍の特殊訓練を受けた者かもしれないと、黒田は思った。

中国人は日本でいう「旧正月」を祝う風習であるため、年末年始の生活リズムがまったく違う。中国人社会では新年はさして重要視しないのだ。これはクリスマスを中心とした生活である多くのアメリカ人も同様で、想像を絶するほどのプレゼントを借金してまで購入するため、クリスマス商戦とバーゲンは日本では考えられない規模になるが、ニューイヤーは軽くシャンパンを開けて祝う程度で、日本のような冬休みがない。

一方、日本の年末年始は官公庁のみならず、大手企業が大型連休を設定する。職員もこれに合わせて休み、さらにある程度の年次を重ねた職員になると有給休暇をくっつける。しかし、年末年始をはじめ、ゴールデンウィーク、夏休み期間中はすべての観光関連費用は閑散期の倍以上の金額になるため、家族旅行などはその狭間の期間を狙い、最も高価なその連休時期は家で休むのが日本人の傾向だ。生活のリズムが違うとおのずから取引に問題が出てくる。馬が接点を持っている日本人も同様のはずだった。

馬は都内では漢方薬会社の社用車を利用していた。官庁御用納めの前日、黒田がこの車をバイクで追尾していると、馬は新宿のホテル地下駐車場に車を乗り入れた。黒田はこれについて駐車場に入ると馬が車を離れるのを見定め、車後部のバンパー下に車両の位置確認装置の小型カーロケーターを取り付けた。さらに尾灯の右側のブレーキランプを切れた電球と交換した。これらの小道具は公安部のあるセクションに行けば借りることができた。カーロケーターは警視庁のパトカーについているものと同じ無線の周波数幅であるため、交通管制センター経由で車の位置情報が入ってくる仕組みだった。当然、Nシステムの登録は終わっているが、このデータは警視庁本部のデスクに戻らなければ確認できない。しかも、社用車であるため、この車を常に馬が使っているのか確認ができない。そこで黒田はまず、馬の人定と現住所を確認する必要があった。

黒田はこの車が動き出すのを待って、新宿警察の交通課に連絡を取り、「駐車ランプ切れ」整備不良車両の運転者として職務質問をさせた。臨場した交通係の係長は黒田の意図を交通課長から聞いているため、警告処理にとどめる代わりに、運転者の連絡先として携帯電話番号まで聴取した。馬は、車両故障を確認し、駐車ランプの球切れであることがわかると「すぐ先のガソリンスタンドで、新しい電球に替える」と言い、警察官の態度がきわめて紳士的だったので、聞かれるままに携帯電話の番号まで伝えたのだ。また、あらかじめ、黒田が交通課長に対して、外国人登録証の内容も確認するよう依頼していたため、馬の生年月日、住所のほかその場でわかる個人情報のほとんどが入手できた。黒田はすぐに公安部に調査を依頼した。この一連の行動を、一緒に仕事をしていた石川は感心と呆れが入り交じったような顔をして言った。

「黒田さんは『サクラのエリート』とは聞いていましたが、じつに動きにそつがないし、なんといっても組織の使い方がうまい。これは、組織全体を知っていないとなかなかできることじゃないですよ」

黒田は笑いながら答えた。

「そう。組織を知らないと公安の仕事なんてできるもんじゃない。ときどき、アホなデカが『公安なんか事件もできない』などとほざいているが、そんなヤツに限って捜査のソの字も知らない。捜査なんて、刑法と刑事訴訟法と犯罪捜査規範を理解して、これに社会常識と国語力があれば大体はできる。大切なのは人間性だ。組織を知らないヤツの典型的な言い分だな。僕は本部各課のほとんどに情報交換できる仲間がいる」

刑事課のヒラ刑事の中には公安に対して敵対心を持つ者が多い。「天下国家ばかり言いやがって、捜査の一つもできない」と日頃から声高に言っている。

石川は黒田が持つ懐の深さと、刑事課に対する思いの一端を知った気がした。なるほど、黒田は有能だし、部下からの信任が厚い。上司の中には「あいつは上昇志向だ」とか「どこを向いて仕事をしているのかわからん」と口にする者もいるが、部下は皆といっていいほど黒田と一緒に仕事をしたがるのだ。黒田はあらゆるノウハウを惜しげもなく教えてくれる。かといって、それをすぐ真似しようとしても、そこには「人脈」という大きなハードルがあってなかなかすぐにできるものではないのだが、やってみたい気にさせてくれるのだ。

黒田は石川に向かって言った。

「この年末にホテルで食事時間以外に三時間近くも話をする相手というと、相当重要な相手ということになるね。本当は追いかけてみたかったが、このライダースタイルじゃあ目立って仕方ないしね。駐車場のエレベーターはロビー階で止まったから、ホテルの監視カメラを見せてもらおう」

石川はこれにも驚いて、

「ホテルは見せてくれるんですか？」

と尋ねたので、黒田は、

「新宿にあるホテルの警備担当はほとんど警察ＯＢが入っている。新宿署の副署長か警備課長を通じて『事件の疑い』と言ってもらえば、大体はすぐに見せてくれるよ。マル秘だけどね。以前、京都の一流ホテル内で大蔵省の幹部役人が暴力団と会って不正融資をしたときも、その証拠はホテルの監視カメラだったからね」

と答えた。石川は、何ものにも物怖じせず、しかも御用納めの前日まで、自分の足でここまで仕事をする警部の黒田を不思議そうに見ていた。

早速新宿署の副署長から、ホテルの支配人経由で警備係に連絡を入れてもらうと「すぐにでもどうぞ」ということだったので、二人はホテル正面から入って警備室に向かった。石川が、

「ホテルの中の構造まで、よく知ってますね」

そう聞くと、黒田は笑って言った。

「ホテルは大好きなんだ。暇なときに、いろんなホテルの探検をしてるからね」

本心を言ったのだが、石川はまともには捉えず、「これも社会勉強の一つなんだろう」と受け取っていた。警備室に入ると、黒田は警察ＯＢの室長に名刺を渡し、

「お世話になります。業界はこれから大繁忙期でしょうから、早めに参りました」

と挨拶をして、ホテル業界最大の稼ぎ時期の苦労を労《ねぎら》うように言った。室長もこれを感じたのか、名刺を確認して、

「ありがとうございます。明日からが戦争ですよ。その前ならば何でもご協力いたしましょう」

と笑顔で言ってくれた。早速、黒田は話を切り出した。

「実は今日の午後一時半ごろ、地下駐車場からエレベーターでロビー階に上がった男の動向を見たいのです」

警備室長は「わかりました」と言って、係員を呼び、モニタールームに黒田たちを案内した。指定時刻の録画画像をいくつかのカメラを指定して再生した。

地下駐車場エレベーターホールに映る馬の姿があった。馬はエレベーターでロビー

階に出ると、そのままそのフロアにあるラウンジに入っていた。ラウンジの様子は監視カメラが自動で首を振っているので断続的にしか姿が捉えられていないが、馬はどこかに携帯電話で連絡をしていた。それから十分ほど経ったところで、普段着の男が一人同席しているのを確認した。二人が出会ったときの画像はなかったが、馬がなんらかの書類に目を通している。次の場面で馬が男に厚めの封筒を渡していた。それから二人は、コーヒーを何度かおかわりし、ケーキを注文し、約二時間半そこで話をしてから、ラウンジを出て、ロビー階エレベーターホールで握手をして別れた。男は馬より一〇センチほど背が高い。馬は地下駐車場へ、男は高層階用エレベーターに乗り込んだ。高層階用エレベーターの中で男は封筒の中を覗《のぞ》き、中に入っていた三〇〇万円の札束を確認すると、嬉しそうな顔をして二十五階で降りた。男は部屋番号二五〇一に入った。

＊

黒田は、ここまでの画像をすべてＤＶＤと普通のビデオに録画してもらい、

「非常に役に立ちました。改めてお礼申し上げます」

と礼を言うと、警備室長は嬉しそうに言った。

「お安いご用です。ついでに二五〇一の宿泊客も調べておきましょう。あの部屋はセミスウィートですから一泊八万円ですよ。それにしても、現金の受け渡しの現場でしたなあ……。これは失礼、余計なことを言ってしまった」

黒田は「とんでもない」というふうに手を振りながら、

「いや、これほどのシーンがあるとは思ってもいませんでした。今後ともご協力をよろしくお願いいたします。ところで、室長はどちらの出身でいらっしゃったんですか」

と尋ねた。「どちらのご出身ですか」と聞けば出身地を指すが、「いらっしゃった」と聞けばOBとしての所属や部署にあたる。室長は嬉しそうな顔をして、

「四課です」

と答えた。このホテルは暴力団関係者の利用が多いのだろうということがわかった。

さらに室長は言った。

「しかし、最近は企画課でもこのような隠密仕事をするようになったんですね。あの男は幹部ですか?」

おそらく、黒田たちを警察組織の内部調査をしているグループと思っているのだろう。なにしろ、新宿署の副署長からの直接依頼だったのだ。

「暴力団の構成員ではないのですが、周辺者というところです」

黒田はそう答えておいた。丁寧に謝辞と連絡先を伝え、ホテルを後にした。

デスクに戻ると、公安部とホテルから連絡が入っていた。

さすがに公安部の対応は早かった。なんといっても公安総務課長から直接指示が降りてきているのだ。指示を受けた担当管理官は大慌てで、しかし少しの喜びを感じながら、何事にも優先して処理をしたに違いなかった。管理官として公安総務課長の評価を受けることは、次期、警察署副署長へのステップが早まるのだ。ただし同じ副署長というポストでも、警視庁管内に百一署ある警察署のどこに所属するかでそれから先のキャリアが開けるかどうか決まる。このような突然の下命は、管理官としてまさに腕の見せ所なのである。

警視庁公安部公安総務課長のポストはキャリアの中でも一種の「憧れ」であると言って過言ではない。現在、全国二十万人の警察官の約五分の一を占める警視庁の中で、課長のキャリアポストは八つしかない。その中で捜査機関と情報機関を独自で持っているのが公安総務課と刑事部捜査第二課であるが、捜査第二課の内容が知能犯捜査に限定されるのに対して、公安総務課は公安部筆頭課として公安部全体の予算と情報を握っているのだ。その長である公安総務課長のポストは他のキャリア課長に比べ、得るものが格段に大きいのだった。

ホテルの二五〇一号室の宿泊者は女性と二人で現金支払いだった。おそらくは偽名で宿泊しているのだろう。この時期、家族連れやクレジットカード支払いならば本名を使うが、そうでない場合、偽名の使用が多い。これが暴力団や極左暴力集団、危険な宗教関係者などであれば、旅館業法違反という軽微事件でも身柄を拘束するのだが、黒田は様子を見ることにした。男のチェックアウトは三十一日の大晦日だった。

馬は住所、家族構成、入国年月日、渡航歴、交通違反歴、中国国内の出身地など、ほとんど丸裸状態になっていた。さらに、携帯電話の通話記録、メールの送信状況まで判明していた。これが公安だ。携帯電話の通話記録から監視カメラが捉えていた時間の通話相手を確認してみると、午後一時十二分二十五秒に発信歴があり、携帯電話で「〇九〇－三一三六－＊＊＊＊」だった。黒田はこの携帯電話の契約者とその発信歴の調査依頼を直ちに行った。

電話会社も官庁御用納めの日が、だいたい年内の仕事納めだったが、公安部からの裏ルートの調査依頼には応えざるを得ない。裏ルートといっても必ず事後に捜索差押《さしおさえ》令状は届けるのだが、警視庁の場合、刑事部の捜査第一課と公安総務課だけは捜査の緊急性から、電話会社などと協定を結んでいるのだった。公安部でこのルートを作ったのが、警部補時代の黒田本人だったから、相手の窓口もよく知っていた。この当時は携帯電話番号の上四桁で電話番号会社が特定できた。

一時間も経たないうちに、馬の発信先が判明した。現在は転居しているものの、契約時の住所と名前は、

目黒区東山三丁目＊番＊号一一〇〇　藤田幸雄

という回答だった。当然、公安部はこの人定も調べ上げていたが、住所を見ただけで黒田はこの住所が「国家公務員住宅でもキャリアクラス」のものであることがわかった。

公安部も「藤田幸雄」が契約当時「防衛庁技術研究本部の三佐技官」であることを

公安総務課長に報告していた。

黒田は直ちに公安総務課長に電話を入れ、これまでの経緯を連絡すると、課長はゼロを待たせておくので、帰庁後、直ちに報告に行くようにと指示をした。

＊

黒田はデスクに戻るとその足で十四階の公安総務課長を訪れ、事案の概要を報告すると、その場で課長の高野尚人はゼロの理事官・植田正人に連絡を入れた。高野はこの年、ゼロの理事官から公安総務課長に異動していた。

植田は高野の年次二年下で大学も東大と京大だったが、兵庫県人会と県立神戸高校の先輩後輩の関係にあり、日ごろからの付き合いもあったため、相互の動きはきわめてスムーズだった。黒田は歴代のゼロ理事官申し送りの情報マンであり、植田とも良好な人間関係にあった。高野の連絡により、黒田は植田の待つデスクに向かった。

警察総合庁舎内の案内板にも記載がなく表札すらない部屋の扉を開けるとさらにそこに狭い廊下があり、パーティションで区切られた部屋が並ぶ。

その狭い廊下の真ん中に、扉を開けっ放しにし、二人分の事務デスクと応接セットが設置された、こぢんまりとした三坪ほどの部屋がある。デスクも決して大きなものではなく、普通の事務机だ。一つの机は入り口脇に横向きに、もう一つは奥の窓際に入り口を向いて配置されている。慣例で、入り口に座る者を「〇〇先生」、奥の席の者は「校長」と呼んでいる。これが「ゼロ」の理事官室だ。この呼称はかつてゼロが「チヨダ」、その前の「サクラ」と呼ばれていたころからの慣習で、「サクラ」がかつて中野の大日本帝国陸軍中野学校跡地に建てられた、警察大学校の中に設置されたことに由来している。「校長」と呼ばれる理事官はキャリア、秘書役の「先生」は全国から選抜されてきた都道府県警の公安のエースで、三年出向組の警視である。

今の「先生」は岡田亨といって群馬県警からの出向だった。県警では本部長秘書官を務めた警視だが、さすがに総理を何人も出している土地柄だけあって、政治関連のセンスは抜群だ。そもそも、群馬県警本部長というポストは警備畑出身者の指定席だったため、その秘書官も県警公安のエースが就くのである。岡田は中野にある官舎に単身赴任していたが、ほとんど毎晩のように終電で帰っており、官舎は布団があるだけという生活だった。しかし、必ず月に一度は黒田と朝まで情報交換を兼ねて新宿歌舞伎町で飲み明かしていた。

黒田がゼロの理事官室に顔を覗かせると、岡田が愛想よく迎えた。

「よお、黒さん、総務課長殿から連絡が入ってましたから、お待ちしてましたよ。この年の瀬まで、相変わらず厳しいお仕事で、敬服してますよ。さ、どうぞどうぞ」

「岡田先生、からかわないでくださいよ。迷惑かなとも思いながら来てるんですよ、ここには」

いつもどおり、遠慮もなく理事官室に入ると、校長の植田も黒田を認めて、応接セットに移ってきた。

「やあ、黒さん。もう、外には出ないんでしょう？　定時退庁時間も過ぎたことですし、ちょっと『プシュッ』とやりながら話をしましょう」

植田理事官は手で缶ビールのリングプルを引く動作をしながら黒田を迎えた。この時間にここを訪れるのが、理事官の希望でもあり、夏場はよくここで飲んだものだった。

植田理事官は若いが人をやる気にさせる天性のものを持っていた。本来この理事官室に直接報告に来るのは、公安各課の管理官以上であるから、黒田のような係長クラスが顔を出すことはめったにないと言っていい。また、管理官クラスになると、保身が第一の者も多く、公安センスに欠ける者も多かった。このため、歴代のゼロの理事官は、ズケズケと本音を言い、時には上司をも「あれは馬鹿ですから……」と言うような、組織実態を知らせてくれる情報マン・黒田の訪問を喜んでいた。

岡田が冷蔵庫から冷えた缶ビールを六本と、ロッカーから乾き物のつまみを出して、応接セットに座ると、

「まずは、今年一年お疲れ様でした。黒さんには部外者ながらたいへんお世話になりました。乾杯！」

と缶ビールを開けて乾杯した。最初の一本は三人揃って一気に飲み干した。これも恒例の飲み方だった。話は、二本目を空けてからが、不文律になっていたのだ。

「三時ごろ、高野総務課長から電話が入ったときはびっくりしましたよ。なあ、岡田さん」

植田が言った。岡田は好物の群馬産ビーフジャーキーをしゃぶりながら、

「県だったら、三ヵ月はかかる仕事を、たった一日でやってしまうんですからね」

と感心して言うので、黒田は、運がよかったことと、たまたま古巣の新宿署管内だったこと、そして何より、

「警視庁の組織力ですよ。あとは公安部にお願いして、僕は別件に入りますよ」

と自信を持って言った。黒田自身、今日ほど警視庁の総合力の発揮を身近で感じた

ことはなかった。なんといっても公安総務課長の力が大きかったのだが、やはりそのバックには北村清孝副総監の存在があってのことだった。

「まあ、まあ、そう言わずに、高野公総課長から北村副総監にすでに話が行ってます。全容解明まではお手伝いください。事件となると、一年くらいの内偵は必要でしょうし、全体図は黒さんに、得意の相関図を描いてもらって外事課との調整に入りますから。それまではよろしくお願いしますよ」

植田は機嫌よく二本目の缶ビールを空けていた。そして、

「ところで黒さん、この案件はどんな見通しを立ててます？」

と聞いた。黒田は正直に言った。

「はっきり言って、まだ海の物とも山の物とも言えません。参事官の黄が言っていることも百パーセント信じていいのかどうか……。何か裏に中国国内の権力闘争があるような気がしてならないんです。リークしているわけですから大使館主導でやっていることでないことは確かなんですが……」

「なるほど。トカゲの尻尾切り的な部分もあるかも、というところかな？」

「そうですね、僕は中国についてあまりに無知ですから、そのあたりは外事二課の専門家に聞いてみたいくらいです」

植田は黒田の言葉に頷きながら言った。

「今だから言いますが、黒さんが協力者として黄の名前を出したとき、僕は思わずぶっ飛びましたよ。外事課でも、今まで誰も話さえしたことがない大物でしたからね。彼は党内でもエリートなんですよ」

黒田は在日中国大使館の組織構成さえよく理解していなかった。しかし、黄の能力や日ごろの態度から、それなりの地位にある者だろうということは内調勤務中に出会ったときから感じていた。

「確かにそんな雰囲気は持っていました。それよりも馬がどれくらいのレベルの者とコンタクトを持っているかが当面の問題です。黄が『政府の人間ではない』と断言している以上、そのバックグラウンドをどこまで究明できるか。非常に困難な作業になると思います」

植田はこの点に関してはわりとさっぱりしていた。

「僕も在ソ連日本大使館勤務中に、当時の敵の諜報活動を何度となく経験してきています。敵のスパイを特定したところで、国家として何ができるものではない。わが国にはスパイを処罰する方法がないのですから。それよりも敵に魂《たましい》を売る者のほうが僕は許せないんですよ。それも税金で飯を食っている者がね」

「そんなものですかね……」

非公然作業ができない法治国家の役人であるから仕方ないことだと思いながらも、黒田の中には何か釈然としないものがあった。

＊

公安部は馬兆徳と藤田幸雄の携帯電話発信記録の分析を始めていた。この分析が警視庁内でいちばん速いのがハイテク犯罪対策室よりも総務部情報管理課であることを黒田は知っていた。すぐさま、公安総務課長から企画課長に連絡が行き、データを新橋庁舎にある情報管理課の第三管理官に回す指示が取られた。

この部署は、警視庁のあらゆるデータが集積されるところであり、使用するコンピューターの処理速度は通常のパソコンの百倍以上だった。

馬と藤田の通話記録データが情報管理課に回されたのは午後五時過ぎだったが、公安総務課長特命の業務だけに情報管理課長も担当管理官の席まで行って、解析業務の推進を見守った。通常のドキュメントスキャナーを使ってＯＣＲ読み込みから、エクセルデータを作るのは、慣れた者でも丸一日は要する。これを個人のパソコンとスキャナーで行えば優に十日はかかっただろう。しかし、情報管理課の優れたマシンとプロたちの任務分担と手際の良さから、特命の業務は二時間とかからなかった。分析結果資料はデータで公安総務課長のデスクにメールで送られた。これからは公安部の人海戦術の分野に入る。

明後日から公安部も年末年始の当直体制に入るのだが、この中から各課五人を特命として分析作業班にする決定が出された。公安部内の九課、一執行隊計五十人の体制が御用始めまでの一週間続くのだ。このうち十人が裁判所への令状請求担当になり、十人が電話会社への調査担当、残余が個人調査ということになる。

馬と藤田の発着信歴解析から、相互に繋《つな》がりがある者が十三名、その中に防衛庁関係者六名、そして馬の携帯メール発信内容から大阪府警の外事課員に関する内容が明らかになった。

黒田はこの大阪府警警備部外事課警部補の青木光男なる男の存在が気になった。ゼロに確認すると全国優良表彰の常連であることがわかった。早速、青木に関する人事データを取り寄せ、公安部が作成した時系列表と見比べた。青木は子供を病気で亡くしており、その直後から青木に関する指示が出ていた。

「これは馬の協力者《タマ》にされている可能性がある」

瞬時に頭をよぎった。

「年末年始は大阪に出張だな」

＊

年の瀬に沸く大晦日の大阪、御堂筋に、革ジャン、ジーパンでオーストリッチの小型のサイドバッグを脇に抱えている黒田の姿があった。一見してちょっと危ない金融の取り立て屋という雰囲気で、忙しそうに歩いていた。その一〇メートルほど先を、やはり忙しそうに歩く黒田と似た体格の男がいた。

青木光男はしきりに点検活動を繰り返しながら大阪の街を地下鉄、私鉄、ＪＲを巧みに乗り換えながら動いていた。しかし、誰かと接触するわけでもなく、ただ何かの捜査をしている感じだった。十三《じゅうそう》地区のマンションには忍び込むような仕草で入り込み、ポケットからカメラを取り出しては秘撮している。

黒田にはこの青木という男はきわめて優秀な捜査官に見えるのだが、なにゆえ彼が中国人のターゲットにされているのかわからなかった。脅されているのか「タマ」に成り果てているのかの判断がつかないのだ。

大晦日の夕方になって青木は新幹線に乗り込み、東京に向かった。それも切符は買わず、警察手帳を使った、『ドラえもん』に出てくる小道具をもじって、警察内部で「どこでも定期～」と言われる裏技を使っている。緊急かつ組織の許可を得た追尾ならばまだしも、東京ではこのような使用をすれば懲戒ものだ。黒田はやむなく新幹線に警察手帳で乗り込むと、名古屋を出たところでデスクに電話を入れた。東京までもう停車駅がないからだ。東京駅で三人の行確（行動確認）要員を準備してもらった。四日ぶりの東京の街が妙に懐かしく感じる中、新幹線は東京駅のホームに滑り込んだ。午後八時を過ぎていた。

青木は東京駅で迷うことなく丸の内中央口の地下改札口から出ると、そのまま地下鉄の丸ノ内線に乗り込み、霞ケ関で日比谷線に乗り換えた。その間も点検を欠かさない。黒田は三人の行確要員と交互に追っていた。青木は六本木で地下鉄を降りると六本木交差点から芋洗坂を下っていく。このあたりまで来ると青木は点検活動をしなくなった。

本来、目的地に近づいたり拠点に入ったりするときほど点検が厳しくなるのが普通なのだが、青木は黙々と歩いている。外苑西通りに出るとこれを左折して新一の橋、麻布十番方向に向かった。六本木は若者で大混雑していたが、このあたりは大晦日らしく店も早めに閉まり始めていた。

　青木は有名な鯛焼き屋の前を通って麻布十番商店街に入ると、最初の路地を右折した。そこには洒落た雰囲気の十二階建てマンションがあった。青木はこの建物に入ると、玄関ホールの右手にある集合ポストで何かを確認しているようだった。青木の動きから、彼はここの居住者を探しているのだろう。彼はポストの確認を終えると、マンションから出て周囲を見回し、筋向かいにあるビルの非常階段を上り始めた。行確応援に来た公安部員の警部補が携帯で、このマンションを管轄する麻布警察の受け持ち交番に電話をして何やら話していたが、そのうちメモをしながら礼を言っている。そして黒田のほうを向いた。

「係長、このマンションの十階に元同僚の檀家があって、今日、在宅しているそうです。やっこさん、私が帰宅するふりをしてマンションに入ったら、後からついてくるかもしれませんよ」

　なかなか機転が利く捜査員だった。

　警察用語で「檀家」というのは、自分の家族同然に付き合いができる一般家庭をいい、通常、地域警察官が実施する「巡回連絡」によって良好な人間関係を構築する場合が多い。「檀家」をいくつ持つかが地域警察官にとっては隠れた勲章の一つであり、昼時には家に上がり込んで拳銃も外して家人と昼食を共にするくらいの付き合いになる。

黒田たちは一芝居を打つことにした。高橋というその警部補はマンション内にいったん入り、オートロックドアの鍵を開けるためにバッグの中から鍵を探すふりをし、さらにインターホンで部屋番号を押して家人を呼んでいる。そして、再びマンションの外に出てくると、今度は携帯電話を取り出した。

「ああ、僕だけど、部屋の鍵を忘れてきたんだ。インターホンを押したけど、誰も応答しない。君は今どこにいるんだ？　何？　ああ大塚さんのところね。悪いけど、玄関ドアを開けてもらってくれる？　大塚さんの部屋番押すから。九〇九だっけ？　あ、わかった。僕は急ぎの書類取ったらまたすぐ出かけるから、部屋に戻ってよ」

周囲に聞こえるような大きな声で話している。なかなかの役者だ。携帯電話を切って高橋は再度マンションに入ると、もう一度玄関ホールに入り、内ドアの手前に設置されているインターホンを押すと、中から鍵が開かれたのか、内ドアが開いた。高橋がその中に入ろうとしたとき、マンションの筋向かいのビルに入っていた青木が飛び出してきて、高橋がいるマンションの中に飛び込んだが、すでに内ドアのロックがかかってしまった後だった。しかし、中にいる高橋に何やら外から話しかけている。高橋は快く中から鍵を開けて、青木をマンション内に入れてやった。ここまで思いどおりになるとは思わなかったが、かつて一世を風靡《ふうび》した中国人グループによるピッキングの窃盗犯人らがよく使った手口だった。このマンションには防犯カメラが設置されているので、入った後の動向は防犯カメラでも確認することができた。

高橋は二台あるエレベーターのうち、先に青木を乗せ、一言二言青木と言葉を交わして、エレベーターホールに残った。青木を乗せたエレベーターは十階まで直行した。高橋は麻布署に電話を入れ、このマンションの管理会社に連絡をとり、青木が現在どこのフロアで何をしているかの確認をとらせた。青木も公安係員であるだけに、直接目当ての階までエレベーターで行くことは考えにくかった。

高橋の合図と手引きで黒田ともう一人の捜査員がマンション内に入った。そのとき、高橋の携帯のバイブレーションが動き、麻布署からの連絡で、十階で降りた男はビル内の非常階段で八階に降り、同フロアの八〇四号室前で何かをしている様子であることがわかった。

「盗聴器かな？」

ぽつりと高橋が言った。黒田への報告を聞いていたもう一人の捜査員は、いったんエレベーターホールを出て集合ポストに行くと、そこから何通かの郵便物を手にして戻ってきた。

「八〇四号室は、二日は誰も帰ってきていませんね。居住者の名前は清水敏男です。NTTからの請求書が来てますね」

おもむろにその封書を開いて電話番号を確認している。憲法上保障された通信の秘密を破る、立派な刑法違反の信書開披罪だが、黒田は何も言わないどころか、

「通話料金はどうなってます？」

と聞いた。

「けっこう高いですね。三万円を超えています。今どき珍しいですね」

確かに携帯電話がポピュラーになっているこの時代に、家庭の電話料金が月に三万円を超えるのは珍しいことだった。

「先月も三万を超えてますねぇ」

この請求書は前月の領収書を兼ねているのだった。

「他の郵便物は？」

黒田の問いに、捜査員は、

「クレジットカードの請求ですかね……。しかし、年末にこんなの来ますかね」

と言いながら、すでに開披している。

「すげー、支払い二二〇万ですよ。ボーナス払いにしてもすごいなあ。私の二回分のボーナスでも払えないっすよ。んん、こいつ、飲み喰いばかりですよ。あれ、これは女宛の郵便だけど、名字が違うなぁ、黒澤冴子という女宛ですよ」

ふと、黒田は二つの名前を思い出した。

「ああ、その名前は記憶にありますね。悪いけど、その郵便物は拾得物ということにしておきましょう。解析したらまた戻しておけばいい。ＮＴＴとクレジットカード屋だったらサラの封筒はハムにあったよね？」

「はい、一課の庶務に全社分揃ってます」

公安部には多くの会社の封筒、特に電話会社やクレジット会社の封筒は新品（サラ）のものが準備されていた。なお「ハム」は公安の略称で「公」の字が、カタカナの「ハ」と「ム」でできていることから、組織内では「ハム」で通用する。

＊

黒田は内心「今日のメンバーは優秀だ」と幸運を喜んでいた。

高橋がこのマンションの住人に謝礼の電話を入れて、三人は再びマンション外に出ると、外で青木が出てくるのを待った。郵便物の状況から、今現在は在室していないと判断したからだ。三十分ほどして青木が出てきた。青木は麻布十番商店街入り口から地下鉄南北線に乗って四ツ谷で降りた。よく東京の交通事情を知っている男だった。南北線はこの年に全線開業したばかりの路線なのだ。

青木は四ツ谷から上智大学前の外堀の土手に上がって喰違見附《くいちがいみつけ》方向に進み、土手が途切れる先にあるホテルニューオータニに入っていった。もうあと一時間ほどで新年を迎えようという時間だった。大晦日の一流シティーホテルはどこもさまざまな催しがあり、飽きることがない。青木はさすがに少し疲れたのか、ロビー脇のソファーに座り込んだ。どうやらここで夜を明かすことを考えているようだった。

黒田は三人の行確要員に礼を言い、現場の打ち切りを告げた。三人は「どうせデスクに帰っても寝るところがないので、朝まで付き合う」と言うので、先ほどのマンションに青木が仕掛けたと思われる盗聴器のチェックを依頼した。高橋は喜んで若い巡査部長を伴い、いったん渋谷署に向かうと、渋谷署内にある公安機動捜査隊（公機捜）特殊班分室から盗聴関連資材を借り受けて再び麻布十番のマンションに向かった。現場調査の結果、やはりマンションのドア脇にもある郵便物入れに小型の盗聴器が仕掛けられており、これから非常階段脇の分電盤に設置された送信機でインターネット回線を通して受信できるように仕組まれていた。青木が仕掛けた盗聴器は市販のものであるが、かなり高性能のもので数ヵ月は充電なしで室内の音声をＵＨＦ三九九・〇三〇メガヘルツのいわゆる「盗聴Ｃ波」で拾うことができる優れものだった。そこで、高橋たちは同行してくれた公機捜の隊員とともに、新たな装置を集合ブレーカに取り付け、別の波を使って送信できるようにセットした。盗聴波のインターセプトは電話回線の通信傍受とは違った意味で公安部のお家芸でもあった。

もう一つのお家芸が視察拠点の設定だ。公安部各課に警部補で赴任すると「主任」となるが、主任はさまざまな状況を合理的に勘案して、捜査目的に最も適した場所に拠点を設定する能力が要求される。

正月休みが終わった五日の御用始め、公安総務課の高橋警部補は担当管理官から呼ばれた。大晦日の緊急措置に対して公安総務課長からお誉めの言葉があったというのだ。加えて、当日設置した盗聴器の盗聴をするための拠点を設定するようにとの下命も加えられた。元旦から、その電波はマンション近くに違法駐車している公機捜のワゴン車の中でキャッチしているのだが、そろそろ、場所を移したいと申し入れが出ていたからだった。

高橋は直ちに拠点設定に動いた。麻布十番商店街で、相手の部屋が現認でき、しかも最低三ヵ月間は秘匿に捜査員が出入りできる場所を選ばなければならない。多くの都民は警察捜査には協力的ではあるが、中には反権力を標榜する者や日本共産党のような革命政党のシンパもいるわけで、これらを早急にチェックしたうえで安全な場所を探した。現場周辺で三時間ほど探して、高橋主任は格好の物件を見つけた。まず、ビルのオーナーのチェック、それから構造等を調べたが問題はなかった。あとはどのような条件で借り受けるかが問題だった。当然ながら「公安部」の名前は出さず、「ひったくり犯人の多発地域での秘匿警戒」「不良外国人対策」などという理由を地域の状況に合わせて使っていく。ちょうどこのあたりで六本木周辺にたむろする不良外国人が万引きやゴミの投げ捨て、けんかをするという所轄からの報告があったため、オーナーに申し入れを行った。家賃等は安ければ安いほどよく、謝礼くらいで収まると、余計な賃貸借の契約書を作らずに済む。結局、選定した場所が三畳ほどの倉庫のような場所であったので、高橋は三ヵ月間で五万円という破格の約束で借りたが、ビルのオーナーは火災を考慮して無償でエアコンヒーターを即日設置してくれた。

ここに十二人が四交替で視察につく。そこで高橋は勤務員の負担を抑えるために特殊なセンサーを視察対象者の玄関扉に設置し、その扉が開いた時点で音声録音するという手法を取った。さらに拠点では一〇〇〇ミリの望遠レンズをセットしたカメラで室内を秘撮していた。いつの間にか高橋はこの拠点捜査のキャップになっていた。大晦日に急遽、行確の応援に行ったのが始まりだったのだが、このとき組んだ情報室の男に高橋は興味を持ったし、その後の仲間同士の噂で、黒田が元公安部のエリート情報マンであることを知った。確かに一緒にいて話すこともやることも面白く、捜査手法に違法行為があっても平気な顔で、まるでそれが適正捜査であるかのようにやってしまうのだ。

「係長、こんなことやって大丈夫ですか？」

「いいですよ、責任は僕が取りますから」

「しかし、違法証拠収集となると……」

「ここはあくまで、事実関係を知るだけです」

まるで捜査を楽しむような黒田の発想に、高橋は面食らった。黒田の判断はいつも実に素早く、迷いがない。しかも法律を踏まえ、逃げ口を確実に用意した上で事に当たっているのだ。大胆で軽妙、かつ微に入り細に入りよく気が回る黒田に、次第に尊敬の念を深めていった。

青木について黒田は、現時点では「タマ」にはなっていないと判断した。何らかの関係性は認められるが、黒田の任務は馬の動きと捜査情報の漏洩ルートを探ることであり、他府県の警察官に関するそれ以上の調査は黒田にとっては越権行為になる。黒田がこれまで調べ上げた事実をゼロに報告すれば、ゼロが判断して大阪府警に伝えられ、処理される。黒田は青木の個人名義で契約している電話会社を高橋に調査させ、その通話記録のチェックを行った段階で青木に対する捜査を打ち切った。

*

盗聴開始後、清水の部屋では室内の会話や固定電話の使用は少なかったが、頻繁にファックスの送受信があるようだった。

今後の捜査方針について高橋は黒田に相談をした。すると黒田は、

「ゴミ作業でもやってみますか」

とまたもや思いがけないことを言い出した。可燃物の投棄日に捨てられたゴミ袋を拾ってきて袋の中身を調べるのだ。これにも、ゴミの占有権という法的問題が出てくる。このマンションのゴミは集合ゴミ捨て場に捨てられるが、これがゴミ回収業者の手に移る瞬間までは、ゴミの所有権は投棄者もしくはマンションの管理人にあるから

だ。黒田の発想はこうだった。

このマンションはゴミ捨てには厳しいので、前日に可燃ゴミを出すと苦情が出るようだから、あの部屋の住人が朝、ゴミを捨てた段階で、まずそのゴミ袋に目印をつけておく。ゴミ回収業者が集合ゴミ捨て場の扉を開けた段階で、その所有権は移転すると拡大解釈して考えて、そのときにゴミを掻《か》っさらう。

「大型脱税でもしていたら映画の『マルサの女』みたいに、ゴミの監視までやるだろうけど、どうもそんな感じじゃなさそうだからね」

黒田はさらりと言ってのけた。

「この人は公安の大先輩方が、かつて命懸けで極左の革命集団と戦っていた時の手法を熟知している」

情報は執念や地道な努力だけでは摑めない。旧来の手法から最新のコンピュータ分析まで踏まえ、それらを自在に使い分ける黒田のセンスに高橋は舌を巻いた。

それから週二回の可燃物投棄の日、五人体制でゴミ作業を行った。

視察拠点から「女がゴミ袋を持って部屋を出る」との連絡を受けると、二名の捜査員が集合ゴミ捨て場付近で待ち受けて、女が捨てるゴミ袋を確認し、女がゴミ捨て場を出た段階で、目的のゴミ袋にスプレーでマークをつけて付近で待機しておく。ゴミ回収業者はおおむね決まった時間に回収に来る。まず回収業者の先行員が集合ゴミ捨て場の道路側のドアを開き、中のゴミを道路上に運び出す。すべてのゴミの三分の一くらいを出したところで回収車がやってきて二人で回収車の中にゴミを投げ入れるのだ。捜査員はこの先行員が来た段階で目的のゴミをマンション内のゴミ捨て場出入り口から持ち出す手筈で、業者の先行員に気づかれることなく、繰り返しこの作業を行った。

ゴミ袋の中には大量のファックス文書があった。ロール式の感光によるファックス機を使用しているらしい。このタイプのファックス機にはハードディスクが搭載されておらず、ただ機械的に受信データを文字化するだけであるから、ファックス機を差し押さえてもデータが残っていない。その点、新型のコピー機付きのファックス機などは、送受信データが機械内のハードディスクに残されているため、機械を交換するたびにハードディスクを破壊するか、もしくは、完全にデータを消去しなければならないのだ。また、コンピューター利用によるメール通信は、すべてのデータが電話会社やプロバイダに保管されてしまうので、原始的ではあるが、旧式のファックス通信が最も保秘に優れているといえる。

ゴミ袋内にあった大量のファックス文書の多くは、馬や関連者からの指示、報告文書だった。中にはこれをコピーしたものもあるため、ファックスで届いた文書をコピーしてファイリングしているのかもしれなかった。

約三ヵ月間、この作業は続けられ、指示内容等からもこの組織の概要が摑《つか》めてきた。

一方で携帯電話や携帯メールの解析も順調に進み、公安部のメンバーだけでも事案の概要が摑めるようになっていた。

黒田はこれらのデータから行確対象者を選定し、五組の行確班を公安総務課長に依頼してその報告を受け、大まかなアウトラインがわかった段階で相関図を作成し、黒田自身はメモと言っている報告書を作成した。

黒田の仕事はここまでだった。黒田は高橋に言った。

「君はここに残り、臨機の措置を取れ」

その間も、黒田は別件を追っていたが、それからまもなく、世界中を震撼させたあのニューヨーク世界貿易センタービルの「九・一一事件」が発生したのだった。黒田は新たな事件に取り組んでいた。

第六章　事件捜査——平成二十年

黒田はデスクに広げられたデータファイルの目録に目を通していた。十年前であればいくつも積み上がる捜査資料の山を前に右往左往していただろう。黒田は目録に付された六桁の数字をキーボード入力し、瞬時に必要書類を引き出した。これは、情報はいつでも使える状態にあってはじめて活きる、という思いから黒田自身が尽力して築き上げた情報検索システムだった。

＊　＊　＊

平成二十年九月、情報室のメンバーは、警視庁、大阪府警の合同捜査本部が設置された平成十四年から平成十五年にかけての捜査資料を徹底的に調べ上げた。この「特殊鋼板不正輸出事件」は、別件の強盗致死事件で、藤田幸雄の部下だった第一研究所の元企画官が逮捕されたことで大きく前進した。逮捕された企画官が、「これまでの不正のすべてを洗いざらい話す」と言って供述を始めたのが、この不正輸出事件だったのだ。当時の捜査本部は、この元企画官を再逮捕して詳細な供述を取り、現職の企画官を振り出しに、菱井重工の藤田、永田、清水を芋づる式に逮捕し、四海産業の山田や司法書士、探偵社の服部の身柄も拘束した。逮捕者は計八人だった。

船舶関連商社「四海産業」代表取締役　山田孝市
司法・行政書士（防大出身・元自衛官）　菊池正志
菱井重工顧問　藤田幸雄
菱井重工特殊金属部課長　永田郁夫
菱井重工大阪支店　特殊金属部次長　清水敏男
防衛庁第一研究所　元第二企画官　大蔵徹
防衛庁第二研究所　元第一企画官　原田孝三
株式会社セントラル探偵社　大阪所長　服部孝司

このとき、警視庁の家宅捜索を受けた船舶関連商社「四海産業」の関係先から、中国政府関係者が日本の「特別防衛秘密」の入手を指示したと見られる文書が押収された。中国政府関係者は藤田らに日米秘密保護法の「特別防衛秘密」に該当する防衛装備品の情報提供を働きかけていた疑いがあったため、警察当局は同法違反（探知・収集、漏洩《ろうえい》の教唆）の疑いがあるとみて捜査したものの嫌疑不十分で不起訴となった。

また藤田自身も、潜水艦の船体に使われる特殊鋼材の研究論文を無断で複写し持ち出した窃盗容疑で書類送検されたが、嫌疑不十分で不起訴となっていた。

これら八人の被疑者供述調書に出てくる関係者は八十人を超えた。旧防衛庁関係者だけで二十人、警察関係者が八人、企業関係者が三十人、国会議員を含む政界関係者が十人、中国人だけでも十人を超えていた。スパイ取締法がないわが国では、中国大使館に対して「馬兆徳《マアツアオデ》」なる人物の照会を行うのみで、中国大使館サイドは「そのような武官は存在しない」という回答だけで終わってしまった。また黒澤冴子も在日中国人というだけで、二人の事件関与についての詳細は明らかになっていなかった。

この事件の大きな特徴は、すべての被疑者がその端緒にいわゆる「ハニートラップ」を仕掛けられていることだった。それも、じつに手が込んだもので、二重、三重に縛り付けるやり方だった。黒田は、

「こりゃ、内閣総理大臣が引っかかったのと同じだな」

と思わず息を吐いた。

「ハニートラップ（honey trap、直訳すれば「蜜の罠」）」とは、主として女性スパ

イが行う諜報活動の代表的手法で人的情報収集手段であるヒューミントの最後の手段とも呼ばれる。性的関係を利用しての懐柔策や、この行為を相手の弱点として脅迫しながら機密情報を要求するもので、冷戦時代のソビエト連邦で頻繁に行われた手法である。時には男性スパイが女性をターゲットにすることもある、「色仕掛け」による情報収集活動をいう。

現職総理大臣をも陥れた「密の罠」。

中国人女性工作員と長期間に渡り肉体関係にあったことを、元総理は国会答弁で認めることになった。

しかし、これについて元中国政府高官の男は、こう証言する。

「私が知る限り、二人が『男女の仲』であることは疑う余地はない。そんなことはすでに周知の事実だ。だが、彼らが親密な間柄だからといって、いったい何が問題なのか。彼らが肉体関係を持っていたからといって、中日両国の法律に抵触したわけではないし、両国関係の悪化を招いたわけではない。合理合法なのだ」

男女の仲は決して国策によるものではなく、非難される問題でもない。これがスパイ活動の実態だ。

黒田は事案解明にあたり、八人一組のチームを五組作り、それぞれのトップに警部の係長を置く体制で、それぞれのチームが相互に情報交換することなしにターゲットを絞り込む手法を取った。完全な縦割り社会を作ることにより、捜査に不要な予断や推測を持ち込まないためだった。

毎週月曜日に係長を個別に呼んで石川とともに捜査の進捗状況を確認した。各チームをだいたい同じような能力におしならべたつもりだったが、進捗状況にはけっこう差が出てきていた。この原因の多くは担当係長の人柄によるところが大きいのだが、筆頭主任の警部補との相性もあった。黒田はこの情報室をつくるにあたり、警部補を特に厳選した。中には一匹狼が向いているような者もいたが、これをうまく使う技量が直属の上司である係長に求められるのだった。

＊

黒田の住まいは東京二十三区の外れ、杉並区の西荻窪にある警視庁の幹部公舎だった。公舎から二〇〇メートルも西に行けば、全国区の街である吉祥寺を有する武蔵野市になる。この西荻窪は、新興宗教の聖地ともいわれる土地柄で、あのオウム真理教の東京進出の原点であり、死後の世界を論じた有名芸能人をはじめ、現在でも多くの宗教団体の拠点がある場所だった。また、東京ラーメンの元祖といわれる荻窪と吉祥寺の間にある街で、食文化でも隠れ家的な有名店が多く、さらに都内でも有数なアンティーク市場の一拠点でもあり、政財官、芸能関係者がお忍びで通う街である。かつて、財界人は田園調布、文化人、軍人は西荻窪といわれた時代があったという。今でも、西荻窪から荻窪に向かう途中には一区画三百五十坪の閑静な住宅街がその面影を残している。

西荻窪の北口から通称「女子大通り」と呼ばれる、東京女子大学に向かう道の周辺には、富裕な住民層を反映した洒落たレストランから、サラリーマン相手の廉価で美味しい居酒屋まで数多くの店が並ぶ。その中で、黒田がときおり足を運ぶのが、駅から五分ほど女子大に向かったビルの地下にある「スプーン」という店だった。この店は、美人姉妹が健康志向の料理を出してくれるところで、毎日の夕食をここでとる若いサラリーマンや、健康的な料理を楽しむ若い女性グループも多かった。美人姉妹を中心とした和気藹々《あいあい》な店の雰囲気から、自然と客同士が友人になり、結婚まで進んだカップルもあったようだ。また、この店は二月に一度、店内で常連客のシンガーがライブも開き、普通のレストランとは違った意味で落ち着くことができる場所だった。

一人暮らしの黒田にとってこの店は、洒落た家庭料理と夜中近くでものんびり酒を味わうことができる、健康面だけでなく、精神的にも安らげる場所だった。

捜査が進まない係長を、黒田はたまに酒に誘った。うまく行っている係長はしばらくの間は放っておいても構わないが、そうではない者は係長自身が萎縮してしまう。直属の部下の話を聞いて懐柔するには、このやり方がいちばん効果的だった。

十月半ばになって、黒田が誘ったのは、若手室員の中で黒田が最も期待をしている内田仁警部補を揶揄しながら、捜査が進まない、岡村係長だった。偶然家が近いということもあり、黒田は「スプーン」に岡村を連れていった。

「室長、いい店ですね。十数年間、毎日のようにこのビルの前を通りながら、まったく気づきませんでした」

「まあ、独身だから、近いところで美味しそうな店はひととおり覗《のぞ》いてみたんですよ。高い店は行けませんが、一応食生活に気を遣ってるんですよ、これでも。西荻は食べ物では中央線随一でしょう」

「ここは客層もよさそうですね。それに確かに美人姉妹だ。やっぱり、どうせ食べるなら……ってところですか？」

「そうねえ、そこが一番かな……」

黒田は歳が自分より一つ上の係長に気遣いながらも、美人姉妹という明るい話題で話がスタートできたことを喜んだ。店は八人くらいが座ることができるカウンターと四人掛けのテーブル席が三卓あったが、黒田たちはカウンター席に座った。

黒田は今年四十二歳になるが、早期島送りと島帰りのため、通常よりも二年早く「理事官級」になっていた。警視庁で最年少の理事官だった。

「独身も、三十五歳までは堅物で済むけど、さすがに四十過ぎると変人扱いされてしまいますからね。そろそろ身を固めようかな……とも思ってるんですが、最近、この生活が楽になってしまって困ってるんですよ」

黒田は笑って言った。そして、話題を変えた。

「岡村さん、お子さんは？」

部下の家族関係を含む人事管理は完璧に把握していたが、あえて聞いてみると、岡村係長は、

「上が高校三年の息子で、下が中三の娘です。ダブル受験生ですよ。結婚だけは早かったものですから」

と神妙な顔をして言った。黒田は頷《うなず》きながら言った。

「でも、もう少しじゃないですか。僕なんか、これから子供をつくったら、成人のときには定年過ぎてますからね、余計に考えてしまいますよ」

カウンターの内側から、オーナー姉妹の妹、香織が二人の会話を聞いて笑いながら、

「黒田さん、お飲み物は、何になさいます？」

と声をかけたので、生ビールを注文して、料理も「今日のおすすめ」の中からいくつかを注文した。飲み物とお通しが出たところで乾杯をして生ビールを咽喉《のど》に流した。

岡村係長は、この日、どうして黒田に誘われたのかがよくわかっていた。ビールで咽喉を潤した後、自分から話を始めた。

「室長、仕事が進まず、申し訳なく思っています」

「原因は自分でわかってるのかな？　何か迷いがあるのかな……」

黒田が上司として尋ねると、岡村は、苦しそうな顔をして答えた。

「私は私なりに仕事には自信があるんです。毎週、室長や管理官から指示を受けたことを自分なりに咀嚼《そしやく》して部下に指示を出すのですが、どうも内田主任の方針と常に違ってしまうようで、そこで対立関係になってしまうんです」

「別に対立することはないんじゃないの。内田の意見に間違いがあれば指摘し、いいところがあれば、それを採用すればいい。内田だって、なにも仕事をしていないわけじゃないでしょう？　岡村さんに報告連絡はしていないかもしれないけど……」

「はい。私も胸襟を開いて話をしようと思うんですが、内田主任がどうもバリアを張ってしまって、コミュニケーションが取れないんです。はっきり言って、最近は苦手意識も出てきています」

黒田は、おそらくそんなところだろうと思っていた。一匹狼のような部下は手綱の引き方が難しい。放し飼いでは組織は成り立たないし、かといって管理をしすぎると、せっかくの才能を潰してしまうことがあるのだ。大きな工場に匠《たくみ》の職人が少ないのと似ている。黒田は穏やかな声で言った。

「岡村さん、縦の列を壊してしまってはいけないと思うんだけど、一度、内田を僕に預けてみませんか？　岡村さんは自分の力を信じて、これまでどおりにやっていればいいですよ。内田はまだ修行が足りないのでしょう。修行に出してみれば、自分の本当の力を思い知るでしょう」

岡村係長は黒田の実力を毎週顔を合わせて話をするだけで、肌で感じて知っているし、さらには、彼の元上司からも「黒田を盗め」とよく言われていた。本来ならば、黒田が内田をどう矯正するかを身近で見てみたかったのだが、今の彼にはそこまでの精神的余裕はなかった。

「お願いします。室長のことはヤツも信頼しきってますから。優秀なだけに自分としては惜しいのですが、力不足で申し訳ありません」

「大和芋の春巻き揚げ」「棒ダラの温野菜」「一口カレーライスコロッケ」といった美人姉妹が作る健康料理を食べながら、酒を酌み交わし、人事管理、業務管理の両面の責任を担う組織のトップとして、黒田は立場の重さを改めて感じていた。

*

警視庁という組織では、あらゆる部門で職人肌の専門官がおり、その中でも特に匠の域に入った者を「〇〇の神様」と呼んでいる。「経理の神様」から、「鑑識の神様」「落としの神様」「職質の神様」「シャブ取りの神様（職務質問で覚醒剤犯人を検挙するプロ）」など、ジャンルはさまざまである。しかし、黒田はこの「神様」は組織には必要がないと思っていた。ノンキャリ警察官は公務員の中では「地方公務員初級レベル」と自認したほうが、社会的評価に通ずる部分が多い。この世界の中で下手に神様に祭り上げてしまうと、それが何かのミスを犯してしまったり、逆に妙なプライドを持ってしまったりした場合、その上司も同僚もじつに扱いにくくなってしまうのだ。また、そんな者に限って「技は盗むもの」と前時代的な発想を持っていて、後進の指導を蔑ろにする。逆にいえば社会や技術の変化についていけない輩《やから》が多い。当然、退職後の再就職の口が最も少ないのもこの者たちなのだった。

黒田はようやく内田仁を使う時期が来たと思った。彼の人事記録を見たときから自分自身で使ってみたいと思っていたのだが、組織運営上遠慮していた部分があったのだった。

内田は巡査の公安講習を優等賞で卒業するとすぐに所轄の公安係に配属となった。しばらくは駆け出し公安係員に与えられる、管内のアパートやマンション居住者をチェックする、アパートローラーの仕事をしていたが、本部外事第一課が仕切った外事事件に派遣となり、そこで頭角を現して捜査終了後、外事第二課に異動となり、さらに巡査部長試験に合格して外事事件の扱いが多い蒲田警察署に昇任配置となった。そこの地域課で交番勤務を半年経験した後、警備課外事係で署独自の外事事件を摘発したことが評価されて一年後には再び外事第二課勤務となった。ここで内田は、蒲田時代に彼が築いた大田区内の世界的な特殊中小工場人脈を生かして、大手企業に潜入することになった。大手企業が開発した特殊装置の基幹部品が大田区の町工場で製造されていたのだった。内田はこの捜査の中心となって、これを狙った外国企業の関係者を摘発するために危険を冒して潜入捜査を行った。

内田は東京理科大出身のエンジニアであった。卒業後、都内のレアメタル関連会社に入社し、入社直後から中国、モンゴルを中心に原料の買い付けを行いながら、その精製技術を現地で指導していた。中国といってもほとんどが新疆《しんきょう》ウイグル自治区やチベットといった、文明が届かない地域ばかりであったため、彼の中には独特の厭世《えんせい》的な世界観ができつつあった。しかし、入社から一年足らずで、この会社が国税庁から摘発を受け、休業に追い込まれてしまった。この報を聞いた内田はビジネスビザの切り替えを申請するため、在北京日本大使館を訪れ、たまたまそこで警視庁から警備官として駐在していた彼の従兄弟に再会した。会社の将来と展望が見えなくなっていた内田は従兄弟の薦めもあり、帰国後警視庁を受験したのだった。

内田が潜入した会社は、レーザー機器やナイトスコープなどに使用する特殊レンズにさまざまなレアメタルをコーティングする特殊技術を持っていた。これはレアメタルに高電圧を与えてイオン化し、真空状態の中でこれをさまざまな素材に噴射してコーティングする「スパッタリング」という特殊技術だった。この特殊技術は国内の大学研究機関や宇宙科学分野と提携するほどで、国内でも数少ない特殊機械が必要だった。内田は、このスパッタリング技術を大学、就職した企業を通して専門に行っていたため、潜入会社でもその腕は熟練工に近いものがあった。

内田は工場内のごく一部の者が、工場長からの命令で、受注品を指定個数より多めに作って、この多めに作ったコピー商品をどこかに持ち出していることを発見した。この作業は恒常的に行われ、持ち出しの翌日、工場長は必ず二日酔いの状態だった。また、その日には工場長の手下にあたる職人は帰り際に工場長の部屋に呼ばれていた。この職人連中の腕は確かによかったが酒と女にだらしなく、帰り際に工場長の部屋に行くときは、揃って普段は持ち歩かないサイドバッグを持って入っていた。ある日、内田は工場長に呼ばれ、コピー商品作製グループに入るように声をかけられた。内田が工場長の手下の職人と親しい関係になっていたこともあったが、何よりも内田の仕事が速くて正確だったことが大きかった。

内田は慎重かつ迅速に捜査データを集積させた。レンズの大きさからその屈折比、スパッタリングする元素材料まで詳細にデータ化しておいた。そのうちに工場長は内田を相手との取引現場に連れていくようになった。クライアントが求める加工技術がより高度に、かつ厳しくなったからだった。内田はクライアントが求める技術的な会話内容を理解し、また説明して納得させるのに十分な知識を持っていた。

その後内田は、さらにその内容を横流しする裏のクライアントにも説明することになった。クライアントは明らかに中国系の人間だった。そこでも内田の中国語は立派に通用したし、母国語を流暢《りゆうちよう》に話す相手方の技術者を、裏クライアントの責任者は歓迎していた。このため内田の工場内での立場は上がっていった。工場長の手下を務める先輩たちも内田に一目置くようになった。内田自身が彼らから妬《ねた》みを受けないように、工場長を巧く誘導していたのだった。

結果的にこのときの事件は内田なしでは解決できない事件だったといえた。外事第二課内でも内田は一躍ヒーローになって、いつの間にか内田自身もその空気に慣れていた。米ソの冷戦構造が崩れて以来、警視庁公安部外事第二課長はキャリアのポストだった。このため、キャリアの若い所属長に評価されることは内田にとって、新たな後ろ楯ができたような感覚だった。内田が巡査部長時代に得たその感覚が、ノンキャリの直属の上司やさらにその上の管理官クラスを疎ましく思うようになってしまった理由だった。

＊

黒田は内田をデスクに呼んだ。

黒田のポストである「室長」は警視の中でも所属長・理事官級であるが、この理事官にも二通りあって、署長を経験した理事官と副署長から抜擢された理事官がある。前者は人事第一課理事官と警備第一課理事官の二人だけで、彼らには理事官職の中でも個室が与えられている。黒田は署長経験者とはいえ、島の署長であったから後者の理事官にあたる。本来の署長（島部以外の内地の署長）を経験していない理事官には個室がないのが通常であったが、黒田には狭いながら個室が与えられていた。これは、以前、室長にキャリアを迎えていた名残だった。

内田は開けっ放しのドアをノックして「入ります」と言って黒田の部屋に入ってくると、黒田のデスク前に進んで「気を付け」し、

「内田警部補は室長のお呼びで参りました」

まるで警察学校の学生が教官室に入って挨拶するような、体を一五度傾けてすぐに

直立する態度で敬礼をした。この態度に黒田も多少驚いたが、

「まあ、そんなに硬くなるな。そこに座って」

と応接セットを手で示して黒田もデスクを離れた。

敬礼には二通りの形式があり、それは屋外と屋内に大別される。一般的に「挙手注目」と呼ばれる、右手の先端をこめかみに当てて行うものは、屋外で帽子を被って敬礼する場合で、屋内では脱帽して体を腰から一五度の角度をつけて曲げる敬礼を行う。警察官が帽子も被らずに右手をこめかみに当てて敬礼するのは、映画やドラマの中だけだ。

黒田は内田を先にソファーに座らせ、

「コーヒー飲むか？」

と聞いて、コーヒーメーカーから二杯のコーヒーを自分で入れ、テーブルにそれぞれ置いた。そして自分も応接セットに座り、コーヒーを一口飲んで話しかけた。

「うっちゃんよお、外二《そとに》（外事第二課の通称）に戻れなくて、面白くないか？」

突然、「ちゃん」づけで呼ばれたことと、本音を突かれて内田は戸惑った。上司が部下に「ちゃん」づけするのは、相互に信頼関係と人間関係が醸成されていることの証《あかし》であったし、確かにあと一年所轄で我慢していれば、古巣の外二に主任で戻ること

ができるはずだった。

公安部の場合、警部補以下の本部経験者が所轄に昇任配置されて、地域課で約一年の地域実務を行い、地域実態を把握して、その所属に応じた公安員となるのが本来の姿であり、さらにそこでその所属の実態に応じた実績をあげて再び本部からのお呼びを待つのが通常のパターンだった。

よほどの人脈でもない限り「所轄で三年」が警部補クラスから警視庁本部へ異動する最短コースとなっていた。さらに優秀な者は所轄一年ちょっとで警察庁へ派遣となるが、それでもそこで最低二年間を費やすため、結果的には警視庁本部で勤務するまでには、最短でも三年かかってしまうのが普通だった。内田は年齢こそ三十三歳だったが、警部補試験と管区学校の成績があまりよくなかったため、警察庁行きは当初から困難だった。蒲田署の地域で悪ガキ相手に一年間奮闘して、満席だった警備課の外事係長に署長の強引な人事で入り、一年目で実績を残していたのだった。それも「あと一年我慢すれば外二に戻ることができる」という希望があったからだ。誰しも古巣に戻ることほど嬉しく、しかも階級が上がっているのでラクなことはなかった。特別新たな仕事を覚える必要も、人間関係で悩むこともないからだ。

そこに突然降って湧いたような「教養課」への異動辞令。またしても学校での公安講習のような講義を受けさせられたかと思うと、突然企画課へ異動となった。企画課という部署は警視庁の筆頭課であり、警視庁警察官ならば憧れの所属ではあるが、職人を自負する内田にとって、それには大した感慨もなかった。内田にしてみれば、名誉ある部署に行くという思いよりも、誰一人として知った者がいない、情報室という謎めいたセクションに、不安が先に立った。確かに仕事の内容は面白そうで、自分の得意分野だと思ったし、室長の黒田は講義を聴いても、指示を受けてもこれまで出会った警察官とは異なる不思議な魅力をもっていた。

「いや、一年早く本部に来られたことは正直嬉しいです。確かに外二に帰りたかったことは事実ですが……」

言葉を濁す内田に、黒田は穏やかな笑顔で言った。

「まあ、気持ちはわかるよ。僕は警部補で初めて本部勤務になったんだけど、そのとき、巡査や巡査部長で本部勤務している若い連中を見て、羨ましかったよ。しかし、同じ所属と所轄を行ったり来たりしている人たちを見てると、『この人たちは物事の全体を見ることができるだろうか……』と思ったものだ。人が急に成長することを

『化ける』というけど、それができないんだな、スペースシャトルじゃ」

昇任をするたびに本部と所轄を行き来することができる者を、最近では「スペースシャトル」と呼んでいる。これとは違って、一度本部勤務の経験を持っても二度と本部に戻ることができず、所轄を回るのを「人工衛星」と揶揄《やゆ》する。しかし、一度も本部で勤務したことがない者が大半なのだ。警部補までに一度でも本部経験がなければ、その後の本部経験の可能性はない。

内田は黒田の言うことがなんとなくわかった。確かに「ぬるま湯」を求めていたことを自分自身で意識はしていたのだった。内田は神妙な顔つきで尋ねた。

「今回は私にとって試練になるのでしょうか？」

「警察官が『化ける』のは警部補からだよ。ここで苦労するかどうかで、これから先の警察人生が大きく変わってくる。『試練』と捉えるのもいいが、自分の足場を固めるときと思えばいい。うっちゃんならできるよ」

内田は黙っていたが、黒田には内田が思ったよりも早く納得したことがその場の空気でわかった。

「ところで、しばらく僕の直轄で動いてもらいたいんだが、どうだろう」

内田は驚いた様子だったが、

「ありがとうございます。よろしくお願いします」

即答した。黒田は、

「岡村係長には僕からも言っておくが、うっちゃんからも、ちゃんと報告しておいてくれ」

と付け加えながら内田の反応を伺った。

「わかりました。岡村係長にもご迷惑をおかけしてしまい、申し訳なく思っています」

真摯な態度だった。内田の中で、何かが弾けていた。

「よし、馬の弱点を探せ」

*

文子《あやこ》の部屋でドンペリを開けてからしばらくして、文子が初めて西荻窪にやってきた。

西荻の公舎は文子の部屋と同じ2LDKだったが、間取りも雰囲気もまったく違っていた。

居住場所ではあったが、黒田にとっては半ば職場の延長であり、機能重視の観点からリビングダイニングにはソファーも置かず、キッチンテーブルに椅子が二脚あるだけだった。

約束どおり、黒田は手料理で文子を迎えた。

あまりに殺風景なリビングダイニングを見て、文子は、

「生活感ないなあ」

と思わず口にした。しかし、黒田の書斎兼寝室は、

「ここは純一さんらしくて素敵」

と褒めた。なんといってもハイベッドでベッドの下がデスクになっており、二台のパソコンとファックス電話、テレビなどのオーディオが並ぶ、ドイツのリフォーム会社が展示しているモデルルームにでも来たような整然とした部屋なのだ。八畳の寝室はそこですべての事務ができるようになっていて、コーヒーを淹れるセットだけが、生活感を醸し出していた。

「今日の料理は和風を取り入れたアメリカ料理だよ」

黒田はリビングからベランダへ出る扉を開けた。そこは三畳ほどのベランダになっていて、バーベキューの準備がされていた。しかし、そこにはアメリカらしいバーベ

キューコンロはなく、四角い大きな七輪に炭がおこっていた。ベランダはイタリア風のテラコッタが敷いてあり、鉢植えされた植物はすべて香辛料に使われるハーブ類で、小笠原で黒田が育てていたものだった。並べられた二脚のチェアーはキャンプ用の体全体がすっぽりと包まれるお洒落なものだ。

「へえ、素敵。リビングダイニングとの落差がいいかも……」

文子のご機嫌な様子を見ながら、黒田は嬉しそうに言った。

「もう一部屋は酒蔵だから、好きなお酒を持っておいで」

もう一部屋の六畳間は、黒田が言うとおり、酒屋でもできそうなくらい、ありとあらゆる酒が整然と並んでおり、ワインと吟醸酒は専用のクーラーに入っていた。

「どうしたの、このお酒。広尾の店よりも多いわ」

文子は笑いながらワインクーラーを開けて、オーパスワンの二〇〇一年を取り出してきた。黒田は、そのチョイスに苦笑しながら、それでも今日の料理にピッタリだと思った。塩、胡椒をふった新鮮なラムチョップを、昨夜からガーリック、さらに自家製香辛料のローズマリー、タイムを入れたエキストラバージンオリーブオイルに漬けていたのだった。

ステーキも神戸牛を用意していた。野菜はお気に入りの八百屋から季節の夏野菜を揃えてラタトゥーユとサラダを作っていた。

「秋になったら、これでサンマを焼くんだ。そのときはまた呼ぶからね」

この四角い七輪が黒田の自慢で、石川県の切り出し珪藻土《けいそうど》でできたものであることを説明したが、文子はさほど興味を示さなかった。

黒田の手料理も玄人級だった。包丁さばきも、焼き場の扱いも文子を感心させた。

バーベキューを終えて、フローリングの何もないリビングに寝転がると床の冷たさが心地よかった。黒田がブッカーズソーダを二つ作って持ってきた。なにげない話題から、ふと、黒田の身の上話になった。

「前にも言ったけど、僕は決して父を尊敬の対象には置いていなかった。確かに育ててもらったけど、一緒に旅行に行ったことも、家族団欒という経験もなかった。年末年始くらいはと思ったけど、父は地方の旅館でギターを弾いていたらしい。母もそれでよかったみたいだった」

「お母様は寂しくなかったのかしら？」

「いや、ふだんはともかく、おせち料理は毎年豪勢なものが母が仲居をしていた店から届けられていた。元日だけは僕と二人で過ごしたけど、毎年二日には母は、友達と温泉旅行に行くようになってたなあ。僕が中学に入った年から」

「お友達はたくさんいたんだ、お母様」

「そうだね、仲居といっても仲居頭だったみたいだから、大手の重役や個人企業のオーナーたちとも縁があったみたいだったね」

ふと文子は話を変えた。黒田があまり話したくない部分のような感じがしたからだ。

「ところで、お仕事は相変わらず大変なの？」

「そうだな、大変といえば大変かな。これから勝負をかける大事なときだね」

「そう……」

文子が見せた寂しげな顔つきに黒田は胸が痛んだ。

「といっても、今回もメンバーに恵まれているから、なにもかも僕がやらなきゃいけないわけじゃないからね」

「でも、相手はスパイなんでしょう？」

「うん」

黒田は、以前、文子に仕事の内容を漏らしてしまったことを悔やんだことがあった。だが、彼女がこれを他言するとは考えていなかったし、文子とは苦難をも共有したいと思っていた。捜査に差し支えない範囲で今やっている仕事の内容を話してやると、文子はほっとした顔をしながら言った。

「純一さんが危険な目に遭わなければそれでいいの。ただ、中国人のスパイって、なんだか不気味。中国人の泥棒だってナイフとか刀を持っているって、テレビでやってたから」

「確かに敵は命がけの部分があるだろうからね。敵と直接、接点を持つ部下には厳しく指導をしているよ」

「うん。純一さんは直接会わないでね」

「そうだね。もうそんな立場じゃなくなってきてしまったかな」

文子は少し安心したのか、また話題を変えた。

「純一さん、今、お友達とはどうなの？」

「知ってのとおり、決して多いほうじゃない。中学時代からの友達は一人だけかな。高校も一人だけだ。でも、男の親友ってそんなもんじゃないかな」

「そうか。私は純一さんが知ってるとおり、お友達だらけだもんね。親友かあ。でも、純一さん、今はお友達たくさんいるように思えるんだけど……」

「ほとんどはクライアントからの派生なんじゃないかな。組織内には親友と呼べる者は一人もいないしね」

確かに文子は、黒田の役所関係者で現在の直属の部下である石川以外には誰にも会ったことがなかった。不思議には思っていたのだが、仕事の特殊性から仲間と一線を引いているのかもしれないと思っていた。

「北村さんみたいな方は特別なの？」

「あの人クラスを友達と言えるほど大物じゃないよ。いくら向こうがそう言ってくれたとしてもね」

「じゃあ、お友達の国会の先生方は？」

黒田は思わず苦笑いをした。確かに特殊な人間関係だった。

「一応、彼らだって国会議員だからね。まあ、気が合う仲間かな」

すると文子は妙な質問をした。

「純一さんは、本当は警察が嫌いなのかな？」

黒田は一瞬声が詰まったが、

「本質はそうかもしれない」

そう言って声を出して笑い出した。そして話を続けた。

「男は誰だって『ええかっこしい』なんだよ。僕は学生時代に気づいたんだけど、これをちょっと違った形で身につけてしまった気がする」

自分の身の上話をしながら、黒田は文子と自分の世界があまりに違っていることに改めて気づいた。しかし、文子の口から彼女の家族や過去を聞いたことはなかった。豊かな生活の中にも彼女自身には、苦しい何かがあるのかもしれないと感じていて、彼女から言い出すときまで待っていようと黒田は思っていた。お互い惹かれ合っているのは「異質」に対する興味なのだろうか……。ふと文子を見ると、文子もなんとなく同じことを考えているような気がした。会話が途切れた。なぜか、妙に息苦しくなるような、これまで二人の間にはなかった感覚だった。お互い目を合わせても、はにかみではなく、妙な気まずさに似た薄笑いをし合ったようだった。その日文子は、始めは泊まって帰るような雰囲気だったのだが、九時近くになったころ、

「公舎にお泊まりしちゃいけないわね」

と言って、結局、西荻窪の駅前からタクシーで帰った。タクシー乗り場で文子を見送りながら、黒田は不安と安堵感が交互に入れ替わるような、切なさに似た感情を抱く自分に気づいた。黒田の足は自宅ではなく「スプーン」に向かっていた。

＊

十月後半には、各種情報の集約から、今回のイージス艦関連情報に関わるルートが次第に明らかになりつつあった。

窓口は菱井重工、防衛省で、警察は捜査情報に関連したものだった。ただし、能動的な情報供与であり、警察庁警備局内の警備企画課、外事課両者の情報が漏洩されている虞《おそれ》が強かった。最終的には菱井重工と防衛省を公安部公安総務課と外事第二課が担当し、警察関係者については警務部人事第一課の協力を得ることで捜査方針が決まった。また、国会議員関係は口利き役としての介入だが、この口利き行為が贈収賄に直結する職務権限の有無に繋《つな》がるかどうかという問題をクリアにする必要があった。

菱井重工ルートは外事第二課と刑事部の捜査第二課企業班、防衛省ルートは公安総務課事件班と捜査第二課官公庁班、警察関係者は公安総務課特殊班と人事第一課監察係で捜査を進めた。

このうち菱井重工ルートは知能犯捜査を担当する捜査第二課の企業班が本領を発揮し、贈収賄を中心に捜査を進めた。

彼らが必要としていた基礎データはすべて黒田たちが用意し、被疑者の特定と捜索差し押さえの時期に来ていた。捜査第二課にすれば、こんなに楽な捜査はなかった。すでに事件概要の相関図が出来上がっているのだ。この相関図の中からターゲットを絞り込み、主犯を決めたチャート図に作り替えればいいのだ。これには総監命で捜査指揮にあたっていたキャリアのエースの一人である捜査第二課長も「この体制は素晴らしい」と感心しながら、課内でほかに抱えている多くの事件よりも高い比重で積極的に指揮を行った。

一方のエースである公安総務課長も「公安事件」として外事第二課長を捜査本部に常駐させた。一事件の捜査指揮官すべてがキャリアという特殊な特別捜査本部だったため、捜査本部をこれも署長がキャリアの目黒警察署内に設置したが、戒名（「〇〇捜査本部」などと記された板の通称）も立てない部屋だった。

防衛省ルートはこれもキャリアが署長を務める牛込警察署内に捜査本部を設置したが、ここは他府県への出張が多いため、デスク要員が数名残るだけの特別捜査本部だった。

警察関係者ルートの捜査本部は人事第一課が恒常拠点を置いている、麴町《こうじまち》警察署内に置かれた。

それぞれの捜査本部の捜査進捗状況の報告は毎週月曜、総監応接室ですべての会議に先立って行われた。朝一番の報告時間はいかなる所属長も総監室への入室を禁止されていた。当然ながら、月曜朝一の幹部の動向はマスコミにも注目されるため、都議会対策を理由に企画課長をダミーで入れるという念の入れようで、黒田も企画課長に同行という形で企画課庁務の都議会担当管理官を総監室入り口まで同行させた。総監も常々「マスコミには気をつけろ！」と口酸っぱく指示を行っていた。

各捜査本部の捜査情報を分析しながら、黒田は今回の事件の切り口になるターゲット「馬兆徳」の身柄をどのような形で捕るか、という点に焦点を絞っていた。黒田は前回の鋼板事件の分析がほぼ完璧であるだけに、今回の事件との対比ができるのである。これを比較していくと、今回のイージス艦関連情報の漏れも前回の手法を踏襲したものだった。そこに再び「馬」の名前がさまざまな形で挙がっていたのだ。そしてこれに絡む関係者も菱井重工、防衛省、警察、対中国貿易商社に勤務する者であり、さらに今回も政治家の影があった。

その中でも、防衛省では相当数の職員による無断渡航事実が発覚し、しかも、そのほとんどが海上自衛隊関係者だった。また、警察は大阪府警から警察庁に出向してきていた者が主となって上海を中心に渡航しており、大阪だけでなく、神奈川県警職員も加わっていた。二つの府県の主犯格は警察大学校同期生で、警察庁外事課に出向して、デスクを並べている補佐同士だった。企業も菱井グループと、これにコバンザメのように付随している下請け貿易商社、そしてこれらから政治献金を受けている国会議員とこれを支えるフィクサー的支援者、さらに秘書が直接加わっていた。

捜査は過去の動きと、現在の動きを並行して進められる。過去を各捜査本部が、現在進行形のものを黒田率いる情報室が行っていた。

「我々の狙いはただひとつ……現行犯逮捕だ」

自分の信念を確かめるようにつぶやくと、黒田は警視庁内のありとあらゆる資機材を、情報管理課特殊班、捜査第一課の特殊班、公安機動捜査隊の特殊班、生活安全部ハイテク犯罪対策室事件班などから総監命で入手した。馬を徹底的にマークするためである。

さらに警視庁はこの平成二十年四月から、警視庁内各課が独自で保有・管理していた各種のシステムを統合し、情報管理課で一元的運用を行うことになった。これは平成十五年から各課のデータ管理責任者が侃々諤々《かんかんがくがく》の論議を行った末、百パーセントではないものの、保有データを提出することになったのだ。したがって、たとえば、車両関係でいえば、これまでNシステムは地域部、車両保有は総務部、事故実態は交通部とバラバラであったものが、ある車両のナンバーを照会した段階で、所有者から事故の有無、当時の運転者とその個人情報、Nシステムに調査依頼があればその通過地点記録が、たちどころに判明する仕組みになったのである。科学捜査の世界が、警視庁ではすでに始まっているのだ。将来的にはこれに心理学を加えたプロファイリングを導入しようというものだった。

黒田はこのシステムを活用することで、将来的に警察庁が全国のデータを統一管理し、アメリカFBI方式に移行させる可能性もあるということを考慮に入れていた。

黒田は情報室時代、このシステム統合プロジェクトにも参画していたことから、どの部署がどの程度のデータを提出しているのかをよく知っていたし、統合システムにいまだ出していない固有データの存在とその窓口をも知っていた。なぜなら、これら各課のデータそのものはすべて情報管理課内の大型コンピューターに納められており、その中から表に出しても構わない部分だけが、統合システムにリンクされる形式を採っているからである。

黒田も、情報室時代に独自の情報管理システムを設計作成したが、この中の国家機密に関する相関図作成システムだけは統合システムにリンクさせなかった。これは、個人の特定が可能であることや、すでに故人となっている者を多く含んでいたことが大きく、中でも過去の事件に関しては、捜査段階で明らかにならなかった事実や、公判やその他の事件に絡んで後になって表面化する事実があったからである。

黒田はこの統合システムを十分に活用した。徹底した行確から馬が接点を持つ者をしらみつぶしにチェックしていくのだ。これだけで、馬のやろうとしていることはデスクにいても想像ができた。

十一月下旬、総監応接室で行われる御前会議は強い緊張感に包まれていた。

「馬を贈賄の現行犯人として逮捕する。この逮捕を皮切りに、強制捜査をスタートさせる」

捜査方針が決まった。総監は念を押すようにゆっくりと言った。

「黒ちゃん、大丈夫だな」

幹部たちの目が一斉に黒田に向けられる。

「はい、二週間後の会議でXデーを決定したいと思います」

「そうか」

総監は首肯《うなず》き、期待と信頼を込めた表情で黒田を見返す。事件の幕引きは年明け早々に迫っていた。

検察庁との協議も始めなければならない。おそらく、逮捕者だけでも三十人を超えることになるはずで、東京地検も公安部と刑事部の合同捜査になる。どの段階で、警察側の誰が、検察側の誰を窓口にして事件処理に関する調整連絡に行くかが問題となった。

これに加え、さらに問題なのが、警察庁への報告である。しかし、すでに総監から警察庁長官、次長、官房長、刑事・警備両局長へは内々に話を通していた。いずれ、国家的問題となって国会質問の矢面に立たされるからだ。さらにギリギリの段階で防衛省へも事前連絡を取る必要があった。

*

逮捕者だけでなく、事件関係者と参考人の存在をまとめる時期に来ていた。黒田は将来を見据えたデータベース化を常に考えており、統合システムをより有効に活用するための情報管理について個別に指導する必要性を感じていた。

内田は実務能力も技術的な専門能力も優れていたが、これから上級幹部を目指すための業務と人事の管理能力に欠ける点を黒田は気にしていた。これまで黒田自身が組織の中では一匹狼的な存在ではあったが、そのつど、いい上司と同僚、部下に恵まれてきた。しかし、その中に終生の友を見いだしたかといえば、それは別の話だった。

その黒田が職業人として組織から評価される最大のところは、部下を育てる姿勢を常に持って、その努力を惜しまないところにあった。

「うっちゃん、ところで君は五年前の事件をどう理解している」

「だいたいのアウトラインは相関図で理解しておりますが、細かな繋がりまではわかりません」

「それは、仕方ないことかもしれないが、君は協力者なりこれまで接触を持った相手の管理はどういうことをやっている？」

「はい、とりあえずは名刺管理ソフトを使ってデータにしています」

「そう、それはいいことだが、その名刺管理ソフトの活用方法だ」

一ヵ月の間で数百人という要人と名刺交換する立場において、その管理はただ名刺ホルダーや、名刺管理ソフトを用いたデータ管理だけでは、名刺交換した人脈や人間関係を把握するためにはまったく役に立たない。情報管理のように、人と出会うことが第一の職場では、多くの企業の総務や人事が採る、人脈に即した名刺管理術が必要なのだ。

「ソフトの活用と申しましても、こうして、いただいた名刺をスキャナーで読み取ってデータ化するだけです」

「そうか、じゃあ」

と内田のパソコンを覗き込み、画面を指しながら、黒田は続けた。

「この藤中克範という人と二ヵ月前に名刺交換したことになっているが、彼と会った経緯はなんだ」

「はい、彼はコンピューターのデータシステムを管理する会社の代表で、友人の弁護士から紹介してもらったんです」

「なるほど、そのときは、その弁護士と三人で会ったのかい？」

内田は、黒田が何を求めているのかがよく呑み込めなかったが、正直に答えた。

「いえ、もう一人、インターネット関係の方と四人です」

「ほう、その人の名前は？」

「いや、ちょっと覚えていませんが、名刺は交換していますので、すぐにわかります」

黒田は、教え諭すように内田に言った。

「情報を管理する際に最も重要なことの一つは、その情報を得たとき、『そこに誰がいたか』という点だ。もう一つ重要なのは人の管理をする際のことなんだが、おおむねの人脈をきちんと管理することなんだ」

「それはよくわかります」

内田は黒田の言うことに、いちいち当然といった感じで頷きながら答えた。すると黒田は言った。

「今、二ヵ月前の話だったからいいが、これが三年、五年と経ったときに同じ質問をされたら、君は今のように答えることができたと思うか？」

内田は背筋がゾッとする気がした。確かに備忘録もつけているし、手帳にメモは残しているが、半年前に名刺交換したときのことを「誰と一緒だったか」と聞かれても覚えていないし、その後付き合ってもいない人物の名刺そのものは廃棄していた。

「室長、ではどういう管理をすればよいのですか？」

黒田はニコリと笑い「見せてやろう」と言って内田を自分のデスクに連れていった。黒田のデスクにはオタクかと思えるような三台のデスクトップが並び、実はこれが一体となっていて、時として三台で一つのスクリーンとなるシステム構成を常用している。

情報室の室員には警視庁の他の部門の職員とは違い、警視庁の捜査に関するデータを一元化するために作られたシステムである「捜査管理システム」以外の別個のノートパソコンが支給されている。これは組織が行おうとしている、情報管理や情報漏洩防止に対する姿勢とはまったく逆の志向なのだが、黒田はこの必要性を上司の総務部長に執拗に説いて、なんとかこれを実現させた。

この警視庁が全捜査員に対して強制的に使用させている「捜査管理システム」は、情報室と同じ総務部に属する「情報管理課」が血のにじむ思いで開発した画期的なシステムだ。完成度も高い。しかし黒田はこのシステムが、ある記憶媒体によってノーチェックで情報を引き出すことができる弱点を知っていた。そのため、情報室独自のパソコンには厳重なプロテクトのうえ、「仮想ディスク」を三重に設け、現在のコンピューター技術によってこれを独自に解除することは不可能に近い設計にしていた。

「情報室の情報が漏洩したときは総監以下、関係幹部は全員が引責辞任だ」

と黒田の言うとおり、情報室内の情報管理は徹底されていたし、室員すべてがこれを理解していた。

＊

黒田は、デスクの後ろにあるスチール製のキャビネットを静脈照合の鍵で開け、そこに五、六冊並んでいた、一〇センチの厚さがあろうかと思われるA4サイズのバインダーを、一冊取り出した。それは黒田の人脈一覧ともいえるべき名刺管理帳だった。

「うっちゃん、これが僕式の名刺管理だ。僕も君と同じように名刺管理システムを使った管理は行っているが、一方でいただいた名刺はこのように人脈図として使っている。企業の総務担当者もこの手法を使ってるようだけどね」

内田はその黒田流ともいえる、初めて見る名刺管理簿を目の当たりにして驚いた。

それには、

「〇年〇月〇日、〇〇氏同伴　於　ホテルオークラ　山里　領収ナンバー〇〇」

ページの頭に記載され、その下にそのとき交換した相手の名刺が収められている。それも、そのときの席順だという。そして、名刺交換時の概要は「備忘録A－〇　P〇」と書かれている。

「見てすぐわかるだろう。これが人脈図だ。たとえば、このページの頭は『高木委員長』となっている。これは労組の高木委員長から紹介を受けた人脈の流れなんだ。ところが、往々にして、まったく違う筋から同じ人と出会うことがある。このとき初めて人物相関図のソフトが生きることになる」

内田は驚いた。黒田が警察庁の相関図データの管理システムの創設者だという話を聞いたことがあったが、それを用いた徹底した管理法を自分の目で確認することができたからだ。かつて、内田にとって黒田は公安講習の中の生きた教材の一人でしかなかったのだった。内田は言った。

「室長、講習で習ったあの公安情報管理システムを作られたのは、室長なんですか?」

「ああ、あれね、オウム事件のときに僕が原案を考えて、当時初採用したハイテク捜査官が作ってくれたものだよ。あのころの僕はコンピューターに関してはズブの素人だったからなあ。今でも大したことはないんだけど」

「いえ、講習では画期的なシステムだと言われていますよ」

「当時と今ではその機能と能力はまったく変わっているけど、警察学校でプロファイリングの講義を初めてやったのが僕だったから、話が大きくなったんだろうね。ところで、名刺管理の重要さをわかってもらえたかな」

「はい、正直いって、あまり気にも留めていなかったのが現状です」

「情報管理ってのは組織上のさまざまなデータもそうだが、個人情報の管理がいちばん重要なんだよ。特に情報を活かす立場にある者は情報内容も当然ながら、一個人とその関係者の関係までをキチンと把握管理しておくことが大事なんだ。そこを押さえておけば、管理だけでなく分析もその先の予見性も見えてくる」

黒田は、まだはっきりと自分の後継者というものを見据えてはいなかったが、現在の組織内では内田をなんとなくではあるがその範囲に捉えていた。したがって指導も厳しくなるのは仕方なかった。

＊

今回の捜査は不思議なほどマスコミにいっさい漏れていなかった。マスコミ各社、各セクションはゴールデンウィーク以来全国的に続いている特異な殺人事件や中国四川省の地震、わが国の東北地方で発生した地震、サミット、原油高による構造不況などの取材で振り回され、さらには北京オリンピックの取材で疲弊していた。

警視庁記者クラブの面々も総監主催のガーデンパーティーや、各部長が行う放談会や定例会見には顔を出していたが、皆、例年にない疲れが見えていた。

その中で唯一、毎読新聞のサブデスクが毎週月曜の都議会対策会議に関して企画課の庁務担当管理官に取材をかけてきた。彼は、東京都が実質出資を行っている新東京銀行問題を、警視庁が極秘捜査しているのではないかという、勘違いのインスピレーションを持っていたのだった。

「管理官、毎週月曜の都議会対策会議について、ちょっと教えていただきたいのですが、よろしいですか？」

通常、マスコミ対応をするのは本部の場合、所属長である課長もしくは理事官であるが、企画課の庁務の中でも都議会対策については担当管理官が対応することもあった。

「はい、どうぞ。何事ですか」

「都議会対策の会議を毎週毎週実施するってところが腑に落ちないんですが、どういう内容の議題なんですか」

「そりゃ、警視庁は東京都警察なんだから、警察・消防委員会、定例議会だけではなくて、都知事からもさまざまな形の要求が来るからね。問題は多いよ」

「それはそうなんでしょうが……」

「警察学校の跡地問題に、予算、東京オリンピックを想定したものから東京マラソン、少年犯罪対策までここ一ヵ月でも大変なんだよ」

管理官は実際に都庁から警視庁に寄せられている内容を列挙した。しかし、そこに落とし穴があった。記者は鋭かった。

「管理官、今『東京オリンピックを想定したものから東京マラソン、少年犯罪対策』とおっしゃいましたが、対策会議には交通も生安も入ってないじゃないですか？　刑事と公安で会議を開いているように見えるんですが、本当に都議会対策なら、何か別の事件が関わっているんじゃないんですか」

管理官はそこで少し慌ててしまった。新聞記者のブラフに引っかかってしまったのだ。彼は黒田室長を中心として何か大きな事件を追いかけていることはうすうすだが知っている。ただ、彼の立場ではそこに介入することはできなかったし、企画課長からも「毎週月曜日の御前会議は、都議会対策という名目になっているため総監室前の別室までは黒田室長に同行するように」と言われているだけだった。

「事件というわけじゃないよ、総合対策というところだ」

「しかし、その会議が企画課以外はキャリアの方ばかりというのも変な組み合わせじゃないですか」

「そんなことはないよ。かつて副知事に警察庁キャリアを送って以来、いまだに都庁には警察庁からキャリア、準キャリアが出向しているからね。だから、何も問題はないんだよ」

「いや、違いますね。それならば管理部門のトップである総務部長か警務部長が出席するべきです。都議会では最も答弁の機会が多い責任者でしょう。しかし、部門では部長の代わりに人事第一課長だけが出席ってのも変な話じゃないですか？　事件でしょう？　それも大がかりな。そう考えるのが普通でしょう」

管理官はこのあたりで、「こいつは何も知らない。ブラフをかけてきているだけだ」と判断すべきであったが、自分がまったくのダミーとして会議場所前まで同行していることに面白くない部分があったため、つい本音を漏らしてしまった。

「事件のことは私は何も知らされていない。私に聞いても何もわからんよ」

揚げ足取りはマスコミの十八番《おはこ》である。

「何も知らないということは、何かやってるってことですよね。ありがとうございました。助かります」

記者は鬼の首でも取ったように、意気揚々と部屋を出ていった。管理官は「別に何を言ったわけではない」とタカを括っていた。

記者はその足で捜査第二課長席に行った。

捜査第二課長は記者クラブの面々から「マスコミ嫌い」と陰口を叩かれるほど、「しゃべらない男」だった。記者が何を聞いても、「ほう。わからんなあ。知らんな」

で終わってしまう。まったく取り付くしまがない、記者泣かせの存在なのだ。警察官の姿勢としては立派なのだが、その反面というより、その姿勢が高じた結果、たまに捜査第二課の捜査情報がマスコミに漏れたりすると、徹底的な犯人捜しをするため、マスコミも付かず離れずの距離を置いている。マスコミにしても、いくら捜査第二課長からの強力な依頼と言っても情報源を漏らすことは断じてしない。

その捜査第二課長にこの記者は当ててみた。

「毎週月曜の総監室での会議は事件捜査会議だそうじゃないですか。それも捜査第二課が主体となって……」

捜査第二課長の瞼《まぶた》が一瞬ピクリと動いた。

「都議会対策の会議のことか？」

捜査第二課長が妙な警戒心を持っている感じがありありと窺《うかが》えた。

「はい、表向きはそういう形になっているらしいですが、『あれは捜査会議で詳しいことは捜査二課長に聞け！』と言う方がいらっしゃいましてね、ホントのことを言ってくださいよ。かなり大がかりなんでしょ。ホシのトップはどこまでやるつもりなんですか？　大臣クラスまで狙ってるんですか？」

捜査第二課長はこの記者の妙な自信を持った態度に「こいつはどこまで知っている

んだ……」という疑心を持った。

「お前さん、何の話をしとるんだ？　どこぞの帳場でも回ってきたのか？」

帳場とは捜査本部の隠語である。記者もとぼけている。

「新しい帳場を回らせてもらってますが、まだ戒名が出ていないもので。秘匿なのでしょうが、ホシ取りが近いんですか？」

捜査本部の戒名などは、第一回記者会見を行った後でなければ設置するものではないのだが、ときどき、アホな副署長が功名心から捜査本部が立った段階で戒名書きをしてしまい、サツ回りの駆け出し記者に捜査事実を知られてしまうことがあるのだ。今回の特別捜査本部に限ってはキャリアが署長を務めている所轄であるから、副署長は公安出身の優秀な者がついているはずで、そのようなミスをするとは考えられなかった。

「お前さん、なんか勘違いしてるんじゃないか？」

「いえ、四方面のあの場所で立ってるんですから、間違いないでしょう？」

記者は新宿警察署内で行われている別件の捜査本部を指したつもりだったが、捜査第二課長は「四方面」の言葉で、本件の捜査本部の一つがある「牛込警察署」を連想してしまった。

警視庁は管轄する東京都内を第一方面本部から第十方面本部まで十個の方面に分けている。このうち、新宿を中心とした十の警察署を管轄する地域が第四方面であり、通称「四方面」と呼んでいる。

「知らんなぁ」

いつもの調子で逃れようとしたが、きわめて秘匿が求められる事案だけに、

「ところで、僕に聞けと言ったのはどこのどいつだ？」

とつい、いつもの「犯人捜し」の口調になっていた。記者は確信を得た。

「それは言えませんが、こちらも本気で取材させていただきますよ」

お互いの勘違いではあったが、取材の端緒を与える結果となった。

記者が帰った後、捜査第二課長は少し迷ったが、この記者の訪問を黒田に連絡した。

「ああ、黒田君。実は今、毎読の記者が僕のところに来てね、牛込の捜査本部の話をしていったんだよ。何か摑んでるみたいな口ぶりだったので、そちらも気をつけてほしいと思ってね……」

「毎読ですか……二課担の記者ですか？」

「いや、サブの谷生ってヤツだ」

黒田はその記者を知らなかった。牛込署は防衛省ルートであるだけに慎重に進めているはずで、ここが漏れるのは今後の捜査に影響が大きかった。

「ありがとうございます。こちらもチェックいたします」

黒田が言う「チェック」とは、この記者の行確（行動確認）であった。「どこまで知っているか」、これが問題だった。

黒田は電話を切ると、直ちに公安総務課長に連絡して、毎読記者の行確を依頼した。公安総務課長はこれを了解すると、すぐに担当管理官に指示を出した。これでこの記者はこれから二週間、視察対象者となって二十四時間監視下に入るのだ。まさに「雉《きじ》も鳴かずば……」の諺《ことわざ》どおりで、記者も個人プレーがすぎるとこういうことになるのだ。

行確の結果、毎読記者の目指すところは「新東京銀行関連」であるということが判明した。これを捜査第二課長に連絡すると、「なるほどね、了解、了解、あとはこっちで適当にまいておくから、そちらは所定方針どおりにやってください」という回答だった。捜査第二課長は各会議出席者に根回しを終えて、毎読記者への焦らしを始めたようだった。

*

黒田は石川管理官とともに、二週間後の御前会議に向けて、五個班からの情報を分析した。この中でほぼターゲットの絞り込みを終えた二個班を馬対策に向けることにした。馬は内田が粘り強く捜査を行い、すでに接触を持っていた。内田の身分はかつて内田が潜入していた蒲田の会社の兄弟会社で、元請けが同じ大手金属メーカーの社員ということにしていた。ここはレーダーに使用する真空管、マグネトロンを製作する会社であり、人工衛星用の太陽電池も製造していた。

内田が設定した馬との出会い場所は秋葉原だった。内田は十月半ばに黒田から指示を受けて以来、馬に対する徹底的なマークを開始していた。調査担当から届く馬に関するデータも十分に検討をしていた。

「馬は秋葉原が好きなんですよ」

土日の秋葉原は日本中のどの繁華街より活気があった。客の年齢も若く、世界中の電子機器がこの街にある部品だけですべて作られるような錯覚を起こしそうなほどだ。また、多くのジャンクショップにある品も、中国の上海や香港にあるようなまがい物ではなく、ほとんどが世界の一流会社の純正のパーツだった。

馬自身、家庭用のパーソナルコンピューターくらいなら、自分で材料を選んで組み立てることができた。それも、そのへんの一流メーカーの最新機器よりも優れたものを半分以下の料金で作った。パソコン価格の半分以上は人件費だということを、馬は日本の宗教団体が廉価で優れた商品を出して一世を風靡《ふうび》したときに知った。それから彼は独学でコンピューターを学んだのだった。その情報拠点が秋葉原だった。「オタク」と呼ばれているパソコン好きの若い日本人は何事も親切丁寧に教えてくれた。その中には、お礼に昼飯をご馳走してやると、馬の個人パソコンだけでなく、会社のコンピューターの環境設定までしてくれる者もいた。

この優秀な技師ともいえる「オタク」の一人が電気大学を卒業してソフト関連会社に勤務していた。馬はこのオタク技師を可愛がり、時には夜に一緒に飲みに行くまでの仲になった。この技師は銀座や赤坂の高級店は喜ばず、秋葉原の「萌え系」のキャバクラが好きだった。馬もその系統の存在は知っていたが、自分とは違う世界と考えていた。しかし、技師に合わせて何度か行くうちに、すっかり虜になってしまったのだった。

そのうちに馬は一人でもその店に行くようになった。メイドスタイルのキャバクラ嬢の持つ素人っぽさが新鮮だったし、その店で数時間過ごしても、値段は銀座の十分の一もしなかった。お目当ての子もできた。若い女の子の前では自分の力が驚くほど誇示できることを知った。「すご〜い!!」を連発してくるのだ。彼女たちも営業で、それなりには乗ってあげているわけだが、やはり素人であり、金銭感覚に歴然たる差があると、店外デートを受けてしまうのだ。馬は好みの子を見つけると携帯電話番号や携帯アドレスを聞き出し、誘いをかけていた。

十月末のある日、馬はこの店で何度か見かける三十歳前後の男の持ち物が気になった。その男はナノテク技術の資料ホルダーを椅子に置いて、しきりに馬のお気に入りの女の子に話しかけている。お気に入りを独占していることは気に入らなかったが、馬にとっては、そのホルダーの中身のほうが気になった。馬には極秘資料に思えるほどのものなのだが、その男にとっては秋葉原で売っているフィギュア雑誌くらいにしか感じていないふうだった。馬はその男になんとか話しかけるタイミングを図ったが、チャンスは訪れなかった。その日は諦めて帰ろうとして、会計を済ませトイレに寄ったとき、その男がトイレに入ってきた。

その男も馬の存在に気づいていたらしく、馬と目が合うと、

「あ、どうも……」

バツが悪そうに挨拶をしてきた。馬はいいきっかけができたと思い、

「何度かお見かけしてましたが……」

と言うと、

「あなたも妙ちゃんがお目当てなんですよね」

と笑って言う男は、なかなかの好青年だった。

「やっぱりわかりますか？　そうなんですよ、年甲斐もなく……ここにはよくいらっしゃるんですか？」

今度は馬がバツが悪そうに答えて、聞いた。男はそんな馬の様子を気にせずに答えた。

「そうですね、週に二、三回かな。もう、お帰りですか？」

「今は、あなたが指名してるみたいなので、そろそろと思ってました」

「僕ももう帰りますよ」

馬はなんとか先ほどの資料ホルダーの件を聞きたいと思った。

「どうです、これも何かのご縁でしょうから、一軒お付き合いいただけませんか？いえ、当然私が持ちますから……」

「初めてお話しする方にご馳走してもらうのはちょっと、気が引けますね。おまけに

ライバルだし……」

笑って遠慮ぎみに言ったが、断っている感じではなかったので、馬は強引に誘った。

「そんなに高い店には行けませんが、このあたりで、一軒、行きましょう」

「そうですか……。お酒は嫌いじゃないので、ではお言葉に甘えて」

男は会計を済ませて、二人で店を出た。キャバクラ嬢の「妙」が不思議な顔をしながら二人をエレベーターホールで見送った。

店から出た二人は、近くにあるブリティッシュパブに入った。ロンドンに見られるパブスタイルの店で、つまみもロンドン名物のフィッシュアンドチップスやローストビーフなどがリーズナブルな価格設定で提供され、ビールもパイント単位で売っている。

馬はこの店も常連らしく、カウンター内の女性が気軽に挨拶をしていた。この女性も馬の好みらしく、先ほどのキャバクラ嬢の妙にどこか雰囲気が似ている。二十二、三歳くらいだろうか、小柄で目が大きくて利発そうな感じの子だ。

馬は男に名刺を渡して自己紹介をした。日中間で貿易の仕事をしていると伝えた。男も名刺を渡した。名刺には大田区蒲田にある会社名と「技師　内田仁」という名が書かれていた。

馬がどういう業種なのか聞いたところ、内田という男はじつにあっさりと言った。

「いわゆる、ナノテクノロジーですね。これからの業種でしょう」

馬は驚いた。ナノテクそのものが中国では咽喉《のど》から手が出るほど欲しい、利用分野も幅広い事業項目なのだ。

「御社はその専門会社なのですか？」

「もともとは、ゲルマニウムの引き上げ（精製）をやっていましたが、ゲルマの原料価格が上がりすぎたのと、まがい品が増えたので、それだけでは食えなくなったんですよ。ちょうど社員の何人かが電子加速器の技術を持っていたので、これを転用して精巧なナノ微粒子の精製に成功したんです。まあ、この業界は個人技術の世界で、特許を取ったものの勝ちですから」

近年、ナノテクにおけるレアメタルの需要が爆発的で、特に携帯電話の普及がこれに大きく影響を与えていた。その原料の多くはチベットやモンゴルに近い中国の最深部で産出していた。

「すると、御社はその特許を取得されていらっしゃるわけですか」

「はい、特許の数だけでも相当あるのですが、これを世界各国に申請しないと意味がないですからね。すぐに真似をされてしまうし……」

馬は自分の国のことを言われたのかと一瞬思ったが、内田という男はただの一般論を言っていることがすぐにわかった。

「たいへんな技術です。電子加速器ですからね」

そう馬が言ったので、内田が、

「秋葉原で電子加速器を理解できる人に出会うとは思いませんでした。馬さんの貿易の守備範囲も広いんでしょうね」

やんわりと尋問してみると、馬は正直に、

「日本の技術はやはり素晴らしい。日本に輸出される中国製の工業製品や電化製品は、特別に厳選されたものばかりなのです。それでも、日本製と比較すると足下にも及ばない。普通の製品でさえそうなのですから、精密機械などは、まったく競争相手にもなりません。貿易といっても、日本の素晴らしい技術を輸入したいんです」

と答えた。内田は馬の意図を十分理解しているかのように答えた。

「そうですね、ただ、技術の輸出ほど難しいものもありませんけどね」

*

ナノテクの話題をいったん中断させて、

「ところで、馬さんは『萌え系』がお好きなんですか」

と内田はやや卑猥《ひわい》な笑みをたたえて言った。馬は、なるべく見透かされまいとしたが、自分自身でも驚くほどはまってしまったことは事実だった。

「そうですね、いいですね。日本、しかもここにしかない文化ですね」

内田はニコニコしながら馬に囁《ささや》いた。

「女子寮倶楽部って知ってます？」

馬の目が輝いた。

「女子寮ですか？」

「そう、萌え系のお姉さんが実は女子大生で、大学の女子寮に住んでいるという設定なんですよ。萌え系お姉さんがお好みのスタイルで、しかも個室気分で一緒に過ごすんです。あまり知られていませんが、隠れた禁断の世界ってところかな」

「金額は高いんですか？」

「いやいや、風俗なんかに比べたら安いもんですよ。女の子は可愛いし、ただ、店の中では猥褻《わいせつ》行為はできませんよ。行ってみます？」

馬は誘いにすぐ乗ってきた。三十分だけ体験してみようということで、内田は馬を、秋葉原の外れにあるビルの地下の店に連れていった。

実はこの店は黒田がテレビを観て知っていたところだった。「アキバ系のキャバ好きならけっこうはまるかもしれないよ」と教えてくれたのだ。黒田の悪戯《いたずら》っぽい笑顔が、印象的だった。「なんでもよく知っている上司」を頼もしく感じつつ、「案外好きなのかな、うちの室長も……」と思って実査をした内田本人がはまってしまいそうな雰囲気を持った店だった。

店の入り口はまさに女性の園「女子寮」の雰囲気を醸し出しており、店内に入るとパジャマ姿の女の子が「お帰りなさーい！」と出迎えてくれる。それも皆可愛いのだ。

馬はその段階ですっかりこの場を気に入った様子だった。カーテンで仕切られた部屋に入ると、そこは女子寮の個室を演出していた。といっても、普通の男は女子寮に入ったことなどないのだから、「こんなものなんだろう……」という、想像の世界に浸るだけなのだが。店内のメニュー表には、三十分の入室基本料金に加えて、膝枕、肩もみ、耳かきや、コスプレ、ほっぺキスなどが一回五〇〇円程度で追加される。一時間くらいはあっという間に過ぎる。内田は一時間が迫ったころ、チェックを申し入れたが、馬は延長するらしい。女の子も三十分に一回、原則として入れ替わる仕組みなのだが、指名の延長は料金を払えば可能だった。内田の分も馬が支払うというので、「近々に再会を果たそう」という、未確定ながらも必ず会うであろう形で別れた。なんと馬は、その後二時間も店から出てこなかった。

その日から馬の「女子寮」通いが始まった。思っていたとおり、馬は小柄で目が大きく、素人っぽいが賢そうな若い女性が好みだった。

十日後、内田は再び「女子寮」に入った。その日、馬は自称「音大の学生」という子を二時間ぶっ続けで指名していた。内田についた子は、馬を連れてきた内田のことを覚えていて、内田の横に来るなり、耳元で、

「いいお客様をお連れいただいてありがとうございました」

と含み笑いで言った。内田は、馬が毎日この店で三時間以上を費やしていることを知っていた。

「おじさん、来てるの？」

内田がわざとらしく聞いてみると、

「ええ、毎日」

と笑いながら答えた。内田は馬が入店して二時間後を見計らって来ていたのだった。

「おじさん、相当はまってるの？」

さらに聞いてみると、

「そうね、開店以来三年になるけど、あのパターンは初めてね。毎日三万円以上使ってくれるから、ありがたいんだけど、けっこう、女の子を店外デートに誘ってるわよ。でも、すごいお金持ちで、バッグの中には何百万円も入ってるんだって」

馬にとっては、普段よく使っている銀座で夜のクラブ活動をすると思えば、三時間楽しく過ごして三万円なら安いものなのだろうと内田は思った。

「昨日なんかみんなにお土産持ってきて、それからお店にいた子十人と集合写真を撮って、その後一人ひとりと撮って、五人一緒におじさんをマッサージしたんだよ。一〇万円以上使ったわよ。今じゃ人気者よ。『店外デートしてもいい』って言ってる子もいるよ。少しエッチだけど、案外紳士だし……」

すると、馬が入っている部屋から、

「ここじゃダーメ！」

とじゃれた声が聞こえてきた。馬が「その気」になっているのだろう。『ここじゃ……』の意味するところがなんとなくわかった。内田についた子は、

「ああ、朋ちゃん、落ちたな……」

意味深長な言葉を吐きながらも、その裏に妬みが秘められているのを、内田は見逃さなかった。この子は馬の好みではなかったので指名されたことがなかったのだ。内田は、この女の子に、

「ねえ、ちょっとアルバイトしてみない？」

と持ちかけた。

「え？　何のバイト？」

「今から言うことを誰にも言わないって約束で一万」

内田はズボンのポケットから無造作に、一万円札を二十枚以上二つ折りにしている束を取り出してその中から一枚を抜いて女の子に渡した。女の子が札の束を見て驚きながら「約束」と言ってこれを受け取った。そこで内田は女の子の反応を確認しながら、彼女の耳元で小声で言った。

「あのおじさんがエッチモードになってるところの写真が欲しいんだけど……」

「おにいさん、マスコミ？」

女の子は、依頼内容にやや驚いた顔はしたが、十分に興味を持ったらしい。

「バイト料はいくらなの？」

「写真の出来にもよるけど、一枚一万」

すっかりその気になっていることがよくわかった。

「いつまでに撮ればいいの？」

「この調子で毎日通ってくれればいいんだけど、一週間くらいでどうかな」

「いいよ。やる。いっぱい撮ってもいいの？　百枚とか……」

「一〇〇万じゃ、会社が潰れちゃうよ。最大二十枚までなら買い取ろう。それでどうだい」

「わかった。やる」

内田は隠し撮り用の小型カメラをバッグから出し、その使い方を教えた。法的な証拠能力のないデジタルカメラではあったが、一〇〇〇万画素で二百枚は撮ることができるものだった。

「かっこいい！　プロのカメラだね、これ」

興奮ぎみに話す彼女は、バイト内容だけではなく、内田にも十分興味を持った様子でピッタリと体を寄せてきた。

「うまくいったら、美味しいものも食べさせてあげるよ」

「やったー。嬉しい。お肉食べたいな」

「いいよ、ステーキでもすき焼きでも、しゃぶしゃぶでも……」

「じゃあ、すき焼きがいい」

「よし、最高の店に連れていってやる」

商談はことのほかうまくいった。内田自身もまた、好みの女子大生と店外デートを約束できたようなものだった。

内田も適当に楽しんでいると、馬がカーテンで仕切られた個室を出る様子が伝わってきた。内田は偶然を装いながらバッティングを試みた。内田についた子は自分も取材の協力者になったつもりで「またいらしてね」などと言いながら一緒に個室から出て馬を認めるなり、

「あら、偶然、お友達ですよ」

と言って、馬と内田を引き合わせた。馬は、やはり彼好みの女の子の腰に手を回していたが、内田を見ると、照れくさそうな顔をして、

「やあ、内田さん。いい店を教えていただいて……」

と言って笑った。

「いやあ偶然ですね。僕もあれ以来ですよ」

内田も笑って答えた。一緒に「女子寮」を出たところで馬が内田を誘ったが、内田は「仕事の途中」と笑って辞退した。

一週間後「女子寮」の女の子から内田の携帯に連絡が入った。内田は日比谷交差点の皇居前に新しくできたホテル、ペニンシュラのロビーで待ち合わせをして、一緒にアフタヌーンティーを楽しみながら彼女の力作に見入った。「これはヤラセじゃないのか」と思うほど、馬も一緒に写っている女の子も、あられもない姿だった。数でいえば五、六十枚はあった。

「すごいでしょう。実はさ、あの店の中でどこまでのことができるか、何人かで賭けをやったんだよね。写真の話は誰にもしないよ。そしたら、彼女ったら特別メニュー作ってここまでやったんだよ。特別お小遣いもらったみたいだけどね」

「よし、約束どおり、これ」

二〇万円のピン札を大手出版社の封筒に入れて渡すと、彼女は、

「ええっ、集潮社の人だったの？　すごいね」

自分自身が写真誌のスクープを撮ったような興奮状態だった。その後、日本橋にあ

る有名な牛肉屋ですき焼きを食べさせると、彼女のほうから積極的になり、結局内田はその夜「女子寮」ならぬ、女子大生の部屋で過ごして朝を迎えた。驚いたことに、内田の大学の後輩だった。そのとき彼女はさらに衝撃的な話も語った。

「あのおじさんの相手になってる朋ちゃん、『音大の学生』なんて言ってるけど、ホントは十七歳の家出少女なんだよ。おじさんに歳を聞かれてホントのこと言ったら、大喜びしていっぱいお小遣いくれたんだって」

内田は思わずニヤリとした。児童買春だ。

＊

十一月後半に入って、黒田は内田からの報告と、馬のあられもない写真を見て、内田のイリーガル作業を評価した。黒田自身、小学校時代に歴史の授業で習った「目には目を」という「ハムラビ法典」に代表される「復讐法」の手法は決して好きではなかったが、今回の内田の仕掛けを素直に喜んだ。そして、黒田はその写真を見ながら何かをじっと考えた様子だったが、

「うっちゃん、今夜、晩飯付き合ってくれない？」

と誘った。内田が了承したので、黒田は内田を西荻窪の「スプーン」に連れていった。店に入って、カウンターの中にいる女性を見たとき、内田は黒田がどうして今日この店に連れてきたのか、すぐに理解した。

「理事官、馬の奴、絶対この店にはまりますよ」

この店のオーナーである美人姉妹の妹が、まさに馬の「好み」だったのだ。おまけに、現在の馬の自宅は隣駅の吉祥寺だった。

「ここが現逮場所だ」

黒田と内田の目が同時に笑った。

「現逮」つまり、現行犯逮捕を意味する。現行犯逮捕をするには、この場所でなんらかの犯罪が行われなければならないのだが、内田は黒田の悪戯っ子のような笑顔を見て、「また、室長が何か特別な手法を考えているのだろう」と察していた。

＊

黒田は中国大使館とコンタクトをとらなければならない時期に来ていると思った。以前、事件情報を提供してくれた元参事官の黄良河《ファンルガ》は、現在ロサンゼルス総領事に就任していて直接連絡が取れないため、黒田はニューヨークにいるモサドのクロアッハに連絡を入れた。

「ハイ、ジュン、元気かい？」

「なんとかやってるよ。突然で申し訳ないんだが、教えてもらいたいことがあるんだ」

「ジュンはいつも突然だから慣れているよ。なんだい、用件は？」

「実は中国海軍の動きがよくわからないんだが、何か情報が入っていないかと思ってね」

「最近、中国はアメリカと接近しすぎた反省があるようだ。特に経済界と中国人民解放軍にこの傾向が強いらしく、前者は『ドルと共倒れをする気か』、後者は『対日姿勢が弱すぎる』というわけだ。しかし、根本的には国内経済格差が広がりすぎて、その貧乏くじを軍が引いているというところだろう。北京オリンピック後の経済状態を上海万博まで維持するのは困難だしな。北京と上海では器に差がありすぎる。上海は北京に比べて狭すぎるんだ」

「そこに、海軍がどう絡むんだい？」

「中国人民解放軍の中で最もワリを喰ってるのが海軍なんだ」

「ほう？　それはどうして」

「まず、海軍は自分で稼ぎを出すことができないんだ」

「それは陸軍だって同じなんじゃないかい？　食い扶持を自分たちで確保する時代はもう終わったはずだよ」

「いや、それがまだそうでもないんだ。いまだに多くの陸軍は漢方薬原料の収集や栽培などの裏稼業に励んで私腹を肥やしている連中が多いんだ。だから、国防会議の上位には陸軍出身者が多い」

この理由には陸軍の人員が圧倒的に多いこともあるが、賄賂が大きな理由の一つだった。

「なるほど、では空軍はどうなんだい」

「空軍は入隊時から優秀な者しか採用されないし、ある程度の年齢になると民間航空会社が丸抱えで引き取ってくれる。これが美味しいんだよ」

「なるほど。海軍にはそれがないと……」

「そう。中国にとって当面の敵対ターゲットは台湾なんだが、あそこは表面的には自国を標榜しているため、戦争が起これば、中国国内では『内戦』という意識だが、世界的には『独立戦争』ということになって国連が割り込んできてしまう。だから、本格的な戦争はできない」

「なるほど」

黒田は中国人民解放軍の内情がうすうすながらわかる気がした。クロアッハは中国人民解放軍のアナリストのように話を続けた。

「だから中国は台湾の軍事基地近くで、陸軍の特殊部隊が盛んにハニートラップを仕掛けて情報収集に努めているよ。台湾には五千人規模の女性エージェントが入り込んでいるらしい。海軍が苦々しく思っているのはこの点にもある。情報収集は海軍の得意技だったからな」

黒田はここでハニートラップという言葉が出てくるとは思わなかったが、彼らの伝統的情報収集手法の一つなのだろうと思った。クロアッハは続けた。

「そうなると、海軍は仮想敵を考えなければ組織が成り立たない。これまではアメリカがそれだったが、今は違う。中国は現在、アメリカと太平洋を分割統治しようと本気で考えているくらいだから、仮想でも敵にはできない。そこで、その相手に選ばれようとしているのが日本なんだよ。日本の弱腰外交を突いて、同盟国の北朝鮮は六ヵ国協議、韓国は竹島問題、台湾は尖閣諸島問題を、それぞれ裏で煽《あお》っている」

確かにそのとおりだと黒田は思った。日本を仮想敵国に設定した場合、まず日本の孤立化を狙って同盟国からの離反を考えるのが兵法である。そして、イージス情報の流出は、連合国と日本の間に大きな楔《くさび》を打ち込むことになる。黒田は言った。

「もし、中国が日本のさらなる孤立化を図るとしたら、狙い目はどこだと思う？」

「そりゃ、ガス田だろう。ここの警備をすることで海軍の利益とも一致する。日中間に緊張が起きて、アメリカ第七艦隊が出てくるのも、中国にとっては都合がいいことだ」

黒田はクロアッハの言葉を理解できなかった。

「第七艦隊が介入することがどうして中国に都合がいいんだい？」

クロアッハは、教え諭すように言った。

「いいかい、ジュン。アメリカ艦隊が出てくれば、中国海軍と直近の作戦行動が主体になる。ということは、中長距離レーダーの必要性がなくなる。ここまではわかるな」

レーダー網はある程度の距離があってこそ有効な手段であって、敵が視界に入るような距離では実効がない。黒田は答えた。

「それはわかる。するとどうなるんだい」

「中距離レーダーの必要性がないとなると、その付近における軍事行動は目視の作戦行動重視になり、レーダー網の一部が機能停止になってしまう」

「レーダー網か、そうだろうな。どっちが撃ったミサイルかもわからない状況になるからな。そうすると、日米の共同作戦も相互通信に頼らざるを得なくなるわけか……」

「そう、そのとおり。つまり、本来、共同作戦上の重要な部分であるはずのイージス情報が活用できないじゃないか」

クロアッハの読みはさすがだった。電話一本でイージス情報まで辿《たど》りついてしまう。日ごろからどれだけ頭を巡らしているのだろうという驚きが、黒田の中に湧き上がった。

「貴国としては、イージス情報は大きな問題なのかい？」

「そうだね、極東よりも地中海の安全を考えると、大きな問題ではあるね。スペイン海軍が動けなくなるからね」

確かに地中海の制海権は、地中海の最も奥に位置するイスラエルにとっては生命線の一つであった。地中海から艦砲攻撃されれば首都エルサレムは防御のしようがないのかもしれない。この最大の協力者がスペイン海軍ということになるのだろう。

「ところで、中国大使館関係者で信頼できる人はいないかな？」

黒田は話題を変えて言った。

「それは、どこの中国大使館を言ってるんだ？　イスラエル？　アメリカ？　それとも日本かい？」

「アメリカ、もしくは日本がありがたい」

「日本なら一人いるな、しかし、この人間は我々にとっては信頼できるが、ジュンにとってそう言えるかどうかは疑問だな。ジュンは昔のルートを使ったほうがいいのではないかな、ほら、今、ロスの総領事をやっている男がいるじゃないか」

黒田は一瞬背筋が寒くなった。この男は五年以上も前の自分の協力者のことまで知っているのだ。「どうしてそれを……」と聞く気にもなれなかった。自分はまだまだ組織の一手駒でしかないのだ。

「そうだな、やはりその線からあたってみよう。たいへん参考になったよ」

「老婆心だが、ハニートラップには気をつけることだ」

「十分警戒しておくよ。ありがとう」

黒田は電話を切った後、この部屋の中に盗聴器でもあるのではないかと疑うほど、クロアッハの分析能力に舌を巻く思いだった。

ロサンゼルスの総領事館に電話を入れるため、黒田は銀座にあるホテルに向かった。ホテル内にある個室の公衆電話からゆっくり話をしようと思ったからだ。海外の公衆電話から在外公館に電話が入ると、通話相手の了承がない限り、オペレーターは通信を拒絶するかコレクトコールを要求する場合が多い。在外公館にすれば発信元をある程度特定したい、つまり簡易な逆探知を行うためである。特にテロ支援国家や敵対国家からのもの、さらにスパイ天国と悪名高い日本からの通信は録音を含めたあらゆるチェックが行われる。

交換を経由して総領事に電話が繫がった。途中で耳を澄ませて聞いていると、明らかに録音の準備をしていることがよくわかった。交換には「日本の桜田」と伝えている。国内ではわかりやすい名前かもしれなかったが、彼との間ではかねてから黒田のコードネームとして使っていたのだった。

「黄先生、お久しぶりです。桜田です」

「やあ、これは珍しい。何年ぶりですかな。相変わらずのご活躍は耳にしていましたよ」

「そちらに僕の動きが伝わっているということは、あまりいい話じゃないですね」

黒田は、当然、小笠原から帰還していることも知っているのだろうと思った。

「実は、お願いがあって連絡いたしました。現在の在日本中国大使館の参事官クラスと通商担当者で信頼できる方をご紹介いただきたいのです」

「ほう、またあのときと同じようなことが起きているのですか？」

「はい。またしても『馬』が動いています」

「なるほど、彼は中国国内で取り調べを受けましたが、証拠不十分で不起訴でしたし、逮捕されていませんからね。ほとぼりが冷めたと思っているのでしょう。では、私の後輩で『孫《ソン》』という者を紹介しましょう。優秀な男です。あなたの将来のためにも会っておいたほうがいいと思います。私から孫に連絡を入れておきますから、お互いに連絡を取り合ってください。通商担当も孫から紹介してもらうといいでしょう」


二日後、黒田の携帯電話が鳴った。

「桜田さんですか。私はロスの黄の後輩で孫と申します」

黄以上に流暢な日本語だった。黒田はその日のうちに孫に会った。孫は全面的に協力を約束してくれた。現在、馬は公務員ではないが、これに準じた地位を自分勝手に作って活動しているということだった。したがって彼の行動は国家的なものではなく、不逮捕特権も持っていなければ、逮捕時の身柄返還要求もしないということだった。

日中間にはこれまでもさまざまな形で「詐欺」同然の犯罪が横行している。特に「中国の要人に会うことができる」をうたい文句にした観光ツアーがある。中南海に実際に入って「要人」といわれる人と握手、記念撮影の後、お決まりの北京市内観光を行うというもので、三泊四日で、参加費用が一人一六〇万円もするツアーだ。しかも、これに大手新聞社が協賛し、その主催者を日本における「華僑のドン」などと報じた書籍を出版したこともあって、大入り満員となった。しかし、この華僑のドンが実は日本人の詐欺師だったのだ。このように、これまで何千人という政財界人がいろいろな形で騙《だま》されている。

馬もこのような詐欺師の一種なのかもしれないが、流出するものが国際問題に発展する虞のある国家機密の中でも特別防衛秘密にあたるものでは、ただの詐欺事件で済ませるわけにはいかないのだった。

＊

約二十六万人に達する防衛省職員の渡航者チェックが行われ、この中から三百五十人が中国の上海などに無許可で出国していた事実が明らかになった。さらにこれを海上自衛隊関係者に絞り込み、上海と北京に限定して捜査を進めた。

情報の集積により、防衛省関係者はかつての藤田幸雄の部下で、開発隊群プログラム業務隊所属の経験を持つ三十五歳の三等海佐だった。その三佐は、同じく藤田の後輩であり、かつ三佐自身の先輩であった、術科学校の教官に組織内教育目的という理由で、秘密情報を含む資料をＣＤに記録してもらい、なんとこれを藤田に郵送していたのである。

黒田は、東京地検への根回しの段階で、

「イージスシステム情報が証拠物となった場合、防衛省がこの証拠提出をすることがはたして可能なのか」

という疑問にぶつかった。なんといっても、海上自衛隊幕僚本部の情報保全室が機密文書をそのまま提出するはずはなく、機密該当箇所が墨塗りされた場合、何が機密であるのかという点がまったくわからなくなる可能性があったからだ。

流出した情報の中には最高軍事機密ともいうべき、レーダー性能の限界や迎撃プログラムのほか、使用する電波帯などが含まれる可能性があり、同システムを採用する国の安全保障を脅かすものだった。

この点は事件捜査を総轄指揮する立場の警察庁外事課長にとっても悩ましい問題であり、ただ捕まえればいいという次元のものではなかった。捜査も終盤に近づくと、公判維持を念頭に置いた立証方法を考えなければならなかった。

また、この捜査で、容疑者の警察官が所属する府警、県警をどの段階で合同捜査本部に巻き込むかを判断しなければならなかった。黒田は副総監に相談した。これには当然ながら警察庁警備局長の意見も聞く必要があったし、警備企画課長、外事課長への根回しも必要だった。

情報室の捜査は全体の捜査方針が決まるまでの情報収集作業が本来の形であるが、捜査全体を見ておかなければ、誤った方向に捜査を進めてしまう虞もある。そのために警視総監以下の会議が毎週開かれるといった、特殊な捜査体制だった。

宮本究《ただし》警視総監は警察庁長官との協議を行っていた。二人には前任の西村馨《かおる》長官、北村清孝総監体制ほどの深い人間関係は構築されてはいなかったが、宮本総監が常に長官を立てて業務を推進してきたため、良好な関係ではあった。

やがて、警察庁と防衛省の内々の協議が始まった。極秘文書の内容を公判廷に提出することの有無から、最終的に行き着くであろう最高裁を視野に入れた公判対策についてまで、徹底した協議を行った。地裁レベルでは一切の国家機密情報を公開せず、控訴審における高裁裁判官の資質を勘案して裁判官のみに情報を開示する方法をとるなど、細かい公判対策だった。

一方で、黒田は今回の捜査は情報収集のみではなく、馬の現行犯逮捕に関しては黒田自身が直接指揮をすることを副総監に申し入れた。副総監はこれを了承し、刑事、公安両部長に確認をとった。両部長とも異存はなかった。二人の部長はすでにこれまでの情報収集の手法だけでなく、捜査指揮能力の点でも黒田の実力を高く評価しており、どのような形で馬の身柄を捕るのか興味も持っていた。

黒田は捜査方針を決定し、これを十二月最初の月曜日の会議で発表した。これを聞いた警視庁幹部の面々は思わず声を出して笑いたい衝動を抑え、皆が含み笑いをしながら拍手で了承の確認をした。宮本総監は隣に座っていた刑事部長に、

「面白い男だろう」

と笑って言うと、刑事部長は笑顔で頷いた後、

「うちにくれませんかね」

真顔になって言った。

そして、ゴーサインは出た。

*

黒田は内田に細かく指示を出しながら、一つ一つのハードルを越えていった。

黒田と内田の予想どおり、馬は西荻窪の「スプーン」に通い始めていた。そしてその場所が文書の引き渡し場所になるべく内田は工作を行った。内田は彼が裏社員として勤務している会社が持つ特殊技術である、「スパッタリングとナノテク、およびこれを活用したプラズマシステム」の概要だけを馬に伝え、

「この技術を陸上、海上の両自衛隊に売り込みたい」

と相談した。これを聞いた馬は「この技術は自分としても欲しい技術である」と確信していたため、防衛省に売り込んだ後に、すぐに自分のところにも手に入る算段を考えた。馬は考えておきましょうと思わせぶりに答えていた。

それから数日経って、馬から連絡があり「スプーン」で待ち合わせることになった。馬は「スプーン」で、

「私の友人に防衛省の幹部がいて、近々彼に会う機会があるから、そのときに紹介してあげよう」

と言い出した。馬の弱点であり悪癖は、好みの女性の前では大盤振る舞いやビッグマウスに変身してしまうことだった。

馬はその場で防衛省関係者に電話を入れた。

「ああ、馬だけど、どうですか、その後の調子は？　この前、約束したモノはどうなりました？　ああそう、それはそれは。実はね、あなたに紹介したい、いい青年がいるのだよ。お互いまた新たなビジネスになると思ってね。そうそう、なかなかいい技術なんだよ。きっと役に立つと思ってね。そう、いつが都合いいの？　そう？　じゃあ、そのどちらかで日程調整して、またこちらから連絡するから。そのとき、例のもの持ってきてよ。そうそう、なに？　キャッシュがいいの？　いいよ、キャッシュで用意しておくから、じゃあな、またな」

話すうち、次第に横柄な言葉遣いになる馬の個癖を、内田は見抜いていた。

「ありがとうございます。助かります」

内田は頭を下げながら、誘い水を向けた。

「ところで、防衛省の方からキャッシュで買うって、実弾じゃないですよね」

「あはは、違う違う。相手は海だから、大砲の弾になってしまう。ちょっとしたデータよ。大砲の弾は重くて持って帰れないよ」

馬はチラチラと美人姉妹を見比べるように目をやりながら言った。

内田は再度「スプーン」で会う約束を交わすことができた。

「そういえば、最近、アキバには行ってないんですか？」

「ああ、あそこね、ちょっとご無沙汰ね。あの場では限界があるからね」

カーテンで仕切られただけの空間であるため、馬はそれ以上のことを望んでいることがよくわかった。

「内田さんは私の好みをよく知ってる。ここの店は料理も美味しいし、素晴らしい」

「でも、彼女はだめですよ」

「あはは、わかってる、わかってる。綺麗な女性を前にして、美味しい酒と料理を味わう楽しさですよ」

そう言いながら、馬は毎日のように二万円をこの店で使っていた。一万数千円の請求でも二万円支払って、釣り銭を取らないのだ。店にとってはじつに上客であったが、一ヵ月のうちに来店は叶わなくなるのだろう。

＊

年を越して平成二十一年一月半ばのある日、黒田を中心とする情報室の面々は「スプーン」を訪れるであろう防衛省職員と馬の吸い出しから始めた。この職員はこれまでの携帯電話の解析と馬の発信記録からほぼ特定できていた。

午後五時には「スプーン」の周辺には捜査員十五人の検挙体制で配置が完了していた。被疑者グループの習性として、協力者と接触を持つ二時間前には被疑者グループが現場を「消毒」していた経緯があったからだった。

この消毒は捜査サイドも当然行う。今回のように捜査サイドが設定した場所で実際に取引が行われることはめったにないのである。これも黒田と内田の綿密な計算による作業結果がなせる成果であった。

開店は午後六時であるが、店のオーナー姉妹が店に入るのは午後五時十五分ごろだった。

ほぼ定刻にオーナー姉妹が店に入った。午後六時ちょうどに二人の男が店に入っていった。接触時間の一時間前にしか店が開かない状況を考えると、この二人は消毒役を兼ねた、相手方の防衛担当かもしれなかった。捜査員サイドは六時二十分に三人の女性捜査員を現場に送り込んだ。この女性捜査員たちはこれまですでに何度かこの店で食事を経験しており、オーナー姉妹とも面識があった。当然ながら発信器を身につけている。午後六時四十五分に内田が入店した。このとき、常連のミュージシャンとやはり常連の女性ボーカリストがコンビで入った。そして午後六時五十五分に馬と防衛省職員が到着した。黒田の元には、すでに西荻窪の駅で二人が待ち合わせして、合流したという情報が、行確員からの連絡により入っていた。西荻窪駅ではブツの交換がされていない報告も受けていた。

黒田は店内の座席の配置を想像しながら検挙体制を整えた。店内の会話は女性捜査員が秘匿で持っている通信機からの音声で聞こえていた。

「生ビール、梅酒、レモンハイ」

黒田は、指示を出した。

「そろそろ、四人入って」

男女二人ずつの四人の捜査員が楽器を片手に店内に入る。中の女性三人組と挨拶を交わしながらカウンター後ろのテーブル席についた。カウンターの奥から内田、馬、防衛省職員の順に座っていることがすでに、女性捜査員からの酒の種類を使った暗号で伝わっている。

馬は、まるで二人の部下を連れてきているような態度だった。二人の同席者を「君」づけで呼んでいた。乾杯を済ませてから、それぞれの仕事の紹介をしていると

き、防衛省職員が、

「馬さん、酔っ払う前に」

と言いながら、肩掛け式のパソコンケース様のバッグからA４サイズの茶封筒を半分に畳んだものを取り出して、馬の前に示した。

「ああ、そうね」

馬も自分のショルダーバッグを開け、中から二センチくらいの厚みのあるA４サイズの「防衛省」の名前が入った茶封筒を取り出した。先に防衛省職員が封筒を渡した。馬は中を確認した。

「説明書きもデータの中にあるのね」

「はい、一緒に入っています」

黒田はすでにこの封筒の中身が何であるかを知っていた。防衛省とこまめに連絡を取りながら、この防衛省職員がアクセスをした防衛省データと、ダウンロードしたイージス情報の内容を確認していたのだ。また、この防衛省職員が使用したコンピューターのハードディスクはすでに差し押さえ、秘密データに関するアクセス権限がないにもかかわらず、上司のパスワードを使用してサーバに侵入したことも突き止めていた。防衛省はあらかじめ、このデータの一部を意図的に改竄《かいざん》していたが、この不正に取得されたデータが国家機密データであることは疑いなく証明されていたのだった。

「よっしゃ、じゃあこれ」

馬はおもむろに防衛省職員に分厚い封筒を渡した。防衛省職員は封筒の中をチラッと見ると、

「確かに」

と受け取った。その瞬間だった。

「そのまま、動かないでください。馬兆徳、高田信二、贈収賄の現行犯人として逮捕します」

二人の男性捜査員が立ち上がると同時に、入り口から六人の捜査員が店内に入ってきた。あとから入った女性捜査員二人は店外に脱出した。始めの三人は驚いたふりをしてカウンター脇に隠れている。オーナー姉妹も何があったのか、まったくわからない状況だった。

最初に入った二人組の男たちは、馬のバッグを持ち去ろうとしたが、あとから入ってきた捜査員に取り押さえられた。

「なに、私たちは関係ない」

と片言の日本語で弁明したが、捜査員は黒田からの「全員確保」の命令どおり、全

員の身柄を拘束した。

逮捕の瞬間はじつにあっけないものだった。馬に関しては「児童買春、児童ポルノに係る行為等の処罰及び児童の保護等に関する法律」という長ったらしい法令違反の逮捕状も用意されていた。

地下から階段を上がった女子大通りにはすでに四台の覆面警察車両が待機しており、被疑者全員を牛込警察署に搬送した。

黒田は全員の出発を確認すると初めて「スプーン」店内に入り、唖然としている美人姉妹に、

「すいません。ご迷惑をおかけいたしました。とりあえず、全員の会計を、個別にお願いします。あ、領収書もお願いしますね」

と言った。姉妹も黒田の職業を少しは知っていたが、まさか、自分の店が逮捕の現場になるとは思っておらず、姉の清香《きよか》のほうが、

「黒田さん、ちょっとひどくありませんか」

明らかに怒った口調で言った。

「申し訳ありません。信頼できる店でしか、こんなことはできないんです。今後の出入り禁止は覚悟のうえです。本当に申し訳ありませんでした」

黒田が素直にあやまると、妹の香織は笑いながら言った。

「黒田さん、馬さんはうちの店ではすごくいいお客様だったんですからね。最初は内田さんが連れてきてくださったんだから、間接的には黒田さんの紹介だったんでしょうけど……。会計は二万円です」

黒田は香織がいつも通りに接してくれたことにホッとした。おまけに、馬が毎日二万円ずつ支払っていることを知っていた。

「それは馬たちの分だけでしょう。あとの七人分もお願いします」

「ええっ、七人？　ここの三人の女性もそうだったんですか？」

「そう、だってもういないでしょう？」

香織は思わず店内を見回したが、かねてからの常連である二人のミュージシャン以外に、客は誰も店に残っていなかった。

「あら、ほんとだ。これっていつからここで逮捕する予定だったんですか？」

「ああ、そのこと……一ヵ月半くらい前かな」

「へえ～、あの三人の女性もそうだったんだあ。警察ってすごいね」

妹の香織は唖然とした顔で言いながら、伝票を黒田に渡して、

「七人分を含めて、全部で三万四千円です」

と言った後、笑顔で、

「またのお越しをお待ちしております。ね」

姉に向かって言うと、姉の清香も機嫌をなおした。

「今日は、いい経験をさせていただいてありがとうございました。ところで、黒田さんって偉い人なの？」

「いや、今日は現場責任者ってところです。本当にご迷惑をおかけいたしました。おかげさまでうまくいきました」

黒田は、ニッコリ笑って店を後にした。

＊

被疑者と捜査員との対決が取り調べの場である。原則として一被疑者には一捜査員が対峙するのだが、被疑者のほうが「役者が上」である場合や、捜査員の事件に対する理解や経験が不足すると、そこを被疑者に見透かされて、虚偽の供述や完全黙秘をされてしまう。捜査を管理する立場の上司は、本来なら「自分が出ていって調べたい」という気持ちを持つのだが、警視庁でもなかなか警視以上が取り調べの現場に入ることはない。しかし、検察の世界では必ず検事が取り調べを行っているのだから、階級意識よりも「落とせる」捜査員が調べることは大事なことなのだ。

取調官に指名された捜査員は、証拠固めが終わってホシ（被疑者）を割り付けた段階で、どこで「落とす」か、を決める。そしてホシと対面して、その第一声に勝負をかける。

黒田は公安総務課警部補時代に、左翼集団が国立病院の会計を思いのままにしている事件で、その中心にいた大学教授の被疑者調べを任されたが、黒田の些細な一言で完全黙秘の苦汁を味わった経験があった。公安事件、中でも極左暴力集団の被疑者は完全黙秘を通すことが当たり前の姿勢だった。それでも、少しの手ごたえや反応を察知すべく捜査員は努力するのだ。しかし、この「努力」が並大抵ではない。相手は信念に凝り固まった革命主義者だ。おまけに彼らから見る警察官は革命にとってじゃまな「暴力装置」というただの「道具」であり、人間とみなされていないのだから、何を言っても暖簾《のれん》に腕押しの状態となる。こちらが積極的になればなるほど相手は醒めてしまうのだ。黒田はこのとき冷静に攻めるつもりだった。「知恵比べ、根競べ」だった。

そのときの黒田の取り調べは、第一声から一日目の最後までは、驚くほど巧くいった。黒田が使った第一声は、

「おめえが高倉か！」

だった。被疑者は黒田よりもふた回りも年上の国立大学医学部教授だった。黒田はこの第一声を被疑者の過去を調べ上げたうえで前三日間考えた。被疑者も思わぬ挨拶に、

「はい、そうです」

と答えていた。取調室の椅子に座らせられたうえ、そこに自分の子供と同じくらいの青年が入ってきて立ったまま自分を見下ろしながら放った言葉に、一瞬の虚を突かれた形となった。これがその日は最後まで影響した。とうとう流れるように理詰めで攻めてくる若造のペースに完全にはまってしまったのだった。被疑者はその日の取り調べ後、弁護士との接見で、今後の方針を「完全黙秘」に決めていた。

翌朝、再度の取り調べに入る前に黒田は、昨夜被疑者が接見した弁護士が、極左暴力集団系列の弁護士であることを知っていたし、その方針が「完黙（完全黙秘）」であることを想定していた。

「昨夜はよく眠れましたか。今日は昨日と違ってさっぱりした顔に見えますよ」

昨日と打って変わった取調官の出方に被疑者はまたしても不意を突かれた。

「少し落ち着いてきました」

黒田は、うんと頷いて続けた。

「それはよかった。明日から、教授はもう私の手を離れて検察官のところに行ってしまうので、本件とは離れた、大学病院のシステムについて教えてください」

被疑者は完黙のつもりでいたが、事件とは関係なさそうに思えたので、誘導に乗った。黒田は本来の事件のことには触れず、大学病院の内部の問題や大学本体との関係、文部省（現・文部科学省）、厚生省（現・厚生労働省）、都庁との関係などを細かく聞いた。被疑者の教授は自分の容疑が収賄と詐欺であることを認識していたので、本件に関係ないと判断したことについては澱《よど》みなく供述をした。黒田もそのつど調書をとり、署名を求め、被疑者はこれに応じた。実はこれが黒田が考えた誘導尋問のスタートだった。黒田が所属する公安部が狙っていたのは収賄の裏に存在する、大学の実権を握る集団だったのだ。

「ところで、高倉教授、僕はどうしても理解できない点が一つだけあるんですよ」

「ほう、何かね」

「僕は私立で、しかも医学部がない大学の出身ですから、国立のそれとは違うのかもしれないのですが、先生のような若さで医学の世界で教授にまで昇りつめた方は、大学の学部長、総長というものに魅力を感じるものなのでしょうか」

「いや、私は学内の権力闘争には興味はないね。金が欲しけりゃ開業すればいいし、名誉が欲しけりゃ政治家が来る『私』の病院のほうがいいだろう。国立大学の病院は文部省の支配下だからな」

「確かに政治家や財界人が国立の大学病院に入院したという話は聞きませんよね」

「そりゃそうさ、診察を受けただけでもその日のうちに文部大臣に知れてしまう。国立病院なら厚生省だな」

「国立の機関では秘密が保たれないということですね」

「そのとおりだ。役人なんちゅうのは、所詮権力の犬なんだよ。あんたらと同じね」

「その実態の中で、教授が仕事をされていることが僕は納得できないのです。ご自身のためでなければ、誰の、いや、何のために国家機関で仕事をなさっているのか」

「君ねえ、私は立場上国家公務員かもしらんが、役人じゃないんだよ。医者なんだ。医師として仕事をするのは患者のために決まっとるだろう。少しはまともな捜査員と思ってたんだが、そんなことを考えてるようじゃ、もう話すことはないな」

これで終わってしまったのだった。「犬」と言われた瞬間に黒田はあと一歩の我慢ができなかったのだ。革命主義者と捜査員の対決は、表面的には百パーセント相手を立てることが必要だった。これは決して迎合ではない、相手のフラストレーションを百パーセント発散させる手段なのだ。

公安捜査官の苦労はそこにあった。「没我」というよりも、思想的敵対者の気持ちをどうやって安定させるかにあるのだ。自己の能力で相手を制圧しても何の意味もないことだった。

＊

馬ほかの被疑者の取り調べは、外事第二課の捜査員に任せた。黒田はどうしてもあの藤田の話を聞いてみたいと思った。今回、彼は関係者の通話記録や供述にたびたび登場していたが、実行行為に直接関わっていなかったこと、事件の共謀を認定し、指揮煽動できる立場ではなかったことから、参考人という形で任意の出頭を要請すると、藤田はこれを了承した。

黒田はなんとかして藤田の身柄を捕らない限り、事件の解決はないと思っていた。取り調べは応接室ではなく、警視庁本部二階にある取調室で行われた。

藤田は旧防衛庁の役人出身らしく、外交問題から切り出してきた。

「中国を思想が違う革命国家だと言いながら、政府はこれに対して土下座外交だし、大手企業も『進出』とは言いながら結局は対中迎合でしかない。中国を利用しようと思いながら、結果的には利用されているんだ。それに比べて私には向こうから頭を下げてくるんだよ。金も正当な対価を払ってくれるんだよ。わかるかい？　技術者ってのは自分の能力を正しく評価してもらえればそれでいいんだ。金銭の問題は二の次さ」

「しかし、その発想が国家、自由主義社会を脅かす結果になってもですか」

「だから、言ってるだろう。日本の技術は企業だけで作っているわけじゃない。大学だって、その他の研究機関だって、そこで個々が懸命に開発努力をしているんだ。しかしな、たとえば、光ファイバーだってそうだろう。いくら画期的な開発をしても日本国内では相手にされないことはたくさんあるんだよ。それが海外で認められて結果的に逆輸入だ。これは日本の国家が技術研究に関したちゃんとした機関を持たないからだ。どれほどの損失を国家がしたと思うかね。だから優秀な技術者は海外に逃げていく。それは海外のほうが能力を正しく評価してくれるからだ。今に日本のプロ野球選手で優れた者はみんなメジャーリーグに流れていくよ。それと同じさ。彼らを責めることが日本人の誰にできるんだ。今の日本人には愛国心なんてこれっぽっちも残ってないんだよ」

藤田は小指の先を親指の爪ではじくような仕草を黒田の目の前でしてみせた。黒田はこれに即答はできなかった。藤田の言葉に一理はあるのだ。しかし、過去の鋼板問題はともかく、今回のイージス艦に関する情報漏洩は日本国だけの問題ではないのだ。

「確かに、『愛国心』という言葉は死語になっているのかもしれません。しかし、そうかといって、敵に味方の情報を渡してもいいという問題じゃない。それは問題のすり替えではないですか」

「君にとって中国は敵かね？　それを国家警察が公判廷で口に出せるのかね？」

黒田は一瞬言葉を失いかけたが続けた。

「少なくとも、思想が異なり、中国がかってのマルクス・レーニン主義と同等の社会主義思想を堅持している間は、資本主義国家としてこれを『敵』とみなすことは誤りではないと思うし、公判廷であろうが、議会の席であろうが発言できますね」

藤田は短く、

「ほう……」

と言って黒田を見た。

「あなたは、公安警察らしく、社会主義に対する理論武装ができているようだ。では私もそのつもりで話をしよう」

藤田が黒田に対して「君」から「あなた」に呼び方が変わった瞬間だった。

藤田は今回のイージスシステムの漏洩事件にも実質的に大きく関わっていたことを認めた。彼の行為を処罰できる可能性が出てきた。なぜなら、職務上知り得た秘密を第三者等に話したわけではなかったが、情報漏洩に関する積極的な意志と、そのルート教示に関わったからだった。藤田の行為は、今回逮捕された高田信二に「この話はこの部署にいる誰々に聞けばいい。その情報は誰々が管理している。どこのデスクにその資料がある」などを伝えただけではなく、「どの部門のどの情報と、どの部門のどの情報とを統合して分析すればイージス情報を解析できる」とまで指導していたのだった。ただ、人と人を繋いだだけの行為ではなかった。藤田の積極的な指示、指導によって、じつにスムーズに事が運んだことは否定できなかった。この犯罪行為を容易にした藤田の言動を、刑法上の「幇助《ほうじょ》」と捉えることは容易であり、さらにはその上の「教唆」という段階に持っていくことも可能だった。

「陸海空がバラバラな軍隊なんて、世界にないよ。人の気持ちも、コンピューターシステムもみんな違う軍隊なんか……。その中で日米共同作戦の根幹をなすのがイージスシステムなのに、すべてを海だけに押しつけている」

藤田が涙を浮かべて言った。黒田は言った。

「あなたの志を否定するつもりはありません。しかし、それが原因で国家が滅亡の危機に瀕《ひん》することを見逃すことはできません」

「ほう。日本国が危機になるとでもいうのかい？」

「中国の軍隊が日本を滅ぼすことは難しいでしょう。しかし、人民解放軍の覇権主義が一般の中国国民に波及してしまうのが問題です」

「中国の一般国民にそれほどの力はないよ」

「いえ、力がないのが怖いんです。杭州から青島までの海岸線に、三十人以上乗船可能な船は百万隻存在します。これが中国の国内不安、もしくは覇権主義に駆られて出港したとしたら……」

藤田は真剣に黒田の話に耳を傾けていた。そういえば、かつて菱井の現地駐在員が言っていた「沿岸地域の恐ろしい実態」という言葉を思い出した。

「どうなるんだ」

「四日以内にすべて日本の日本海沿いに漂着します。三千万人の流民です」

「しかし……それは……」

黒田は言った。

「これが、日本が最も恐れるシーレーンなのです」

藤田はジッと黒田の顔を見た。そして言った。

「私は間違っていたんだろうか」

「それは司法が判断することです。私たち行政の者には判断はできません」

「そうか……警察は行政だったな。しかし、あなた自身はどう思う」

「間違いだったでしょう」

藤田は頷きながら、穏やかに言った。

「僕は今日は家に帰れそうにないかね」

黒田はきっぱり言った。

「はい。これから逮捕状を請求します」

＊

平成十九年十二月一日、日中両国政府は北京で、両国が犯罪捜査などの情報を、外交ルートを通さずに提供、協力する「日中刑事共助条約」に調印した。日本が刑事共助条約を結ぶのは米国、韓国に次いで三ヵ国目であり、これは、被疑者の引き渡しを相互間で行う条約であった。

外国人を逮捕した場合には、国籍を有する大使館もしくは領事館に通告することになっている。国外犯をできる限り国籍を有する国で処罰することを目的とするためである。しかし、現在でも刑事共助条約を締結していない多くの国家で、日本人が無実の罪で服役を余儀なくされている現実もある。

警視庁は馬の身柄を捕った段階で、中国大使館に通告し、中国大使館の担当官が警視庁で馬と接見を行った。

馬は弁護人の選任をこの担当官に依頼し、中国本国での審判を懇願した。馬としては当然これを受け入れてもらえるものだとタカを括《くく》っていた。しかし、中国大使館から委任された弁護士は、日本国内での捜査に協力すべきで、中国本国は救出する意思がないことを馬に伝えた。馬はショックだった。たとえ自分の利益のためにやっていたことであっても、結果的には中国国家に役立つという自負があったからだった。

馬は当初、日本語をいっさい話さず北京語、広東語の通訳を使っても、供述を拒否していた。馬の取り調べには公安部外事第二課の捜査員があたり、立会人に情報室の警部補があたった。この立会人は北京語、広東語双方の上級を持っていた。

外事第二課の捜査員は必死に馬を落とそうとしたが、この姿勢を馬に見透かされて、馬は何を尋ねられても知らぬ存ぜぬを通していた。情報室の警部補はこの問答に疑問を持った。もっと情を尽くした説得が必要だと思っていた。彼は、立会人になる際、過去、現在の馬のデータを調べ上げていたのだった。

取り調べ四日目に、情報室の警部補は外事第二課の捜査員に言った。

「主任、もう少し、ヤツの弱点を攻めたらどうでしょう」

「どういうことですか」

「ヤツは、多額の金を着服して女、それも若い子たちにつぎ込んでいる。ヤツにはほかにも女がいるはずです」

外事第二課の捜査員は上司の了解を取って、取り調べを一時交替することにした。本来、取調官の交替は、被疑者を楽にするのが通常だったが、取り調べ状況をつぶさに観察していた立会人だけに、馬の癖もよく見抜いていた。

「今日から私が話を聞こう。あんたが再び淮水《わいすい》の流れを見ることができるかどうかは、供述次第だ」

中国の華北と華南は淮水（淮河《わいが》）という川を境に分かれる。淮水に沿って走る隴海《ろうかい》線《せん》沿線にある徐州が馬の故郷だった。馬は上目遣いではあったがジロリと取調官を見た。取調官は教養ある北京語を話した。この男が四日間、ずっと自分を見ていたことを馬は知っていた。「案外、この取調官が本命だったのかもしれない」と、馬は思った。そして、どこを攻めてくるのか、次の言葉を待った。

「お前は正真正銘の漢民族の男だ。項羽、劉邦を輩出した『中原に鹿を逐《お》う』者が必ず押さえるべき戦略的要の地、徐州の出身だろう。だから田舎者の共産党を心の底では馬鹿にしている。そんなことは党の連中は百も承知だ。お前ほどの能力があれば、本国に戻ってもう一花咲かせることができる」

馬は目を丸くした。「この男は学問もあり、また自分の野望を知っている」と思った。「中原に鹿を逐う」とは、帝位を得ようとして争うこと。転じて、政権や地位を得るために競うことを意味する。その中原こそ馬の故郷で古くから中国文化の中心地だった。馬の最後の目的は中台貿易にあった。これは中国人の中でも漢民族の者にしか成し得ない事業なのだ。中国大陸から台湾に渡った者のほとんどが漢民族であったため、彼らだけが台湾人と「同胞」と言い合うことができるのだ。

「まあ、そのためには今のお前の身をいったんは綺麗にしておくことが大事だな」

取調官の話をじっと聞いていた馬が初めて口を開いた。

「何を聞きたいんだ」

「そうだな。聞きたいことは山ほどあるが、お前が四海産業の山田を知った経緯からでも話してもらおうじゃないか。それと、お前のバックにいる女社長のこともな」

まさに、今回の事件の根源だった。馬は、まさか取調官が最初からそこを突いてくるとは思わなかった。馬は薄ら笑いを浮かべながらも、しきりに右手の親指を噛《か》んだ。馬が迷っているときの癖であることを取調官は見抜いていた。

「それは、話が長くなるな」

「なんなら、児童買春で再逮捕しても構わない。こちらにも十分時間はある。ゆっくり話してもらおうか」

児童買春と言われたとき、馬の額から汗が噴き出した。

「日本はお前の好みの、素人っぽい、若くて可愛くて、賢いお姉ちゃんがいろんな相手をしてくれていいだろう」

「そ、それと何の関係があるんだ」

馬は明らかに狼狽《ろうばい》していた。

「これから大きな商売をしようかという男が、自分の娘のような小娘に転がされて、児童買春で捕まったとなると、本国も厳しい目を向けるだろうと思ってな」

中国では売春には厳しい処罰がある。それも国外で、相手が児童となると、国外犯不再理の原則がない中国では、改めて処罰される虞もあるのだ。

「そ、それは、俺は知らなかったんだ。子供だと思わなかった」

「そうかな。十七歳と聞いて大喜びして一〇万円払ったんじゃなかったのかな。調べはついてるが、それで立件しても、こちらとしては面白くも何ともないんだ」

「それは司法取引か」

馬が餌に食いついてきたことを取調官は感じた。

「残念ながら、日本にはその制度がないんでね。ただ、書類送致に止めるということはこちらの胸三寸だ」

「それは、脅しか」

「何を言ってる。あんたの将来を考えて言っただけだ。今の言葉は即刻取り消せ」

「わ、悪かった。つい、そう思ってしまったんだ」

「思ってもよくないが、口に出すともっとよくない。今後は気をつけることだ」

「わ、わかった」

取り調べというのは、一瞬で立場が替わる。

馬は四海産業の山田孝市との接点が、中国本国の菱井重工の北京支社長の紹介であることを供述した。裏付けも取れ、虚偽ではなかった。

当時、馬は人民解放軍陸軍に食料や物資を納入する一業者にすぎなかったが、そのうち軍が採集した漢方薬原料の横流しを担当するようになってから、日本の総合商社との関係ができた。この総合商社は対中国戦略には必ず政治家ルートを使うことで有名であり、対中国ODAにも深く関わっていた。

馬が対日商売を始めた漢方薬原料は一時期、日本の大手製薬会社が独占していたことがあったが、ちょうどこの大手製薬会社を巡って日本の政治家に汚職疑惑が発覚したため、漢方薬原料の日本輸入に規制緩和がなされた。この規制緩和にいち早く反応したのが山田であり、日本進出を図った中国企業だった。漢方薬原料の利権は香港ルートから北京ルートに変更され、これに関わる政治家も汚職疑惑後に新たなグループが台頭していた。これが鶴田静雄一派だった。

漢方薬原料で軍とのパイプを持った馬は、陸軍から海軍へと人脈を広げ、軍の商売をコーディネートする存在になっていた。ちょうどそのころ、対中国ODAの大型プロジェクトに参画していた菱井重工がさまざまなルートで有能な中国人仲介者を求めていたことで、総合商社が菱井重工に馬を紹介したのだった。そして、菱井重工は軍関係にも人脈を持ち、かつ薬関連でも力がある馬を、山田に紹介したのだった。

その後、取調官から思わぬ報告が黒田にもたらされた。馬が手足となって動いていた中国の漢方薬会社の日本支社長で、元駐日武官の妻が判明したのだった。

その写真を見て黒田は思わず唸《うな》った。

「黒澤冴子だ」

彼女自身が主犯だったのだ。

しかも、その部下の中国人民解放軍陸軍参謀出身者で、中国の大都市の市長を務めた大物の姻戚にあたる男の娘が、あの藤田がはまった「徐明琳《シュミンジン》」だったことが過去の捜査資料とすりあわせた結果明らかになった。点が線に繋がっていった。

＊

今回の事件で動いた国会議員は防衛族と呼ばれている二人の衆議院議員だったが、馬グループは口利きの見返りを議員に直接送ることはせず、政治資金パーティー券の購入や社会通念上妥当な寄付を行っていた。ただし、五万円未満の金額については報告義務がないため、この法の穴をうまく利用している疑いはあったが、立証できなかった。

しかし、議員に代わって、その後援者や秘書がトンネル会社を作って利益を得ている事実が判明した。鶴田静雄ルートだった。

黒田は藤田の供述から「鶴田の財布」黒岩英五郎の身柄を捕ることを新たに視野に入れた。このルートが摘発されると、一昨年の原発に絡む国会議員の関与同様、政治問題に発展する虞も十分に考えられた。裏付け捜査が始まった。黒岩の狡賢《ずるがしこ》さで、取引は物ではなく、技術を媒体としたものだっただけに、知的財産権の認定が必要だった。特許や登録商標の国際弁理部門のプロに力を借りるしかなかった。

黒岩は鶴田に紹介された取引先「四海産業」の代表取締役、山田に会った。

「黒岩先生、日本のレーダーシステムに強い会社を紹介してくれませんか」

「レーダーシステム？　気象か？　それとも軍事？」

「できれば併用できるとありがたいです」

「しかし、軍事となるといろいろ制約があるからな」

「決して敵対国に輸出するわけではありません。加えて、見返りも大きいです」

黒岩は、新たな金づるを探していた時期であっただけに、思案をめぐらしていた。

その数日後、中国の闇商人といわれている馬から、

「中国海軍が日本のレーダーシステムを欲しがっている」

と伝えられた。黒岩は「四海産業」の山田の話はこの件だなと思った。不正輸出の違法性については十分承知していた。

黒岩は、中国海軍と聞いてすぐに関本に連絡を取った。

「関本さん、中国に輸出可能なレーダーシステムはどこをあたればよいのですか」

「それは軍用なんでしょうね。しかし、合法的には難しいと思いますが」

「それを知っての上でお尋ねしています」

「……それなら、藤田でしょうか。彼はその道のプロですから」

「ああ、藤田君ね。彼が好きなものは何でしょうか」

「あいつは女ですね。それも素人っぽい」

「なるほど。ありがとうございました」

こうして黒岩は、巧みに女を利用しながら藤田を手中に収めていった。藤田の中国

人女性癖は病的といっていいくらい、まったく変わっていなかった。

　藤田の後輩である高田も、初めはデータの存在の有無から、管理システムの概要、担当者などを話すうちに、いつの間にか、自ら積極的に各種データを入手し、これを黒岩が指示する仲間に渡すようになっていたのだった。そして、ついに黒岩が求めるモノがイージス情報という高度な国家機密にまで及んだとき、すでにこれを断る理由がなくなっていたのだった。

　いつの間にか、黒岩は「四海産業」の山田と馬をも操るようになり、日中貿易の拠点会社を中国国内に設立していた。これには日本国のODAが投じられるという、濡れ手に粟の商売で、黒岩はついに念願の起業家になろうとしていたのだった。

　しかし、黒岩の最大の誤算は、鶴田静雄の公設第一秘書である大橋裕一郎と船舶関連商社「四海産業」の代表取締役・山田孝市が、黒岩の知らないところで接点を持っていたことだった。

　大橋は鶴田代議士に対して、今回のメンバーのほか、支援者との接触についてはある程度の報告をしていた。このため、パーティー券購入や寄付行為、地元で広報活動に使う機関誌のスポンサー枠への協力のお礼として、鶴田が主催する政治資金パーティー会場で鶴田自身、大橋が紹介する後援者には丁寧に、一人ひとりと一緒に写真を撮り、頭を下げていた。鶴田は、このほかにも講演会や政経懇談会と称する会に積極的に出席し、過分な謝礼を受け取っていたのだが、これらの処理は、大橋が後援会や政治資金管理団体に振り分けて、それぞれの団体でうまく処理していた。

ところが、大橋は黒岩のほか、裏の業者から「代議士には内緒」と言われているアルバイトに精を出すようになっていた。日ごろの飲食代、タクシークーポンはすべて、大橋が「クライアント」と称する裏業者が支払っていた。

選挙区内外で行われる新規地域開発の用地買収、区画整理、道路計画の変更にまで、裏業者の言いなりになって役所や独立行政法人に口利きを行った。金額が大きければ大きいほど、その見返りも大きかった。時には一〇〇〇万円単位の謝礼を受けることもあった。

そこで大橋は実父が経営している会社の関連会社として「株式会社極東サービス」を設立し、そこの代表取締役に就任した。国会議員秘書は「兼務」の届け出を衆議院部に提出しておけば、副業を持っていても問題はない。当然この会社については会計等の報告義務はないため、時として政治家の裏口座を扱うこともできるのだ。

しかし、大橋は自己のアルバイト収入をコンサルティングという形で複数の裏業者を迂回して振り込ませ、これを投資に見せかけて海外金融機関に送金を繰り返していた。その金額は三年間で四億円を超えていた。

さらに大橋は実家の会社役員にも名を連ねていたため、周囲の者は大橋の派手な生活を「いいところのボンボンだから仕方ない……」と見ていた。事実、彼が住む西麻布のマンション、自家用車は実家の会社名義であり、彼は自分の金を自分で使うことがほとんどなかったのだった。

＊

黒田は、藤田の供述から、この大橋という特殊な男をマークさせていた。時には黒田自身が、またあるときはきわめて親しいマスコミをも使った。イリーガルな作業も行った。そして、そこにある異常な金の出入りを確認したのだった。

黒田はこの金融機関の調査に、ある宗教団体の信者を利用した。金融機関に対して真っ正直に捜査関係事項照会など出しても、支店長から本人に連絡が行って、証拠を隠滅されるだけなのだ。その点、宗教の世界では、信者にとって教祖、もしくはこれに代わる者の指示は、金融機関のトップや直属の上司からの命令以上の効果がある。

そして彼らは組織内に多くの信者仲間のルートを持っているのだ。

黒田は宗教団体の本部を訪れ、協力を要請した。このときさりげなく、

「いつもあなたの宗教団体を攻撃している、鶴田の関係者が日本国を売ろうとしている」

と囁いていた。教祖はこの言葉を信用し、直ちに担当者を呼んで指示を出した。教団幹部から指示を受けた、金融機関内の信者は、じつに慎重かつ正確に大橋の会社口座を分析してくれた。迂回融資の形や相手、捜査第二課のプロがどんなに急いで組織的にやっても十日以上はかかるだろう分析作業を、彼らはわずか三日で調べ上げてくれたのだった。

この内部調査結果を違法収集証拠としないため、黒田は「匿名による内部告発」という形式を取り、「電話受理事実捜査報告書」を作成して東京地方裁判所に捜索差押《さしおさえ》令状の請求を行った。偽装のため、公衆電話から黒田のデスク宛に三十分以上の電話をかけさせた。警視庁本部の通話記録も証拠資料として添付するためである。

裁判所は即日、大橋の関連会社の金融機関口座に対する捜索差押令状を発布した。

銀行の駐車場に指揮官車を停め、今回も黒田はこの中から捜査指揮を直接行った。

銀行への捜索差し押さえは窓口が閉まる午後三時以降に行うのが礼儀だ。情報室の

メンバーと捜査第二課の公認会計士資格を持つ専門官、さらに銀行担当の捜査員は午後二時五十五分に行内に入った。三時になってシャッターが閉まり始めたときでも、行内にはまだ十数人の客の姿があった。現場指揮責任者の警部が最後の待ち受けカードを引いた。三時二十五分になって、窓口の案内自動音声で番号が呼ばれた。すでに客は二、三人になっていた。警部は、窓口の女性に警察手帳を示し、

「申し訳ありませんが、支店長をお呼び願えますか」

と言うと、女性行員は、

「しばらくお待ちください」

と奥に駆けていった。支店長は四十代半ばの男で、情報によれば容疑者の口座の管理をしている一人ということだった。支店長は捜査員が五人以上いることを確認すると、

「どうぞ、こちらの応接室にお入りください」

小声で言った。捜査員は一人を残して、応接室に入った。すべての客が行内から出たところで現場指揮責任者が説明を始めた。

「支店長、それでは、これから捜索差し押さえをさせていただきますが、これに関して今から三十分間、外部への連絡をいっさい禁止させていただきますので、まず、そ

の旨を行員の方にあなたから指示をしてください」

金融機関への捜索差し押さえはこの点が最も大事な点であった。誰一人店外に出してはならないし、連絡をさせてもならない。今回のように、証拠物がある場所がわかっていることはめったにないので、特に女性の行員にはあらかじめ手洗いに行かせておく配慮も必要なのだ。

銀行内のコンピューターセキュリティーシステムは外部からの侵入に対しては厳重にできているが、内部のアクセス権限には寛容すぎるほど甘い。したがって、ある程度の地位にあれば、誰でも内部情報を見ることができた。これは現金を扱う業種であるだけに不正防止のため相互監視の作用もあるからだろう。

支店長が全行員に呼びかけた。

「皆さん、作業を一時中断してください。今、警視庁の方がお見えになって、この支店の口座をチェックされます。これから約三十分間、外部との連絡を中止してください。携帯電話の電源も切ってください。また、警視庁の捜査員の方の指示に従って、協力をお願いします」

現場指揮責任者は、行員全員が携帯電話の電源を切るのを確認して、背広の内ポケットから捜索差押令状を取り出し、これを支店長に示した。さらに支店長の面前で、文面を読み上げた。

「株式会社極東サービスおよび、その代表取締役・大橋裕一郎名義にかかるすべての口座の取引状況を明らかにする文書の差し押さえを許可する」

一瞬で支店長の顔が歪《ゆが》んだ。また、何人かの行員がキョロキョロとあたりを見回し、目で合図をするような仕草を行った。現場指揮責任者は、これらの動きを確認しながら、指示を出した。

「それでは、株式会社極東サービス名義に関する外為を含むすべてのデータをあちらの捜査員に、大橋裕一郎名義についてはこの捜査員に提出願います。なお、こちらではすでにすべての口座名を把握しておりますので、万が一、隠匿するような行為をされると、公務執行妨害と証拠隠滅とみなしますので、ご承知おきください。それではお願いします」

すべての行員は、隠しようのない事案だということを認識した。

臨場していたベテランの捜査第二課捜査員たちも、これほどスムーズに進む銀行への立ち入り捜査は初めての体験だった。

通常ならば支店長に捜索差押令状を呈示すると、支店長は担当支店長代理を呼ぶのだが、その際に支店長代理は、顧客に対して「警察が来ました」と通報して証拠隠蔽《いんぺい》を図るのだ。銀行は捜査当局よりも顧客を大切にする性分であるから、これを見抜いたうえでの対策が必要だった。今回のように、捜査に着手する前から「銀行内のどこに何がある」などということを知って行う捜索差し押さえは聞いたことも実施したこともなかったのだ。

捜索差し押さえを終了した段階で、現場指揮責任者は行員に言った。

「ご協力ありがとうございました。今回の捜査対象は現在進行形の事件です。取引先への連絡は顧客保護という観点はおありでしょうが、将来、すべての通信手段もチェックいたします。したがって、皆様が今後、犯人隠避、証拠隠滅の共犯になることのないよう、この場を借りてお願い申し上げ、合わせて御礼申し上げます」

銀行調査のプロ揃いである捜査第二課捜査員は、「公安部もなかなかやるもんだ」という強い印象を持った。しかし、このやり方は決して公安手法ではなく、「黒田方式」という呼び方が妥当であると、後日捜査第二課内で広まっていった。

大橋には個人、法人を合わせて、総額五億六〇〇〇万円の不法所得があり、外為法違反の容疑も強まった。さらに大橋関連の口座から、黒岩との間の不透明な金の流れが判明した。黒岩への突破口が開けた。

大橋、黒岩への逮捕状は銀行捜索の五日後に請求し、裁判所の許可を得たうえで、同日、午後零時三十分、大橋は議員会館において、黒岩は自社社長室でそれぞれ執行された。鶴田代議士は予想どおり、

「秘書が本人所有の会社で行ったことであり、政治活動とはまったく関係のない個人の問題である。監督不行き届きの責は免れないことは自認している。また、知人である黒岩氏については、会社を経営する民間人であるので現時点ではコメントを差し控えたい。なお事件関係者から受けた寄付等については、調査のうえ返還するつもりである」

と院内で会見したが、その後、マスコミをはじめとして、党内外からの批判が大きかったため、党内のすべての要職を辞任した。

党内の最大派閥の幹部からは「警視庁よくやった」との、権力闘争に明け暮れる政治家らしいコメントも届いたが、警察は捜査そのものが一政党内の派閥抗争に利用されたという疑念を社会からいだかれないよう、当然ながらこの点に関してはまったく口を閉ざした。

与党民政党はこの件に関して「遺憾である」との声明を幹事長が行った。

防衛省は防衛大臣が謝罪会見を行い、警察庁でも異例の長官による謝罪が行われ

た。

警察庁ルートの情報漏洩は大阪府警の青木を脅迫していた服部と関係があり、警察庁外事課に出向していた警視と、この警視の警察大学校同期で、神奈川県警から警察庁外事課に出向していた警視が収賄していたことも判明した。

警視庁の記者会見では、答弁窓口を捜査第二課長が行い、公安部と情報室の存在は記者発表をしなかったものの、東京地検が特捜、刑事、公安三部の合同本部となっていたため、「外事事件に関しては公安部が実施」という形で説明がついた。

エピローグ

事件捜査は最後の局面を迎えていた。ほとんど資料分析は終了し、情報室の面々は証拠固めの段階に入っていた。そのとき、交換を通してデスクに思わぬ電話が入った。

「黒田理事官、ご無沙汰しております。小笠原に来ております佐藤でございますが……」

「おおっ、佐藤ちゃん。元気？　何やら、うちの資料の分析までそちらでやっていただいてるそうで、申し訳ないね」

「いえいえ、とんでもない。黒田理事官のためとあらば、小笠原からでも、硫黄島からでも加勢いたしますよ」

「今日は、分析いただいている中国人ルートの関係？」

「はい。そうなんですよ。それが、ちょっと妙なことになってますんで、警電をやめて携帯でかけてるんです。できれば、理事官の携帯番号をお教え願いますか？」

「いやいや、それなら僕からかけ直すから佐藤ちゃんの携帯番号を教えて」

佐藤警部補から番号を聞いて黒田は電話をかけ直した。

「佐藤ちゃんどうも。なんだかマル秘臭いけど、何があったの」

「実は、川口文子《あやこ》さんのことなんですが」

「川口文子？　文子ってそちらでもいろいろお世話になった文子のこと？」

「はい。奥様候補の川口文子さんのことですが」

「それが、何かあったの？」

「失礼ですが、文子さんはどういう経緯で理事官とお知り合いになられたんですか」

「ああ、僕の友人で、今度、国会議員になる男の紹介なんだけど、それがどうかしたの？」

「その議員になる方っていうのは中国に近い方ですか」

「ええっ？　ちょっと意味がわからないけど、文子の周辺に何かあったの？」

「はい。我々がこちらで中国人を確保した話はご存じですよね」

「うん。本当にお世話になってるけど、それと何か」

「あの後、我々も内地に行ってガサ入れもやったんですよ。新しい署長も張り切ってましたから。そこで押収した資料を分析していたら、文子さんの自宅、店、携帯の番号が出てきたんです」

「ほう、ヤツらはそこまで調べ上げていたのか」

「いや、どうもそうではなくて、文子さんのほうからもヤツらに連絡している結果が出たんです」

「な、なんだって！」

黒田の頭はパニックになりそうだった。一瞬、頭の中が真っ白になったかと思うと、体全体が寒く感じるわりには、汗が噴き出した。おそらく、顔面は蒼白になっているに違いなかった。電話の向こうの佐藤警部補もそれを察したようで、声をかけてこなかった。やや時間をおいて黒田が言った。

「佐藤ちゃん、その連絡を取っている相手は誰で、どれくらいの期間なのだろう」

「いえ、すべてはまだ特定できないのですが、文子さんが送っているメールのログを調べた限りでは、数年前から複数の中国関係者と相互に連絡を取り合っていますね」

「数年前から……そう」

黒田の頭は珍しく回転しなかった。

「いつから、何の目的で彼女は中国関係者と接点を持っていたのだろう」と、文子との出会いの時期を思い出していた。

文子の人定調査は当時、公安部に依頼して「問題なし」の回答を得ていた。しかし、黒田の頭の中に「そういえば、文子の身内にも会ったことがなければ、彼女の身分証明書も何一つ見たことがなかった。あの文子は本物の『川口文子』なのだろうか」という、モヤモヤとした疑念が湧きだしてきた。

「黒田理事官、文子さんが毎月二度、定刻に電話連絡しているところがあります。それも文子さんが持っているもう一つの携帯電話からです。そこを調査してみる必要があるかと思います」

「佐藤ちゃん、ありがとう。その場所と彼女のもう一つの携帯電話番号を教えてもらえるかな」

「了解です。その場所は港区麻布十番三－＊－＊ヒルサイド麻布十番八〇四号室、名義人は清水敏男です。携帯番号は〇九〇－四八六二－＊＊＊＊です。清水本人が三つの携帯電話を契約していて、その一つを文子さんが使用していたのです。文子さんの携帯とGPSチェックした結果、二ヵ月間まったく同じ場所にあることが確認されました」

黒田の頭の中に真っ黒な渦が巻いてきた。

「佐藤ちゃん、どうもありがとう。非常に参考になった。そちらの捜査でまた何か新しいことがわかったら連絡してください」

「了解です。ただ、こちらは私のプライベートパソコンが最も処理能力が高いくらいで、掟破りとは知りつつ、やむなくこれを使っております」

「小笠原でそれだけの捜査をやることは想定していないからね。事情は署長に伝えておくから、引き続きお願いします」

「了解」

電話を切った黒田は捜査官の目つきになっていた。

黒田は文子の戸籍謄本を取るため、彼女の本籍地を管轄する横浜市内の区役所に行き、職権でこれを取得すると、その場からすべての照会を行った。文子の住居地は免許証照会の結果、成城ではなく、両親と同じ横浜市になっていた。父親の職業は医師で病院を経営している。また兄も医師であることが確認できた。黒田はその足で父親が経営している病院に向かった。

横浜の中心に近いその病院は五百床はあろう医療法人の大病院で、別にあと二つの病院を神奈川県内に持っていることが案内でわかった。文子の父親が理事長、兄が院長で心臓外科の医長を兼ねていた。黒田は外来の診療表を確認して、兄に面会をしようと思い、総合受付を訪ねた。兄は快く院長室で応じてくれた。

「初めまして、警視庁の黒田と申します」

「ご苦労様です。初めまして、院長の川口文彦と申します。ところで、本日はどのようなご用向きでしょうか」

「はい。実は妹さんの文子さんのことでお話を伺えればと思いまして」

「文子ですか。その後、何かわかりましたのでしょうか」

「えっ？　その後と申しますと？」

黒田は文子が何かの問題に巻き込まれているのかと思った。すると文子の兄が尋ねた。

「あのう、失礼ですが、警視庁の警視の方が、あの事故を調査されていらっしゃるのですか？」

「申し訳ありません。ちょっとこの写真を見ていただきたいのですが」

黒田は小笠原で撮った文子の水着姿の写真を見せた。文子の兄は写真を見ながら、

「綺麗な方ですね、女優さんですか」

と尋ねた。黒田は落ち着いて、

「この女性が『川口文子』と名乗っております」

文子の兄は怪訝《けげん》な顔をして、

「同姓同名ということなのでしょうか」

写真と黒田の顔を見比べながら言った。黒田は兄の問いには答えず質問した。

「失礼ですが、妹さんの文子さんは、今、どちらにいらっしゃるのですか？」

「文子はまだここにおります。十年間ずっと眠ったままです」

「何かの事故ですか？」

「はい。医療事故です。それも原因不明の」

黒田は「川口文子」と名乗る女の背後に得体の知れない組織があるような気がした。

「妹さんの文子さんに会うことはできますか？」

文子の兄は不思議そうな顔をして、

「構いませんよ。奇跡を祈るだけの状態ですから」

黒田は病院十六階の特別室が並ぶ、高級ホテルのそれよりもさらに広く綺麗な廊下を歩いて、いちばん奥にある部屋に案内された。

スライド式の扉を開けると手前に応接セットがあり、その右手には浴室と手洗いがある。黒田が知るホテルでもかなり高級な部類に入るような内装と調度品のある部屋だった。その奥にベッドが置かれている。ベッドだけは病院用のそれだったが、これも高機能を備えた最高級のものだった。

顔色が真っ白な、眠れる森の美女のような女性が、まさに眠っていた。口紅だけは誰かが塗ってあげているのだろう。今にも目を覚ましそうな人形のようだった。顔立ちも美しいが、あの「文子」より品のある美しさだと黒田は思った。

「綺麗な妹さんですね。お目覚めの可能性はいかがなのですか」

「私も医師ですがはっきりはわかりません。ただ、可能性はまだあると思っています。こうやって自分の力で生きているのですから」

黒田は透き通るような白い眠れる美女に黙礼をして病院を後にした。

デスクに戻ると黒田は文子が契約したマンションの売買契約書を取り寄せ、これに関連する書類の写しを不動産業者から取り寄せた。その結果、戸籍謄本も含めて、すべてあの眠れる美女になりすましていることが判明した。

黒田はこれまで文子が自分の過去や「結婚」を口に出さなかった理由がやっとわかった気がした。

黒田は石川を呼んだ。

「石川、もう一つ重要な案件を抱えてしまったんだ。それは僕が指揮できるものではないんだ。君にやってもらいたい」

「室長にできないことを私にできますか」

「そう。別件逮捕から始める。公正証書原本不実記載でね。被疑者は『川口文子』だ」

「ええっ。あの文子さんですか？」

黒田が文子に職場の仲間としてただ一人引き合わせていたのが石川だった。石川は着任以降、あらゆる捜査の副指揮官的立場で動いており、黒田とは阿吽《あうん》の呼吸で仕事を進めることができる唯一の存在だった。

「僕が逮捕現場をセットする。以後の扱いは君に任せる。よろしく頼む」

黒田は石川に深々と頭を下げた。石川はその後の黒田の話を聞きながら、すでに敵対組織の攻略法を考えていた。

＊

黒田は久しぶりに文子を思い出の新宿のホテルに呼び出した。文子はいつもどおりの明るい笑顔でやってきた。黒田はこんな文子の姿を見るのはこれが最後かもしれないと思いながら、美しい……と思った。ホテルのロビーにいる客のほとんどが文子の姿に振り返るのだ。

黒田は喫茶にも誘わず、すでにチェックインしている部屋に文子を案内した。

「純一さんにしては珍しいのね。まっすぐお部屋なんて。今日は何かの記念日だったっけ？」

「いや、そんなんじゃないんだ。今回はちょっと文子をほったらかしにしすぎたからね、ゆっくり話もしたかったし」

セミスウィートのその部屋を文子も記憶していた。深紅のバラの花束と冷えたシャンパンが入ったアイスペールが応接セットの机の上に置かれていた。文子は黒田に抱きついた。

「先にシャワー？」

文子の問いかけに、黒田は頷《うなず》き、

「綺麗にしておいで」

と言った。文子は素直にこれに従った。

シャワーの音を聞いて、黒田は文子のバッグの中をチェックした。盗聴器の有無をまず確認したが、これはなかった。小さなハンドバッグだったが、小物がぎっしりと入っている。財布を見ると現金は二〇万近くの新券と文子名義のゴールドクレジットカードが数枚入っている。化粧ポーチの中やたくさんのファスナーを開いたが黒田が捜すものはなかった。ふとバッグの底に手をやるとわずかなふくらみを感じた。黒田がバッグの外側をこまめに確認すると、底の部分の横側に普段では気づかない小さなファスナーがあった。

これを開けると、薄いシガレットケースのような金属製の箱があった。中を開けてみるとそこには四つの錠剤と口腔《こうこう》で溶かすフィルム様のものが数枚あった。黒田はこれを客室内のセーフティーボックスに入れた。バスローブに身を包んでバスルームから出てきた文子が言った。

「夜景も素敵だけど、お昼の景色もいいわね」

角部屋のバスルームから見渡すことができる都心の景色に、文子は満足したように言った。

「夜闇は汚い部分も隠してくれる。その代わり、こんな綺麗な緑も真っ黒にしてしまう」

黒田の寂しげな視線をどう感じたのか、文子は黒田に激しくしがみついてきた。黒

田は文子を優しく抱き寄せて、

「シャンパンを開けよう」

と言ってソファーに座ると、ヴーヴクリコの栓を開けた。開栓のマナーを知らない黒田ではなかったが、コルク栓が天井まで跳ねて天井に傷がついた。

シャンパングラスにヴーヴクリコを注いだ。豊かな泡がこのシャンパン専用グラスの底からみごとに湧き上がってくる。向かい合って座った二人はグラスを合わせて乾杯をした。咽喉《のど》から発泡性の液体が体内に爽やかに流れ込んだ。

黒田はふとバッグを取り寄せて、中からバインダーを取り出した。

文子はその光景を珍しそうに眺めた。黒田が自分の前で仕事の書類を出したのは初めてのことだったからだ。そして黒田は、世間話をするように切り出した。

「そういえば、文子、先週、君のお兄さんに会ったよ」

文子の眼がふっと厳しくなったのを黒田は見逃さなかった。文子は何も言わない。

「文子という人にも会った。眠っていたけどね」

文子はジッと黒田を見据えている。そこには怯《おび》えも同居している様子だった。

「ねえ、文子、君はいったい誰なんだい。いつかわかることなんじゃないのか？　何が目的なんだい」

文子の両眼からじんわり涙が浮かび、一気に溢《あふ》れ出したが、文子は眼を開けたままで黒田をジッと見ていた。黒田はその姿を見ながら二人の思い出の歌を口ずさんだ。

「いつのことだか　思い出してごらん　あんなこと　こんなこと　あったでしょう」

「やめて！　その歌はやめて」

文子は叫んで、ようやく嗚咽《おえつ》を漏らした。

「始めは偶然だったの。あなたみたいな人が現れるとは思わなかったの。私だって、私だって、本当にこんなことになるとは思わなかった」

「偶然というのは、いつか誰かが罠にはまるはずだった、ということなのかい？」

「それが私の使命だったから仕方ないわ」

文子は落ち着きを取り戻してきた。何かを覚悟したような空気を黒田は感じた。背筋を伸ばして、黒田を正面から見た。黒田は決して尋問口調にはならず、恋人を安らぎに誘うような話し方で、しかし核心に触れる質問をした。

「君の本当の名前はなんていうの？　中国の人なの？」

文子は黒田の顔をジッと見つめた。怒りも哀願もない、素直な眼だった。

「もう、なにもかも知っているんでしょ。私の名前は孫美麗《そんびれい》、そう、日本で生まれ育った中国人。でも中国にも六年間いたわ。北京大学も卒業している。そして、母国のために働いているわ。両親は今北京にいる。人質なのかもしれないけどね。でも、あなたも知っているとおり、あなたに会えたのは偶然。だって、あなたから来てくれたんだもの」

黒田はじっと文子の話に耳を傾けた。

文子はエージェントとして日本に来たこと。目標は政界と「暴力装置」である自衛隊、警察関係者だったこと。黒田に出会ったときは「ラッキー」と思ったこと。しかし、自分自身が黒田に惹かれていったこと。自分から黒田との関係をやめようと思っていたことなどを一気に話した。そして、「川口文子」に関しては組織からそう名乗るように指示されて彼女に関する資料を渡されていたことを告げた。「結婚さえしなければ、ばれることはない」と言われていたという。

「ねえ、私は逮捕されるの？」

と、いつもの甘えた声で言った。黒田は、

「そうだな、公正証書原本不実記載っていう罪かな。ハニートラップという罪はないからな。日本国には」

やや自嘲ぎみに言うと、文子はようやく笑い声を出して、

「ハニートラップか。そうね」

笑いながら自分のハンドバッグに手を伸ばした。バッグの口を開けるでもなく、バッグの底のファスナーを開け、手を差し込んだとたん、彼女の眼に一瞬の驚きと怒りが現れた。黒田はこの姿を冷静に見ながら言った。

「さあ、服を着て」

文子は黒田を睨《にら》むように見ていたが、視線を外すと立ち上がり、服に着替えた。黒田はこれを確認すると、携帯電話で、

「石川さん。入ってきていいよ」

と事務的に言った。そして文子の両手を握って、文子の眼を見ながら、

「十年以上も続いたゲームは終わったよ。今、君はすべてを僕に話してくれた。そして死のうとした。でも、それで終わらせるわけにはいかないんだ。君には日本国に償いをしてもらわなきゃならない。そして体の中まで綺麗になって普通の女性に戻るんだ。きっとそれに手を貸してくれる人がどこかにいる。それを信じるんだ。僕も、

『いつになっても忘れない』」

最後に歌の最後のフレーズを口に出したとき、部屋の扉が開かれ、石川と三人の女性警察官、二人の捜査員が入ってきた。黒田は文子を女性警察官に引き渡すとき、

「自傷自殺の可能性が高いので、特異留置人の指定をするように」

と念を押した。文子は別れ際、

「ありがとう」

そう言って部屋を出ていった。

彼女が持っていた薬はやはり自殺用の毒薬であることが科学捜査研究所の鑑定で明らかになった。

石川がポツリと黒田に言った。

「室長、こちらの動きもけっこう抜けていました」

「だろうな、捜査機密もしゃべってしまったかもしれない。捜査員失格だよ」

*

「黒ちゃん、本当にご苦労だった。あとは防衛省と府県警に任せても大丈夫だろう。捜査二課も頑張っているようだしな。気を揉《も》んだマスコミ対策も万全だった」

宮本総監は黒田に労《ねぎら》いの言葉をかけた。いつの間にか、彼も黒田を「ちゃん」づけで呼ぶようになっていた。

「ありがとうございます。素晴らしい捜査環境と、メンバーを与えていただいたおかげです」

「実は、私はこの事件のめどがつき始めたころから、黒ちゃんが過去に作ったレポートをひととおり読ませてもらったんだ」

「よく、保存されていたものですね。用済み後破棄だと思っていたのですが」

黒田は、情報室内にはデータを残していなかったことを思い出しながら正直な感想を述べた。すると宮本総監は思いがけないことを言った。

「確かに、チヨダに残っていたものはその半分くらいのものだったんだが、北村さんが個人保管していたんだよ」

「ゼロ」の呼称は前警備企画課長の時代に以前の「チヨダ」に戻されていた。

「ええっ？　そんなことが……」

確かに掟破りなことだった。

「北村さんご本人には悪意はなくて、重大事件が片づくなり、すぐに退官されたものだから、あらゆる面で整理ができなかったんだろう。ただし、『黒ちゃんレポート』に関しては故意犯だったな。すべて、スキャナー読み込みをして、データで持っていたからな。後々なんらかの形で役に立つと思っていたんだろう」

黒田は北村の行為を「ありがたい」と素直に思った。国家公務員法に抵触する可能性もあるはずなのだが、それだけ評価していてくれたのだ。おまけに、これを後任者にも託してくれたのだ。

「そうですか、北村さんが……ありがたいことです」

宮本総監は頷きながらも、やや気まずそうな顔をしたが、思い直したように言った。

「近々、北村さんとも一緒に一杯やろう。ところで、黒ちゃん、過去の黒田レポートの中には今現在でもいくつか気になる案件が残ってるんだ。再調査が必要な部分もある。刑事部長、公安部長も同意見で、捜査二課長も乗り気になっている案件もあるんだ」

「二課長ですか……」

当時、贈収賄絡み、詐欺絡みの話が多かっただけに、総監が言う案件が具体的にどの件を指しているのか、黒田にはわからなかった。

「これだけのデータが眠っていたことに、北村さんも、『警察トップは最低でも二年は務める必要がある』と言っておられた」

北村総監が一年半という任期であったため、情報室内でも積み残しの情報があったことは確かだった。

「今後の情報室の基本方針も決めておく必要があると思います」

「そうだな、『警視庁情報室』を本物の情報機関にしようじゃないか。北村さんの志を継ぐ意味でも」

「はい。情報機関として認められるためには、メンバーの一人ひとりがエージェントという意識を持てるようになるまで、レベルアップしなければ」

「そうだな、警察の階級制度の中では、じっくり育てる時間がないかもしれんなあ」

「特例があってもよいかと思いますが、制度的に、となると難しいでしょうね」

「今でもハムの世界では特例扱いの者が何人かいるだろう」

公安部には、一所属に二十年以上勤務するエキスパートたちが数名いた。

「確かにおりますが、それが所属ぐるみとなると、どうでしょうか」

「察庁にも同じ志を持つ者が多くいる。私も少しずつ動いてみよう。黒ちゃんも長期的な目線でリーダーとして組織づくりを考えてくれ」

「ありがとうございます。できる限り人を育ててみます」

「頼んだぞ」

黒田は総監室を後にしながら、今後の体制作りを考え始めていた。

報道によれば、今回の事件による逮捕者は二十五名を超えていた。公判ではある被告人は無罪を主張したとも新聞に書かれていた。

また、外事第二課を中心として中国本国のラインを捜査した結果、「中国海軍に蔡《サイ》正平《ショウペイ》という将官は過去、現在とも存在した形跡はない」という型どおりの公式文書が中国政府から届けられた。この件に関しては、藤田のみならず、菱井重工の永田、四海産業の山田も狐につままれたように唖然とするばかりだった。しかし、今回、日中貿易のキーマンである山田を再び逮捕し、これに黒岩が加わったことは大きかった。外国為替法違反のほか、多くの罪種が重なり、最低でも実刑で七年は予想されていた。多くの日中関係者や企業間の証拠資料がデータとして警視庁公安部に集積されたことも大きかったのだった。

文子は今回の漏洩《ろうえい》事件に関わった事実を含めて、全面的に供述をした。石川が直接聴取したものだった。黒田の名前は公判では明らかにならず「警察関係者」で統一された。これも石川の判断だった。公判検事もこれを理解したし、被疑者の文子サイドも黒田の証人出廷を求めなかった。

クロアッハから早速電話が入った。

「相変わらず派手な事件をやってるな」

「君のアドバイスのおかげで助かったよ」

「しかし、君の国は大丈夫なのかい？　何の危機感も感じられない。次は政権交代もありそうな雰囲気だけど」

「立法が替わっても行政が変わらないところが日本だ」

世論が騒ぐような政治事件を再び扱ったものの、それでも何も変わらない社会に、黒田自身がやり場のないむなしさを感じていた。クロアッハはその気持ちがわかっているかのように言った。

「そうだな、その曖昧さがいつまで世界の中で続くかだな。ヨーロッパはドイツの一人勝ちだ。今度、ドイツの友人を紹介するよ」

「それはありがたいな。やはり警察関係かい？」

「プロの国家情報部エージェントだよ」

黒田は以前クロアッハが黒田のことを、国際諜報機関の中では「対外諜報担当者」として扱われていると教えてくれたときのことを思い出した。

「それは楽しみだな。僕も勉強すべきことが山積しているよ」

するとクロアッハは予言者のような台詞を言った。

「今の経済危機は、君の国にも大きな問題を与え、まもなく思いがけない事件が起こるだろう。そのときは彼に相談するといい。これは君の国だけでは済まない話になってくる」

「そうか。そんな予見できる事案が控えているのか」

「そのときは僕も日本に行くと思うが、その前に一度、三人で会っておこう」

「ありがとう。しかし、少しは休みたいものだ」

黒田はぽつりと本音を漏らした。

「アメリカでは歴史的な新大統領が就任した。その効果がどう出るかも問題だが、早い解決はない。それまではじっと我慢しておくことだ。しばらくゆっくりするといい」

「というと、夏までは変わらないな。そうさせてもらうよ。今回は本当にありがとう」

「ジュンらしくないな、うちも助かってるんだよ。君の活躍のおかげでね。再会を楽しみにしている」

クロアッハの自信に満ちた声を聞いているうちに暗澹《あんたん》たる気持ちになりかけた黒田だったが、今回の事件捜査は自分なりに納得をしていた。しかし、前回の電話で彼は二度も「ハニートラップ」という言葉を用いていたことを黒田は思い出した。

「彼は知っていたのだろうか……文子の正体を……」

ある日の夕方、公舎のベランダに裸足で降りると、テラコッタの冷たさが足裏にしみてきた。

氷少なめのブッカーズソーダを飲みながら、黒田は久しぶりにぼうっとした時間を過ごしていた。昨年、中国でも、日本でも大きな地震が発生した。程度の差はあれ、黒田には天地の怒りが現れたような気がした。

「いつか自分にもこの怒りが降りかかってくるのだろうか……」

黒田はふと民族の興亡の歴史を如実に示す万里の長城の景色を思い浮かべた。

「この世は戦争の繰り返し、そしてそこにいるのは男と女、兵《つわもの》どもが夢のあと……か……」

空いたグラスにブッカーズを注ぐと、珍しくストレートで咽喉に流し込んだ。六三度の液体が咽喉から食道を経て胃に到達するのがわかる。同時に焦がされたラム樽で眠りについていたトウモロコシのエキスが芳醇《ほうじゅん》な香りとなって鼻腔に逆流してきた。苦く甘い、痺れるような感覚が黒田を包んだ。

ビルの谷間から見える富士山が赤く輝いていた。

解説

柿崎明二（共同通信社政治部次長）

著者との出会いは十六年前の一九九五年初めにさかのぼる。

「面白い人に会わせてあげる」。政治部に配属されて二年目のある日、後に、総理大臣の有力候補と呼ばれることになる若手衆院議員の議員会館事務所。秘書から、その議員を囲む政策勉強会に参加しないかと誘われた後、私は部屋の中にいたある男性に引き合わされた。

一切紹介されない上、その男性も一見しただけでは職業が分からない。ただ、「得体が知れない」という雰囲気ではなく、自由業のそれに近いものだった。そして、名刺を交換した後、そこに印刷されていた所属部署名に私の目はくぎ付けになった。

「警視庁公安部公安総務課」

……警視庁の中で、課長のキャリアポストは八つしかない。その中で捜査機関と情報機関を独自で持っているのが公安総務課と刑事部捜査第二課であるが、捜査第二課の内容が知能犯捜査に限定されるのに対して、公安総務課は公安部筆頭課として公安部全体の予算と情報を握っているのだ……

本書で、こう説明される公安総務課。私も、「諜報活動の総元締め」というイメージぐらいは持っていたが、政治部だけにそれほど詳しくはなかった。そもそも普段の政治取材ではめったに巡り合う相手ではない。そんな相手の出現に、私の中には戸惑いと警戒心がわき上がってきていた。

それが表情に表れていたのだろう、側で見ていた秘書が、笑いながら「この人もメンバー」と説明した。「公安警察官がメンバー?」。私にはその説明自体が、腑に落ちなかった。後に著者がメンバーどころか、勉強会の仕掛け人であることを知らされるに至って、「情報活動の一環」という理解で納得することになる。

しかし、情報活動の一環という私の見立てを裏切るように、今では著名な若手エコノミスト、新進気鋭の学者らを集めたその政策勉強会は文字通り、「勉強会」となった。そして、後に首相となる小泉純一郎衆院議員、今を時めく名古屋市長の河村たかし衆院議員らを講師として招くなど、参加者にとっても貴重な人脈構築の場となっていった。

著者が、この「勉強会」という手法を情報活動というよりも、その前提となる人脈拡大の場として活用していることをおいおい知らされる。それだけに手慣れているのか著者は、それぞれの専門分野からの「タコつぼ的な意見」の応酬に陥りがちな議論をよくまとめてみせた。ほどなく、著者は公安部門から離れることになったが、勉強会での振る舞いは変わらず、捜査情報は漏らさないもののテーマに関連した裏話や秘話を披露、たびたび笑いを誘って座を持たせた。内閣情報調査室時代の「黒田純一」がどのようにして広範な人脈を築いたか、うかがい知れるような思い出である。

著者と知り合って間もなく、後々、私に深い感慨を与えた出来事があった。一九九五年、警察当局は政治、経済の中枢部である首都を狙った世界でも類を見ない化学テロ「東京地下鉄サリン事件」をはじめ凶悪事件を次々に引きおこしたカルト集団、オウム真理教（現・アレフ）と、威信をかけた激烈な攻防を繰り広げていた。当時、著者もその最前線にいたという。

内閣を模した組織を持ち、あえなく頓挫するものの国政進出に挑戦。自衛隊の特殊部隊を引き入れて首相官邸襲撃も狙っていたオウム真理教との戦いを当時、国家公安委員長を務めていた野中広務元自治大臣は、「一種の内戦」と位置づけていた。同じような認識をもってレクチャーを求めた私に、著者は、教団のマスコットガール「オウムシスターズ」の独特でコミカルなダンス講習というおまけ付きで北朝鮮やロシアとの関係などの背景説明をした後、ある貴重なアドバイスをしてくれた。

「ロシアの日本大使館にサトウマサルという外交官がいる。同志社大学神学部出身という異色の経歴でキャリアではないが、語学の天才で、向こうの政府にも深く食い込んでいる。日本政府転覆を夢想していたオウム真理教は信者の軍事訓練や、戦車、軍事用ヘリコプターを入手するためロシア進出を進めていた。彼はそれを察知して阻んだんだ。彼こそ国士だよ。組織の中では浮いているかもしれないが、会った方がいい」

本書をお読みの読者には解説不要だろうが、「サトウマサル」とは、２００２年、鈴木宗男元北海道・沖縄開発庁長官と軌を一にして逮捕、起訴される当時外務省主任分析官だった佐藤優氏のことだ。佐藤氏が大使館時代、クーデター騒ぎの中にあるエリツィン大統領の所在確認をはじめとする活躍を見せていたことは有名になるが、オウム真理教のロシア進出阻止に動いていたことはあまり知られていない。

私は次第に、政治に影響を及ぼすと思われる事件があると進んで著者に背景説明を求めるようになった。多くは著者が公安部門を離れた後であり、そもそもほとんどは警視庁が手掛けているものではなかったため、説明は、やはり背後関係についてだった。しかし、それは時にこれから「起こるであろう事件」の構図に発展した。その構図のいくつかは数ヵ月後、数年後に実際に事件として表面化し、政界、経済界、社会を揺るがせた。その中には総理の座を目前にしていた自民党首脳が議員辞職に追い込まれた事件、やはり有力後援者の逮捕で、別の自民党首脳が政治的に追い詰められた事件も含まれていた。本書では、かつて黒田が残していたメモに目を通した警察上層部が驚嘆、感嘆する姿が描かれているが、「説明」が「現実」になっていく様を目の前で見ていた私にも実感できる。

本書の舞台回しの一つである「メモ」が実在し、この背景説明の基だったのかもしれない。しかし、私が感銘を受けたのは、まだ知られていない事件の予見とともに「立体感」と「時間軸」を伴った徹底した分析だった。当事者同士の関係だけでなく、それぞれにつながる政界、官界、経済界、暴力団、芸能界、時にマスコミ、アカデミズムの関係者が、国内外問わずあぶり出され、個別関係の因果は過去と現在、近未来を行きつ戻りつする。今の流行で言えば「３Ｄ」に時間軸も加わった「４Ｄ」思考と言ってもいいかもしれない。それは、権力や権益を求める者たちの物語のようでもあった。

私は本書、あるいは前著を読む前に黒田を知っていたと言った方がいい。その私にしてみれば、この小説の「売り」は、追尾、盗聴、協力者づくりなどの詳細に加え、黒田を「従来の公安捜査官を超えた存在」たらしめている、その思考方法、分析力である。冒頭、宮本総監の口から出た「国際問題」「国家的な問題」「中国」というキーワードから取り組むことになる事件を黒田はこう絞り込む。

……国家的な問題となると、外交、防衛、原子力の中のどれかしかないわけで、対中国に絞ると、かつての総理の女性問題以降、外交問題はまず外れます。防衛機密と原子力情報で火急を要するのは防衛でしょう。中国にはまだ原発は一基だけですから。その意味では関西にはその重鎮がいます。しかも彼の周辺には中国や北朝鮮シンパの関係者がいます。この議員周辺、もしくは側近の防衛担当、警察担当が巻き込まれている可能性を考えたんです……

三つのキーワードと持てる現在、過去の情報から見事に言い当てる。同様のシーンは、他にもあるのだが、私にとっては、行き詰まる捜査の場面とは違った意味で引き込まれる。昨年（二〇一〇年）、尖閣諸島周辺における海上保安庁巡視船への中国漁船衝突事件の詳細が分かってきた際、小説の中で黒田が、人民解放軍の覇権主義が波及した人民が膨大な数の民間船に乗って、日本に押し寄せてくる危険性を説くシーンを思い浮かべたのは私だけだろうか。まだ目の前に見えてこない日本を取り巻く厳しい国際情勢、それに対してあまりに無防備すぎる日本政府の危機管理、情報分析の在り方に対して本書は鋭く警告を発していたと言っていいだろう。やや余談になるが、実は、著者は「九・一一」の1年近くも前に私に「イスラム原理主義を研究しておいた方がいい」とアドバイスしている。理由はやや複雑になるので割愛するが、私は海外に赴任する同僚にアドバイスの受け売りをして、信頼を勝ち取っている。

そうなのだ。この思考力、分析力があってこそ、黒田はその広範な人脈をフルに活用しえるし、また部下に対しては、「黒田方式」なるオリジナルかつ精度の高い捜査方法を教示できる。断片的な知識をいくら積み重ねても、彼のやり方は「まねの出来ない」ものだ。現在、人、モノ、金、そして情報がかつてとは比べものにならないほど増大し、その流れも複雑化している。これらの関係性は日々変化し、さらに入り組んでいく。これまでの常識が通用しなくなった社会を生きぬくために、われわれは是非とも黒田を見習うべきだろう。

また、冒頭に記した衆院議員の勉強会のメンバーにとって著者は、およそ公安警察らしくない人物であった。さらに、協力者になることに警戒感を抱いていた私の本音を見透かしていたのか、情報を求めず、ただただ背後関係のレクチャー、キーマンの紹介を重ねてくれた。さすがに不気味になった私が、「気前の良さ」の理由を尋ねたことがある。まじめに勉強しようという意欲が感じられるからというのが著者の答えだった。

果たしてそんなきれい事があるのか。しかし、本書には黒田の同僚に対する「気前の良さ」が、たびたび触れられている。「馬」を逮捕するにあたり、タッグを組む内田仁警部補に、名刺管理術を伝授する場面がある。「〇〇の神様」と呼ばれる職人的な専門官について「組織には必要がない……そんな者に限って『技は盗むもの』と前時代的な発想を持っていて、後進の指導を蔑ろにする」と語らせている。何より、内田に名刺管理術を教える黒田の姿には、喜びさえ感じられる。また、全般にわたり、警視庁の各部署を熟知し、活用する黒田の姿が描かれ、組織人としての生き方の重要さを教えてくれている。

「一匹狼的な存在」「親友と呼べる者は一人もいない」とつぶやかせる一方で、仲間や組織への一定の信頼感を寄せて、自らの手で端緒は得つつも「気前の良さ」と総合力で事件を解決していく黒田。それが本書を、組織からはみ出した、あるいは敵対している警察官、それも往々にして刑事が、個人的なプレーで、事件を解決していく従来の警察小説とはまったく違ったものにしている。

組織への忠誠心のカギは、物語の終盤で描かれる黒田の姿にあるのではないか。普段、ほとんど力まず、常に沈着冷静に描かれる黒田が、「国家」「国」への忠誠心をめぐる応酬で、その強い愛国心をかいま見せる。その愛国心と組織人として培った知見が「国家や国に脅威を与えるような勢力には個人では立ち向かえない、いや、立ち向かってはならない」という自らの限界も見据える冷徹な現状認識を黒田に持たせているのだろう。それは、個人で事件を解決しようとした大阪府警の「青木」が、敏腕であるにもかかわらず、ある落とし穴に嵌《はま》り、上司の的確な判断と警察庁という組織のサポートによってぎりぎりで立ち直るエピソードなどを通して、教訓的に浮き彫りにされている。

その冷徹な現状認識が類いまれな思考力、分析力を培い、それがさらに現実認識を冷徹にしていく。この先、黒田はどこまで深化、あるいは進化し、何をとらえていくのか。「警視庁情報官」シリーズ第三弾が待ち遠しい。

◉主要参考文献
「世界の艦船」各巻　海人社、出版協同社
「セキュリタリアン」各巻　防衛弘済会
「朝日新聞」「毎日新聞」「読売新聞」「日本経済新聞」などの全国紙の掲載記事

※本作品はフィクションであり、実在の人物、組織、事件とは一切関係ありません。

本書は二〇〇九年四月に小社より『公安特命捜査　警視庁情報官II』
として刊行された単行本を改題したものです。

|著者| 濱 嘉之　1957年、福岡県生まれ。中央大学法学部法律学科卒業後、警視庁入庁。警備部警備第一課、公安部公安総務課、警察庁警備局警備企画課、内閣官房内閣情報調査室、再び公安部公安総務課を経て、生活安全部少年事件課に勤務。警視総監賞、警察庁警備局長賞など受賞多数。2004年、警視庁警視で辞職。衆議院議員政策担当秘書を経て、2007年『警視庁情報官』で作家デビュー。他の著作に『世田谷駐在刑事』『電子の標的』がある。現在は、危機管理コンサルティング会社代表を務めるかたわら、TV、紙誌などでコメンテーターとしても活躍している。

警視《けいし》庁《ちょう》情報官《じょうほうかん》　ハニートラップ

濱《はま》 嘉之《よしゆき》

© Yoshiyuki Hama 2011

2011年４月15日第１刷発行
2011年５月13日第４刷発行

講談社文庫
定価はカバーに
表示してあります

発行者――鈴木　哲
発行所――株式会社　講談社
東京都文京区音羽2-12-21　〒112-8001
電話　出版部（03）5395-3510
　　　販売部（03）5395-5817
　　　業務部（03）5395-3615

デザイン―菊地信義
本文データ制作―講談社プリプレス管理部
印刷―――中央精版印刷株式会社
製本―――中央精版印刷株式会社

Printed in Japan

落丁本・乱丁本は購入書店名を明記のうえ、小社業務部あてにお送りください。送料は小社負担にてお取替えします。なお、この本の内容についてのお問い合わせは文庫出版部あてにお願いいたします。

本書のコピー、スキャン、デジタル化等の無断複製は著作権法上での例外を除き禁じられています。本書を代行業者等の第三者に依頼してスキャンやデジタル化することはたとえ個人や家庭内の利用でも著作権法違反です。

ISBN978-4-06-276930-3

講談社文庫刊行の辞

二十一世紀の到来を目睫に望みながら、われわれはいま、人類史上かつて例を見ない巨大な転換期をむかえようとしている。

世界も、日本も、激動の予兆に対する期待とおののきを内に蔵して、未知の時代に歩み入ろうとしている。このときにあたり、創業の人野間清治の「ナショナル・エデュケイター」への志を現代に甦らせようと意図して、われわれはここに古今の文芸作品はいうまでもなく、ひろく人文・社会・自然の諸科学から東西の名著を網羅する、新しい綜合文庫の発刊を決意した。

激動の転換期はまた断絶の時代である。われわれは戦後二十五年間の出版文化のありかたへの深い反省をこめて、この断絶の時代にあえて人間的な持続を求めようとする。いたずらに浮薄な商業主義のあだ花を追い求めることなく、長期にわたって良書に生命をあたえようとつとめるところにしか、今後の出版文化の真の繁栄はあり得ないと信じるからである。

同時にわれわれはこの綜合文庫の刊行を通じて、人文・社会・自然の諸科学が、結局人間の学にほかならないことを立証しようと願っている。かつて知識とは、「汝自身を知る」ことにつきていた。現代社会の瑣末な情報の氾濫のなかから、力強い知識の源泉を掘り起し、技術文明のただなかに、生きた人間の姿を復活させること。それこそわれわれの切なる希求である。

われわれは権威に盲従せず、俗流に媚びることなく、渾然一体となって日本の「草の根」をかたちづくる若く新しい世代の人々に、心をこめてこの新しい綜合文庫をおくり届けたい。それは知識の泉であるとともに感受性のふるさとであり、もっとも有機的に組織され、社会に開かれた万人のための大学をめざしている。大方の支援と協力を衷心より切望してやまない。

一九七一年七月

野間省一

花村萬月　犬でわるいか〈萬月夜話其の一〉
花村萬月　草《くさ》臥《ぶ》し日記〈萬月夜話其の二〉
林　丈二　犬はどこ？
林　丈二　路上探偵事務所
原口純子と中華生活ウォッチャーズ　踊る中国人
はにわきみこ　たまらない女
畑村洋太郎　失敗学のすすめ
畑村洋太郎　失敗学実践講義〈文庫増補版〉
遙　洋子　結婚しません。
遙　洋子　いいとこどりの女
花井愛子　ときめきイチゴ時代〈ティーンズハートの1987～1997〉
はやみねかおる　そして五人がいなくなる〈名探偵夢水清志郎事件ノート〉
はやみねかおる　亡霊《ゴースト》は夜歩く〈名探偵夢水清志郎事件ノート〉
はやみねかおる　消える総生島〈名探偵夢水清志郎事件ノート〉
はやみねかおる　魔女の隠れ里〈名探偵夢水清志郎事件ノート〉
はやみねかおる　踊る夜光怪人〈名探偵夢水清志郎事件ノート〉
はやみねかおる　機巧《からくり》館《やかた》のかぞえ唄〈名探偵夢水清志郎事件ノート〉
はやみねかおる　ギヤマン壺の謎〈名探偵夢水清志郎事件ノート外伝〉
はやみねかおる　徳利長屋の怪〈名探偵夢水清志郎事件ノート外伝〉

勇嶺《はやみね》　薫《かおる》　赤い夢の迷宮
橋口いくよ　アロハ萌え
服部真澄　清談　佛々堂先生
半藤一利　昭和天皇ご自身による「天皇論」
秦　建日子　チェケラッチョ!!
秦　建日子　SOKKI！〈人生には役に立たない特技〉
端田　晶　もっと美味しくビールが飲みたい！〈酒と酒場の耳学問〉
端田　晶　とりあえず、ビール！〈続・酒と酒場の耳学問〉
早瀬詠一郎　早《さ》烏《がらす》〈裏十手からくり草紙〉
早瀬詠一郎　つげの箸〈裏十手からくり草紙〉
早瀬　乱　三年坂　火の夢
早瀬　乱　レイニー・パークの音
初野　晴　1／2の騎士
原　武史　滝山コミューン一九七四
濱　嘉之　警視庁情報官〈シークレット・オフィサー〉
橋本　紡　彩乃ちゃんのお告げ
平岩弓枝　花嫁の日
平岩弓枝　結婚の四季
平岩弓枝　わたしは椿姫

平岩弓枝　花祭
平岩弓枝　青の伝説
平岩弓枝　青の回帰(上)(下)
平岩弓枝　青の背信
平岩弓枝　五人女捕物くらべ(上)(下)
平岩弓枝　はやぶさ新八御用帳(一)〈大奥の恋人〉
平岩弓枝　はやぶさ新八御用帳(二)〈江戸の海賊〉
平岩弓枝　はやぶさ新八御用帳(三)〈又右衛門の女房〉
平岩弓枝　はやぶさ新八御用帳(四)〈鬼勘の娘〉
平岩弓枝　はやぶさ新八御用帳(五)〈御守殿おたき〉
平岩弓枝　はやぶさ新八御用帳(六)〈春月の雛〉
平岩弓枝　はやぶさ新八御用帳(七)〈寒椿の寺〉
平岩弓枝　はやぶさ新八御用帳(八)〈春怨　根津権現〉
平岩弓枝　はやぶさ新八御用帳(九)〈王子稲荷の女〉
平岩弓枝　はやぶさ新八御用帳(十)〈幽霊屋敷の女〉
平岩弓枝　はやぶさ新八御用旅(一)〈東海道五十三次〉
平岩弓枝　はやぶさ新八御用旅(二)〈中仙道六十九次〉
平岩弓枝　はやぶさ新八御用旅(三)〈日光例幣使道の殺人〉
平岩弓枝　はやぶさ新八御用旅(四)〈北前船の事件〉

講談社文庫　目録

平岩弓枝　新装版 おんなみち(上)(中)(下)
平岩弓枝　極楽とんぼの飛んだ道〈私の半生、私の小説〉
平岩弓枝　ものは言いよう
平岩弓枝　老いること暮らすこと
平岡正明　志ん生的、文楽的
東野圭吾　放課後
東野圭吾　卒業〈雪月花殺人ゲーム〉
東野圭吾　学生街の殺人
東野圭吾　魔球
東野圭吾　浪花少年探偵団
東野圭吾　しのぶセンセにサヨナラ〈浪花少年探偵団・独立編〉
東野圭吾　十字屋敷のピエロ
東野圭吾　眠りの森
東野圭吾　宿命
東野圭吾　変身
東野圭吾　仮面山荘殺人事件
東野圭吾　天使の耳
東野圭吾　ある閉ざされた雪の山荘で
東野圭吾　同級生
東野圭吾　名探偵の呪縛
東野圭吾　むかし僕が死んだ家
東野圭吾　虹を操る少年
東野圭吾　パラレルワールド・ラブストーリー
東野圭吾　天空の蜂
東野圭吾　どちらかが彼女を殺した
東野圭吾　名探偵の掟
東野圭吾　悪意
東野圭吾　私が彼を殺した
東野圭吾　嘘をもうひとつだけ
東野圭吾　時生
東野圭吾　赤い指
広田靚子　イギリス花の庭
日比野宏　アジア亜細亜 無限回廊
日比野宏　アジア亜細亜 夢のあとさき
日比野宏　夢街道アジア
平山壽三郎　明治おんな橋
平山壽三郎　明治ちぎれ雲
火坂雅志　美食探偵
火坂雅志　骨董屋征次郎手控
火坂雅志　骨董屋征次郎京暦
平野啓一郎　高瀬川
平山譲　ありがとう
平田俊子　ピアノ・サンド
ひこ・田中　新装版 お引越し
平岩正樹　がんで死ぬのはもったいない
百田尚樹　永遠の0《ゼロ》
百田尚樹　輝く夜
ヒキタクニオ　東京ボイス
平田オリザ　十六歳のオリザの冒険をしるす本
藤沢周平　義民が駆ける
藤沢周平　新装版 春秋の檻〈獄医立花登手控え㈠〉
藤沢周平　新装版 風雪の檻〈獄医立花登手控え㈡〉
藤沢周平　新装版 愛憎の檻〈獄医立花登手控え㈢〉
藤沢周平　新装版 人間の檻〈獄医立花登手控え㈣〉
藤沢周平　新装版 闇の歯車
藤沢周平　新装版 市塵(上)(下)
藤沢周平　新装版 決闘の辻

2011年3月15日現在